A ROLHA DE CRISTAL

CLÁSSICOS ZAHAR
em EDIÇÃO BOLSO DE LUXO

Aladim*

Alice
Lewis Carroll

Sherlock Holmes (9 vols.)*
A terra da bruma
Arthur Conan Doyle

As aventuras de Robin Hood
O conde de Monte Cristo
Os três mosqueteiros
Alexandre Dumas

Mowgli
Rudyard Kipling

A Agulha Oca*
Arsène Lupin contra Herlock Sholmes*
As confidências de Arsène Lupin*
O ladrão de casaca*
Maurice Leblanc

O Lobo do Mar*
Jack London

O Pequeno Príncipe
Antoine de Saint-Exupéry

Frankenstein
Mary Shelley

20 mil léguas submarinas
A ilha misteriosa
Viagem ao centro da Terra
A volta ao mundo em 80 dias
Jules Verne

O Homem Invisível*
A máquina do tempo
H. G. Wells

Títulos disponíveis também em edição comentada e ilustrada
(exceto os indicados por asterisco)
Veja a lista completa da coleção no site zahar.com.br/classicoszahar

Maurice Leblanc

A ROLHA DE CRISTAL

Tradução:
Jorge Bastos

Copyright © 2022 by Editora Zahar

*Grafia atualizada segundo o Acordo Ortográfico da Língua Portuguesa de 1990,
que entrou em vigor no Brasil em 2009.*

Título original
Le Bouchon de Cristal

Capa e ilustração
Rafael Nobre

Preparação
Silvia Massimini Felix

Revisão
Erika Nogueira Vieira
Adriana Bairrada

Dados Internacionais de Catalogação na Publicação (CIP)
(Câmara Brasileira do Livro, SP, Brasil)

Leblanc, Maurice, 1864-1941
  A rolha de cristal / Maurice Leblanc ; tradução Jorge Bastos. —
1ª ed. — Rio de Janeiro : Zahar, 2022.

  Título original: Le Bouchon de Cristal.
  ISBN 978-65-5979-040-1

  I. Ficção policial e de mistério (Literatura francesa) I. Título.

21-86034   CDD: 843.0872

Índice para catálogo sistemático:
I. Ficção policial e de mistério : Literatura francesa   843.0872

Cibele Maria Dias — Bibliotecária — CRB-8/9427

[2022]
Todos os direitos desta edição reservados à
EDITORA SCHWARCZ S.A.
Praça Floriano, 19, sala 3001 — Cinelândia
20031-050 — Rio de Janeiro — RJ
Telefone: (21) 3993-7510
www.companhiadasletras.com.br
www.blogdacompanhia.com.br
facebook.com/editorazahar
instagram.com/editorazahar
twitter.com/editorazahar

Sumário

Apresentação, *7*

1. Presos!, *11*
2. Nove menos oito, sobra um, *35*
3. A vida privada de Alexis Daubrecq, *59*
4. O chefe dos inimigos, *84*
5. Os vinte e sete, *104*
6. A sentença de morte, *133*
7. O perfil de Napoleão, *164*
8. A torre dos Dois Enamorados, *187*
9. Nas trevas, *208*
10. *Extra-dry?*, *232*
11. A cruz de Lorena, *251*
12. O cadafalso, *280*
13. A última batalha, *299*

Cronologia:
Vida e obra de Maurice Leblanc, *331*

Apresentação

Maurice Leblanc nasceu em 1864, em Rouen, na Alta Normandia francesa. Filho de um empresário da construção naval e de mãe oriunda de família tradicional, veio ao mundo pelas mãos de Achille Flaubert, médico e irmão do já consagrado Gustave, ambos amigos íntimos da família.

Formado em direito, aos 24 anos vai para Paris, onde se torna jornalista e começa a escrever contos, romances e peças teatrais. Em 1905, Pierre Lafitte, um editor conhecido e respeitado, convida Leblanc a publicar uma ficção policial na revista *Je Sais Tout*.

O personagem que resulta do convite é, possivelmente, uma mistura de cinco figuras históricas e literárias: o anarquista francês Marius Jacob, famoso pela generosidade com suas vítimas; um conselheiro municipal de Paris chamado Arsène Lopin; bem como os ladrões de casaca ficcionais Raffles, criação de Ernest William Hornung, Arthur Lebeau, personagem do romance *Os 21 dias de um neurastênico*, e o protagonista da peça *Scrupules* — os dois últimos concebidos por Octave Mirbeau.

Sherlock Holmes, o detetive de Arthur Conan Doyle, é também uma evidente inspiração — em negativo — para Arsène

Lupin. Ambos são indivíduos superdotados no que se refere a grandes estratagemas, um do lado da lei, desvendando-os, o outro do crime, concebendo-os — ainda que o anti-herói francês aja sempre de acordo com seu código de honra anarquista e cavalheiresco.

Intitulada "A detenção de Arsène Lupin", a primeira aventura de Lupin aparece no nº 6 da *Je Sais Tout*, em 15 de julho de 1905. O sucesso é imediato e outras oito a seguem. Logo na segunda história, "Arsène Lupin na prisão", Holmes é mencionado como exemplo de bom investigador. No ano seguinte, ele reaparece como coadjuvante em "Sherlock Holmes chega tarde demais", sendo derrotado por um jovem Lupin. Dessa vez, contudo, Conan Doyle não achou divertida a apropriação de seu personagem — ou o desfecho do duelo — e recorreu à justiça para barrá-la.

Em 1907, as nove histórias inaugurais foram reunidas na coletânea *O ladrão de casaca*, trazendo o embate com o rival inglês como fecho do volume, porém com uma pequena alteração: Sherlock vinha parodiado como Herlock Sholmes. Essa nova encarnação do gênio de Baker Street apareceria ainda em três outros livros: *Arsène Lupin contra Herlock Sholmes* (1908), *A Agulha Oca* (1909) e *813* (1910).

O sucesso de Arsène Lupin e suas mirabolantes aventuras só fez crescer. Entre 1905 e 1941, o personagem protagonizaria um total de quinze romances, três novelas e 38 contos, distribuídos ao todo em 23 livros, afora quatro peças de teatro. Sua astúcia e fama chegaram a fazer com que o criador da série, em 1921, fosse convidado a colaborar com a Sûreté, a polícia francesa. Maurice Leblanc casou-se duas vezes e teve uma filha do primeiro casamento e um filho do segundo. Após sua morte, em 1941, dois romances de Lupin ainda seriam publicados, um deles inacabado.

Esta é uma versão reduzida da apresentação de Rodrigo Lacerda para *O ladrão de casaca: as primeiras aventuras de Arsène Lupin*, publicado pela Zahar em 2016.

1. Presos!

Dois barcos balançavam à sombra, amarrados ao pequeno cais construído junto ao jardim. Apesar da forte bruma, era possível ver janelas iluminadas num ponto ou noutro por toda a margem do lago. Do outro lado, o cassino de Enghien não economizava nas luzes, embora já estivéssemos nos últimos dias de setembro. Algumas estrelas apareciam entre as nuvens. Uma leve brisa agitava a superfície líquida.

Arsène Lupin deixou o pavilhão onde tinha ido fumar um cigarro e, debruçando-se na beira do cais, chamou:

— Grognard? Le Ballu? Vocês estão aí?

Surgiu um homem em cada um dos barcos, e um deles respondeu:

— Estamos sim, patrão.

— Fiquem atentos, já estou ouvindo o carro que chega com Gilbert e Vaucheray.

Dito isso, ele atravessou o jardim, passou ao redor de uma casa em construção, com andaimes à mostra, e abriu com cuidado a porta que dava para a avenida de Ceinture. Não se enganara: uma forte claridade surgiu na curva e um automóvel grande, sem capota, parou. Dois homens desceram, de bonés na cabeça e casacões com a gola levantada.

Eram Gilbert e Vaucheray. O primeiro, um rapaz de vinte ou vinte e dois anos, aparência simpática, gestos ágeis e fortes; o outro era menor, cabelos já ficando grisalhos, rosto descorado e pouco saudável.

— Então, viram o deputado? — perguntou Lupin.

— Vimos sim, patrão — respondeu Gilbert. — Como previsto, pegou o trem de Paris das dezenove e quarenta.

— Então estamos livres para agir?

— Totalmente. A *villa* Marie-Thérèse está à nossa disposição.

Como o motorista tinha permanccido ao volante, Lupin disse a ele:

— Não fique parado aqui, pode chamar atenção. Volte às nove e meia em ponto, a tempo de pôr as coisas no carro… se tudo der certo.

— E por que não daria, patrão? — brincou Gilbert.

O automóvel se foi e só então, já retomando o caminho do lago com os recém-chegados, ele respondeu:

— Por quê? Porque não preparei pessoalmente o golpe, e quando não sou eu que preparo tudo, não tenho total confiança.

— Ora, patrão! Há três anos trabalho com o senhor… Começo a saber como faz.

— Pois é, garoto, começa… e é justamente por isso que temo trapalhadas. Vamos, a bordo… E você, Vaucheray, siga no outro barco. Bom... E agora, deslizem na água, rapazes, fazendo o mínimo de barulho possível.

Grognard e Le Ballu, os dois remadores, tomaram uma reta na direção da margem oposta, um pouco à esquerda do cassino.

Cruzaram primeiro com um bote meio à deriva, no qual havia um homem e uma mulher se abraçando. Depois com outro em que algumas pessoas cantavam aos berros. E foi tudo.

Lupin se aproximou do companheiro e perguntou baixinho:

— Diga, Gilbert, foi você que teve a ideia desse golpe ou Vaucheray?

— Nem sei mais... há semanas falamos disso.

— É que não confio muito em Vaucheray. Tem um caráter ambíguo e tortuoso... Não sei por que não me livro dele.

— Não, patrão!

— Sim, sim, é um sujeito perigoso... sem contar que deve ter umas coisinhas mais ou menos sérias na consciência.

Permaneceu por um tempo em silêncio e voltou a insistir:

— Tem certeza de ter visto o deputado Daubrecq?

— Com meus próprios olhos, patrão.

— E ele tem um compromisso em Paris?

— Vai ao teatro.

— Bom, mas os empregados ficaram na *villa* de Enghien...

— A cozinheira foi mandada embora. Já o criado pessoal, Léonard, que é o homem de confiança do deputado, espera

Daubrecq em Paris, de onde ele não pode voltar antes de uma da manhã. Mas…

— Mas?

— Temos que contar com algum possível capricho do sujeito, uma mudança de humor, uma volta intempestiva… Por isso é bom terminarmos tudo em uma hora.

— E você tem essas informações desde quando?

— Desde essa manhã. Vaucheray e eu achamos então que é o momento ideal. Escolhi como ponto de partida o jardim dessa casa da qual acabamos de sair. Está em construção e não tem vigia à noite. Contatei dois conhecidos para remar os barcos e telefonei para o senhor. Isso é tudo.

— Tem as chaves?

— Da porta principal.

— É a casa que já pode ser vista ali, com um parque em volta?

— É, é a *villa* Marie-Thérèse. As duas mais próximas dela, separadas pelos respectivos parques, estão vazias há uma semana. Temos todo o tempo do mundo para uma verdadeira mudança. Juro que vai valer a pena, patrão.

Lupin resmungou:

— Tudo está tranquilo demais, não tem a menor graça.

Os dois atracaram numa pequena enseada de onde subiam alguns degraus de pedra, protegidos por um telheiro carcomido. Lupin calculou que o transporte dos móveis seria fácil. De repente, porém, ele parou e disse:

— Há gente em casa. Olhe lá, uma luz.

— É um bico de gás, patrão... pode ver que ela não se move.

Grognard ficou tomando conta das barcas e Le Ballu, o segundo remador, foi mandado para o portão da avenida de Ceinture, enquanto Lupin e os outros dois se esgueiravam pela sombra até a escada externa.

Gilbert foi o primeiro a subir. Tateando no escuro, achou o buraco da chave maior e, depois, o do trinco. Os dois giraram com facilidade e a porta foi entreaberta, o bastante para dar passagem aos três homens.

No vestíbulo, um bico de gás estava aceso.

— Viu só, patrão? — brincou Gilbert.

— Está bem, está bem... — concordou Lupin em voz baixa. — Mas acho que a luz não vinha daqui.

— E de onde viria?

— Sabe-se lá... A sala é aqui?

— Não — respondeu Gilbert, que não se preocupava em falar tão baixo. — Não, por precaução ele juntou tudo no primeiro andar, no seu quarto e nos outros ao lado.

— E a escada?

— À direita, atrás da cortina.

Lupin já estava afastando essa cortina quando de repente, a quatro passos dele, à esquerda, uma porta foi aberta e surgiu a cabeça de um homem, uma cabeça muito pálida, com olhos apavorados.

— Socorro! Assassinos! — ele gritou e voltou correndo para o lugar de onde tinha vindo.

— É Léonard, o criado! — gritou Gilbert.

— Se ele fizer algum escândalo, dou um jeito nele — disse Vaucheray.

— Trate de ficar quieto, Vaucheray! — ordenou Lupin, partindo atrás do criado.

Atravessou uma sala de jantar em que ainda havia na mesa, junto de um lampião, pratos e uma garrafa. Acabou encontrando Léonard no fundo de uma despensa, tentando abrir a janela.

— Não se mexa, artista! Nada de brincadeira! Ah, que diabo!

Ele se jogou no chão, percebendo que Léonard erguia o braço na sua direção. Três tiros foram disparados na penumbra, e então o criado caiu, agarrado pelas pernas por Lupin, que pegou a arma e o segurou pela garganta.

— Que diabo! — ele repetiu. — Por pouco não me acertava! Vaucheray, amarre bem o amigo.

Com a lanterna de bolso, ele iluminou o rosto de Léonard e riu:

— Está longe de ser bonito... Não deve ter a consciência tranquila, companheiro. Também, para ser esbirro do deputado Daubrecq... Acabou, Vaucheray? Não quero criar mofo aqui!

— Não há perigo, patrão — disse Gilbert.

— É mesmo? E um tiro, acha que não se ouve?

— É totalmente impossível.

— Pouco importa! Temos que ser rápidos. Vaucheray, pegue o lampião e vamos subir.

Ele agarrou Gilbert pelo braço e, carregando-o para o primeiro andar, disse:

— Imbecil! É assim que consegue suas informações? Eu não estava certo em desconfiar?

— Mas, patrão, eu não podia adivinhar que o sujeito ia mudar de ideia e voltar para jantar.

— A gente tem que adivinhar tudo quando se dá à honra de assaltar casas alheias. Levam jeito, mas são trapalhões... vou ficar de olho em vocês.

A visão dos móveis no primeiro andar acalmou Lupin, e ele, começando a fazer o inventário com a alegria do colecionador que acaba de conseguir alguns bons objetos de arte, exclamou:

— Caramba, pouca coisa, mas coisa fina! Esse representante do povo tem bom gosto! Quatro poltronas de Albusson, uma escrivaninha, aposto que com a assinatura Percier-Fontaine... dois apliques de Gouttières, um Fragonard verdadeiro e um Nattier falso que algum milionário americano engoliria fácil... De fato, uma fortuna. E dizem uns pedantes que nada mais se pode encontrar de autêntico. Diabos! Basta que façam como eu: procurem!

Gilbert e Vaucheray, seguindo as ordens e as indicações do chefe, logo começaram a retirada metódica dos móveis maiores. Em meia hora, o primeiro barco estava cheio e ficou decidido que Grognard e Le Ballu partiriam na frente, para começar a carregar o carro.

Lupin observou a partida. Voltando para dentro da casa, teve a impressão, ao passar pelo vestíbulo, de ouvir palavras vindo das proximidades da despensa. Foi até lá. Léonard estava sozinho, deitado de bruços e com as mãos amarradas nas costas.

— Então é você que está grunhindo, esbirro de confiança? Não se altere tanto. Estamos quase acabando. Só que, se você começar a gritar alto demais, seremos obrigados a tomar medidas mais sérias. Gosta de pera? Podemos enfiar uma na sua boca, com a mordaça por cima…

Subindo a escada, ele ouviu de novo aquele mesmo som e, prestando atenção, percebeu que de fato eram palavras, sussurradas com voz abafada e chorosa, vindo com certeza da despensa.

— Socorro! Assassinos! Socorro! Vão me matar… chamem a polícia!

— Completamente amalucado, o sujeito — resmungou Lupin. — Veja só, incomodar a polícia às nove da noite, que falta de delicadeza!

Voltou ao trabalho, que acabou demorando mais do que calculara, pois foram descobertos nos armários bibelôs de grande valor e seria deselegante desprezá-los. Por outro lado, Vaucheray e Gilbert revistavam tudo com uma minúcia que o surpreendia.

Mas ele afinal exclamou:

— Está de bom tamanho! Pelas ninharias que restam não vamos estragar o negócio e deixar o carro esperando. Vou para o barco!

Já estavam à beira do lago e Lupin descia a escadinha quando Gilbert disse:

— Patrão, precisamos fazer mais uma viagem. Cinco minutos, não mais do que isso.

— Mas para quê, diabos?!

— É que nos falaram de um relicário antigo, algo formidável...

— E daí?

— Não o vimos. E estou pensando num armário com fechadura grande na despensa. Você há de concordar que não podemos...

Sem esperar resposta, ele tomou o caminho de volta, com Vaucheray logo atrás.

— Dez minutos, nem um a mais! — gritou Lupin. — Em dez minutos eu caio fora.

Dez minutos se passaram e ele ainda esperava.

Olhou o relógio e pensou: "Nove e quinze... que maluquice".

Ele então se deu conta de que Gilbert e Vaucheray não se afastaram um do outro em nenhum momento durante toda a operação. Pareciam se vigiar mutuamente. O que significava aquilo?

Sem sequer perceber ele tomou o caminho para a casa, levado por uma sensação inexplicável mas sem, ao mesmo tempo, deixar de ouvir um rumor surdo que crescia ao longe, para os lados de Enghien, parecendo se aproximar... Pessoas passeando, provavelmente.

Deu um assobio forte e se dirigiu ao portão principal, a fim de dar uma olhada na avenida. Já estava ali quando ouviu um tiro, seguido de um grito de dor. Voltou correndo, deu a volta na casa, subiu a escadaria aos saltos e se dirigiu imediatamente à sala de jantar.

— Mas que diabos estão fazendo?

Gilbert e Vaucheray, num corpo a corpo alucinado, rolavam pelo chão com gritos furiosos. Suas roupas estavam cheias de sangue. Lupin foi apartá-los, mas Gilbert já havia nocauteado o outro e tirava da mão dele um objeto que Lupin não teve tempo de ver o que era. Vaucheray perdia muito sangue por um ferimento no ombro e desmaiou.

— Quem fez isso? Você, Gilbert? — perguntou Lupin, irritadíssimo.

— Não! Foi Léonard.

— Léonard? Mas estava amarrado...

— Ele conseguiu se soltar e pegar o revólver.

— Onde está o infeliz?

Lupin pegou o lampião e foi até a despensa.

O criado estava estirado no chão, os braços abertos, um punhal enfiado na garganta, o rosto lívido. Um filete de sangue escorria da boca.

— Ah! — suspirou Lupin, depois de examiná-lo. — Está morto!

— Acha mesmo? Acha mesmo? — Gilbert tremia-se todo.

— Morto, estou dizendo.

Gilbert gaguejou:

— Foi Vaucheray... que fez isso...

Branco de raiva, Lupin o sacudiu.

— Vaucheray... e você também, cretino, pois estava aqui e permitiu isso. Sangue! Sangue! Sabe muito bem que não quero isso. É melhor morrer, se for o caso. Azar o de vocês, fiquem sabendo... vão pagar a conta, se cobrarem. E ela é cara! É a guilhotina!

A presença do cadáver o transtornava, e ele, sacudindo brutalmente Gilbert, quis saber:

— Por quê? Por que Vaucheray fez isso?

— Ele quis revistá-lo para pegar a chave do armário. Então viu que o criado tinha conseguido soltar os braços. Ficou com medo... e o feriu.

— E o tiro?

— Léonard… já estava com a arma na mão. Antes de morrer, conseguiu apontar…

— E a chave do armário?

— Vaucheray pegou…

— Ele o abriu?

— Sim.

— E encontrou o objeto?

— Encontrou.

— E você quis tirá-lo dele? O relicário? Não, era menor… É o quê? Responda!

Pelo silêncio e pela expressão resoluta de Gilbert, ele viu que não teria resposta. Com um gesto de ameaça, acrescentou pausadamente:

— Você vai falar, garoto. Palavra de Lupin, vai cuspir a confissão. Mas, por agora, vamos dar o fora. Pegue de um lado, vamos levar Vaucheray.

Tinham voltado para a sala e Gilbert se debruçava sobre o ferido quando Lupin puxou-o pelo braço:

— Ouça!

Os dois se olharam, tensos. Alguém falava na despensa… uma voz bem baixa, estranha, longínqua. Foram averiguar e não havia ninguém além do morto, do qual se via a silhueta escura.

A voz voltou a falar, aguda, abafada, trêmula, irregular, estridente, assustadora. Pronunciava palavras indistintas, sílabas desconexas.

Lupin sentiu a cabeça molhada de suor. O que podia ser aquela voz incoerente, misteriosa como uma voz do além-túmulo?

Ele se abaixou junto do criado. A voz se calou e depois recomeçou.

— Ilumine melhor — ele disse a Gilbert.

Um medo nervoso e incontrolável o fazia tremer. Já não era possível ter dúvida, Gilbert retirara a proteção da lanterna e era evidente que a voz saía do cadáver, sem que qualquer agitação perturbasse a massa inerte, sem que a boca ensanguentada se movesse.

— Patrão, estou com medo — gaguejou Gilbert.

O mesmo barulho mais uma vez, o mesmo chiado anasalado.

Lupin deu uma gargalhada e virou um pouco o cadáver.

— É claro! — ele exclamou, ao ver um objeto de metal brilhante. — É claro! Só podia ser isso… Custei a descobrir!

Nada mais era que um receptor de telefone, seu fio seguindo até o aparelho preso na parede, como de costume.

Lupin pôs o receptor no ouvido e quase na mesma hora o ruído voltou, mas um ruído variado, feito de gritos diversos, interjeições, clamores entrecortados, o barulho de várias pessoas falando ao mesmo tempo.

— *Está aí?… Ele não fala mais… É terrível… Deve ter sido assassinado… Está aí?… O que houve?… Aguente firme… Estão chegando… a polícia… soldados…*

— Santo Deus! — exclamou Lupin, soltando o fone.

Numa visão assustadora, a verdade se mostrou por inteiro. Logo de início, e enquanto faziam o transporte das coisas, Léonard, que não havia sido bem amarrado, conseguira se erguer, tirar o fone do gancho, provavelmente com a boca, fazê-lo cair no chão e pedir socorro à central telefônica de Enghien.

Isso explicava as palavras ouvidas antes por Lupin, depois de o primeiro barco partir: "Socorro! Assassinos! Vão me matar...".

E agora se ouvia a resposta da central. A polícia estava a caminho. Então Lupin se lembrou dos sons ouvidos quatro ou cinco minutos antes, no máximo, quando estava no jardim.

— É a polícia... largue tudo — ele gritou, correndo pela sala de jantar.

Gilbert ainda lembrou:

— E Vaucheray?

— Azar o dele.

Tendo já voltado a si, Vaucheray suplicou:

— Patrão, não me deixe aqui!

Apesar do perigo, Lupin parou e, com a ajuda de Gilbert, levantou o ferido. Um tumulto se fez ouvir do lado de fora.

— Tarde demais!

Nesse momento, pancadas sacudiram a porta principal. Ele foi até a outra, por onde haviam entrado. Os policiais já tinham contornado a casa. Talvez ele e Gilbert conseguissem tomar a dianteira e chegar ao lago. Mas como pegar o barco e fugir sob o fogo inimigo?

Ele fechou a porta e passou o trinco.

— Estamos cercados… perdidos! — lamentou-se Gilbert.

— Cale a boca — disse Lupin.

— Eles nos viram, patrão. Olhe, estão batendo.

— Cale a boca — repetiu Lupin. — Não fale… Não se mexa.

Estava impassível, absolutamente calmo, na atitude pensativa de quem tem tudo de que é preciso para examinar uma situação delicada sob todos os aspectos. Encontrava-se num daqueles momentos por ele próprio definidos como *minutos superiores da vida*, aqueles que dão à existência seu valor e seu preço. Quando isso acontecia, e qualquer que fosse a ameaça, ele sempre começava contando interiormente, bem devagar: "um… dois… três… quatro… cinco… seis", até que as batidas do coração voltassem a um ritmo calmo e regular. E só então ele pensava, mas com que acuidade! Com que esplêndida energia! Com que profunda intuição em relação às possíveis eventualidades! Todos os dados do problema se apresentavam à sua frente. Tudo estava previsto, tudo era admissível. E a decisão vinha sustentada por uma lógica plena, sem margem para dúvidas.

Passados trinta ou quarenta segundos, enquanto as portas e as fechaduras eram forçadas, ele disse a Gilbert:

— Siga-me.

Entrando na sala, ele escolheu uma janela que dava para a lateral da casa e empurrou suas abas externas, devagar. Vários homens iam e vinham, tornando impossível qualquer fuga. Ele então começou a gritar com toda a força, numa voz ofegante:

— Aqui! Ajudem! Eu os peguei… Aqui!

Feito isso, engatilhou o revólver e deu dois tiros nos galhos de uma árvore. Depois foi até onde Vaucheray estava, debruçou-se, sujou o rosto e as mãos com o sangue que saía do ferimento. Em seguida, agarrou brutalmente Gilbert e derrubou-o no chão.

— O que está fazendo, patrão? Que ideia é essa?

— Não reaja — disse Lupin com um tom imperioso, destacando cada sílaba. — Deixe tudo comigo, posso salvar vocês dois… Faça o que eu digo. Vou tirá-los da prisão, mas, para isso, preciso estar livre.

O tumulto aumentava sob a janela aberta. Ele novamente gritou:

— Aqui… Eu os peguei! Ajudem!

Baixinho, com toda calma, ele insistiu:

— Pense bem… Você tem algo a dizer? Algo que possa ser útil?

Gilbert se debatia, furioso, agitado demais para entender o plano de Lupin. Mais perspicaz, Vaucheray, que, ferido como estava, havia perdido toda esperança de fugir, deu uma risada sarcástica:

— Faça o que ele diz, idiota. Contanto que o patrão se safe... não é o essencial?

Lupin de repente se lembrou do objeto que Gilbert pusera no bolso depois de tomá-lo de Vaucheray e quis pegá-lo.

— Isso nunca! — rosnou Gilbert, que conseguira se soltar.

Foi novamente derrubado, mas, como dois homens já apareciam à janela, ele cedeu e entregou o objeto a Lupin, que o enfiou no bolso sem nem olhar o que era.

— Pegue, patrão... explicarei depois. Esteja certo de que...

Não pôde terminar. Dois policiais e outros que os seguiam, além dos soldados que entravam por todo lugar, vinham socorrer Lupin.

Gilbert foi imediatamente agarrado e amarrado com força. Lupin se levantou e disse:

— Não foi fácil, o homem me deu trabalho. Feri o outro, mas este aqui...

Apressadamente, o comissário de polícia perguntou:

— Viu o criado? Sabe se o mataram?

— Não, não sei — ele respondeu.

— Não sabe?

— Como saberia? Vim de Enghien com vocês, ao saber do crime. Enquanto davam a volta pela esquerda da casa, vim pela direita. Vi uma janela aberta e entrei no momento em que esses dois se preparavam para descer. Atirei naquele ali e agarrei o outro.

Quem desconfiaria? O homem estava coberto de sangue. E foi quem pegou os assassinos do criado. Dez pessoas haviam presenciado o fim do heroico corpo a corpo.

O tumulto, além disso, era grande demais para que alguém se desse ao trabalho de pensar muito ou que perdesse tempo com dúvidas. Na confusão, os moradores da região já invadiam a residência. Foi um deus nos acuda. Corriam por todo lado, para cima, para baixo, para a cave. Chamavam-se uns aos outros. Na gritaria, ninguém pensou em verificar as tão fidedignas afirmações de Lupin.

A descoberta do cadáver, no entanto, relembrou ao comissário suas responsabilidades e ele deu ordem aos que guardavam o portão externo para que ninguém entrasse ou saísse. Depois, sem perder tempo, examinou tudo e começou de fato a investigação.

Vaucheray disse seu nome, mas Gilbert não, alegando que só se pronunciaria na presença de um advogado. Quando o assassinato foi mencionado, ele denunciou Vaucheray, que se defendeu acusando-o. Os dois falavam ao mesmo tempo, prendendo assim a atenção do comissário que, quando afinal se virou para Lupin, querendo registrar seu testemunho, não o encontrou.

Sem qualquer desconfiança, pediu a um dos policiais que avisasse "aquele cavalheiro" que gostaria de lhe fazer algumas perguntas.

Procurou-se o tal cavalheiro. Alguém o tinha visto na escadaria, fumando um cigarro. Soube-se inclusive que oferecera cigarros a um grupo de soldados, afastando-se depois na direção do lago e dizendo que o chamassem se fosse preciso.

Então chamaram, mas ninguém apareceu.

Em seguida, um soldado chegou às pressas, avisando que o cavalheiro havia entrado num barco e se afastava com vigorosas remadas.

O comissário olhou para Gilbert, percebeu que o tinham passado para trás e gritou:

— Atrás dele! Podem atirar! É um cúmplice...

Ele próprio partiu, seguido por dois policiais, enquanto os outros ficaram com os prisioneiros. Do cais, ainda podia ver, a uma centena de metros, o cavalheiro que, na penumbra, o cumprimentou com o chapéu.

Inutilmente, um dos policiais ainda descarregou o revólver na sua direção.

A brisa trazia o som de uma cançoneta que o cavalheiro cantava, sem parar de remar:

Segue, pequeno grumete
O vento o ajuda...

Havia uma barca amarrada no molhe da propriedade vizinha. Não foi difícil passar pela cerca viva que separava os dois jardins e, depois de dizer aos soldados que vigiassem as margens do lago e prendessem o fugitivo se ele tentasse desembarcar, o comissário e mais dois homens começaram a perseguição.

Era algo bastante fácil pois, com a claridade da lua que aparecia de vez em quando, podia-se acompanhar a fuga e perceber que a outra embarcação tentava atravessar o lago, mas tomando a direção do vilarejo de Saint-Gratien, um pouco mais à direita.

Logo o comissário constatou que, com a ajuda dos auxiliares e também graças à leveza da sua barca, eles conseguiam uma velocidade maior. Em dez minutos, a distância havia caído pela metade.

— O melhor é que nem precisaremos dos soldados para impedir que ele desembarque — alegrou-se o policial. — Quero muito saber quem é o sujeito. Descaramento é o que não lhe falta.

O mais estranho é que a distância diminuía num ritmo anormal, como se o fugitivo tivesse desistido, reconhecendo a inutilidade da fuga. Ou os remadores haviam redobrado o esforço. A barca, em todo caso, deslizava com extrema rapidez. Só mais uns metros e o alcançariam.

— Alto! — ordenou o comissário.

Podia-se ver a silhueta do inimigo, que não se movia. Os remos balançavam à deriva. Tal imobilidade tinha algo de inquietante. Um bandido desse calibre podia muito bem esperar até o último minuto e vender caro a vida, recebendo-os a tiros antes que pudessem responder.

— Renda-se! — gritou o comissário.

Naquele momento a noite estava escura. Os três homens se deitaram no fundo da embarcação, pensando terem visto um gesto de ataque.

Mesmo assim, levado pelo impulso de até então, o barco se aproximava do outro.

O comissário disse em voz baixa:

— Não vamos servir de alvo. É melhor atirar primeiro, estão prontos?

Mas ele gritou ainda:

— Renda-se... ou...

Resposta nenhuma.

O fugitivo não se mexia.

— Renda-se! Jogue as armas... Não quer? Que seja. Vou contar... Um... Dois...

Os policiais não esperaram a ordem. Atiraram e, voltando aos remos, deram um impulso tão forte que em pouco tempo abalroaram o inimigo.

De revólver em punho, atento a qualquer movimento, o comissário vigiava.

Estendeu o braço.

— Um gesto e eu arrebento sua cabeça — ele avisou.

Mas o indivíduo não fazia gesto nenhum, e o policial, feita a abordagem e tendo os dois auxiliares abandonado os remos, estando todos preparados para o terrível assalto, percebeu a razão de tanta passividade: não havia ninguém a bordo. O covarde tinha fugido a nado, deixando nas mãos do vencedor certo número de objetos roubados, com alguns, aliás, tendo servido para formar um amontoado coberto por um paletó e um chapéu-coco, podendo perfeitamente, com boa vontade, parecer uma pessoa na penumbra reinante.

À luz de alguns fósforos, examinaram o que tinha sido deixado pelo inimigo. No chapéu, nenhuma inicial gravada. Nos bolsos do paletó, nem documentos nem carteira. Mas num deles foi feita uma descoberta que daria ao caso considerável publicidade e influenciaria negativamente o destino de Gilbert e Vaucheray: um cartão esquecido pelo fugitivo, o cartão de visita de Arsène Lupin.

MAIS OU MENOS NO MESMO INSTANTE em que a polícia, rebocando a embarcação capturada, dava continuidade a buscas um tanto vagas, e, nas margens, soldados paralisados arregalavam os olhos tentando acompanhar as peripécias do combate naval, o assim denominado Arsène Lupin tranquilamente saía das águas naquele exato ponto de onde partira duas horas antes.

Deu algumas explicações apressadas aos dois outros cúmplices que ali aguardavam, Grognard e Le Ballu, acomodou-se no automóvel entre as poltronas e os bibelôs do deputado Daubrecq, aqueceu-se em peles e mandou que o carro seguisse pelas estradas desertas até seu guarda-móveis em Neuilly, onde o motorista permaneceu, descarregando a mercadoria. Um táxi o levou a Paris, e ele desceu em Saint-Philippe-du-Roule.

Não distante dali, na rua Matignon, servia de abrigo a Lupin uma sobreloja com entrada particular, desconhecida pelo seu bando, exceto por Gilbert.

Foi com muito prazer que ele pôde trocar de roupa e se aquecer. Apesar da sua constituição robusta, estava morrendo de frio. Como sempre, ao se deitar, ele deixou em cima da lareira tudo que trazia nos bolsos. Foi só então que notou, perto da carteira e das chaves, o objeto que Gilbert, no último instante, lhe entregara.

Surpreso, viu que se tratava de uma tampa de garrafa, uma simples tampa de cristal, dessas usadas em garrafas de licor e outras bebidas. E ela nada tinha de especial. O máximo que Lupin pôde observar foi que o topo, multifacetado, era dourado até a haste central.

Mas, a bem da verdade, detalhe nenhum parecia merecer maior atenção.

"E é esse pedaço de vidro que Gilbert e Vaucheray consideravam tão importante? Por isso eles mataram o criado, lutaram, perderam tempo, se arriscaram à prisão, ao julgamento, ao patíbulo. Bem, é no mínimo estranho!"

Cansado demais para continuar aquela especulação, por mais apaixonante que fosse, ele deixou a rolha em cima da lareira e foi para a cama.

Teve sonhos ruins. Ajoelhados na laje das suas celas, Gilbert e Vaucheray estendiam mãos desesperadas, com urros de pavor.

"Socorro! Socorro!", eles gritavam.

Mas, apesar de todo o esforço que fazia, Lupin não conseguia se mover. Amarras invisíveis o impediam. Trêmulo, obcecado pela visão monstruosa diante de seus olhos, ele acompanhou o ritual fúnebre, os preparativos, o drama sinistro.

— Deus do céu! — ele exclamou ao acordar de uma série de pesadelos. — São presságios bastante ruins. Felizmente não sou tão impressionável! Contudo…

E acrescentou:

— Temos conosco inclusive um talismã que, pela maneira como Gilbert e Vaucheray se comportaram, com um toque de Lupin poderá conjurar qualquer infortúnio e fazer com que a boa causa triunfe. Vamos dar uma olhada na tal rolha de cristal.

Ele se levantou para pegá-la e olhar mais atentamente. Deixou escapar um grito. A rolha de cristal tinha desaparecido.

2. Nove menos oito, sobra um

Há algo que eu nunca consegui entender bem, apesar das minhas boas relações com Lupin e da confiança que ele, de forma tão lisonjeira, sempre depositou em mim: a organização do seu bando.

Não resta dúvida quanto à existência de uma quadrilha organizada. Algumas das suas aventuras só se explicam pelo apoio de auxiliares dedicados, de energias irresistíveis e de poderosas cumplicidades; tudo isso obedecendo a uma vontade única e formidável. Mas como se exerce essa vontade? Por quais intermediários e quais subcomandantes? Não sei dizer. Lupin guarda esse segredo, e os segredos que Lupin quer guardar são, por assim dizer, impenetráveis.

A única hipótese que posso por ventura levantar é que esse bando, creio que muito restrito — e por isso mesmo ainda mais temível —, se completa incorporando unidades independentes, filiações provisórias, amealhadas em todas as classes sociais e todos os países, agentes que nem sempre se conhecem, executores de ordens recebidas. Entre esses últimos e o topo, vão e vêm companheiros, iniciados, fiéis e aqueles que têm as funções principais, sob o comando direto de Lupin.

Gilbert e Vaucheray, com toda evidência, se situavam entre estes. Por isso a justiça se mostrava tão implacável com eles. Pela primeira vez as autoridades tinham cúmplices de Lupin em seu poder, cúmplices indiscutíveis e que, além disso, haviam cometido assassinato! Bastava que fosse premeditado, que a acusação se apoiasse em provas consistentes e então seria o cadafalso. E prova, havia pelo menos uma, incontestável: o telefonema de Léonard, minutos antes de ser morto: "Socorro! Assassinos… vão me matar". Esse chamado em desespero foi ouvido por duas pessoas, o funcionário de plantão e um dos seus colegas, tendo ambos prestado depoimentos categóricos. Foi a partir disso que o comissário de polícia foi acionado e se dirigiu à *villa* Marie-Thérèse, acompanhado ainda por um grupo de soldados em licença.

Logo nos primeiros dias, Lupin teve plena consciência do perigo. A violenta luta por ele travada contra a sociedade entrava numa nova e terrível fase. A sorte mudara de lado. Dessa vez tratava-se de um crime de morte, um ato contra o qual ele próprio se insurgia, e não mais um dos seus divertidos ataques a residências em que ele depenava algum rico aproveitador, algum financista inescrupuloso, e depois sabia conquistar a simpatia geral e se conciliar com a opinião pública. Agora, porém, não era mais o caso de atacar, e sim de se defender e salvar o pescoço dos dois companheiros.

Uma anotação que copiei de um dos cadernos em que ele costuma expor e resumir as situações que mais o constrangem nos revela a sequência das suas reflexões:

De início, uma constatação: Gilbert e Vaucheray me usaram. A expedição a Enghien, a pretexto do assalto à *villa* Marie-Thérèse, tinha outra finalidade. O tempo todo era o que eles tinham em mente e, tanto sob os móveis quanto no fundo dos armários, eles procuravam uma única coisa, a rolha de cristal. Assim sendo, se eu quiser enxergar melhor nessas trevas, antes de mais nada preciso descobrir seu significado. Certo é que, por razões secretas, aquele misterioso pedaço de vidro tem para eles um valor imenso... E não só para eles, uma vez que, na noite passada, alguém teve a audácia e a capacidade de entrar no meu apartamento e roubar o objeto em questão.

Esse roubo, do qual ele próprio era vítima, o intrigava singularmente.

Dois problemas se apresentavam, ambos insolúveis. Primeiro, quem seria o misterioso ladrão? Apenas Gilbert, em quem ele tinha toda confiança e que lhe servia de secretário particular, conhecia o refúgio da rua Matignon. E Gilbert estava na cadeia. Deveria achar que Gilbert o traíra e enviara a polícia? Se assim fosse, por que se limitara a pegar a rolha de cristal, em vez de prendê-lo?

Mas havia outra coisa ainda mais estranha. Admitindo que tivessem conseguido forçar as portas do seu apartamento — o que era preciso admitir, apesar de indício nenhum comprová--lo —, de que maneira haviam entrado no seu quarto? Como fazia toda noite, numa rotina jamais quebrada, ele passara a chave e trancara o ferrolho. E mesmo assim — fato irrefutável — a rolha de cristal desaparecera sem que a fechadura e o ferrolho fossem tocados. Por outro lado, Lupin, que se gabava de ter o ouvido sensível mesmo durante o sono, não fora acordado por ruído algum!

Ele tentou entender, mas conhecia suficientemente bem enigmas desse tipo para saber que eles só se esclarecem na sequência dos acontecimentos. Desconcertado, bastante preocupado, no mesmo instante ele fechou a sobreloja da rua Matignon, jurando a si mesmo que não poria mais os pés ali.

Passou então a pensar em como entrar em contato com Gilbert e Vaucheray.

Nessa direção, um novo contratempo: a justiça, mesmo sem bases sólidas para estabelecer a cumplicidade de Lupin, decidira que o processo seria instruído não no departamento de Seine-et-Oise, mas em Paris, e anexado à investigação geral aberta contra ele. Com isso, Gilbert e Vaucheray tinham sido transferidos para a prisão de La Santé e lá, assim como no Palácio de Justiça, estabeleceu-se a necessidade de impedir qualquer comunicação entre Lupin e os presos. Com essa finalidade, um conjunto de minuciosas precauções foi implantado pela Chefatura de Polícia, precauções que eram estritamente observadas mesmo pelos mais insignificantes subalternos. Dia e noite, policiais experientes, sempre os mesmos, guardavam Gilbert e Vaucheray, sem perdê-los de vista.

Lupin, que nessa época ainda não se promovera — ponto alto da sua carreira — ao cargo de chefe da Sûreté, não tinha conseguido tomar, no Palácio de Justiça, as medidas necessárias para a execução dos seus planos. Assim sendo, depois de quinze dias de tentativas infrutíferas, ele precisou aceitar o fato. Fez isso cheio de raiva no coração e uma crescente inquietação.

No entanto, pensou: "O mais difícil num caso não é chegar ao fim, mas começar; e nas presentes circunstâncias, por onde começar? Qual caminho seguir?".

Foi desse modo que se interessou pelo deputado Daubrecq, primeiro dono da rolha de cristal e que devia, por isso, ter conhecimento da sua importância. Por outro lado, como Gilbert estava a par de tanta coisa relativa ao deputado? Quais tinham sido seus meios de observação? Quem o informara sobre o que Daubrecq faria naquela noite? Eram questões interessantes e que deviam ser aprofundadas.

Logo depois do assalto à *villa* Marie-Thérèse, Daubrecq resolvera voltar para o seu palacete particular em Paris, onde costumava passar o inverno. Ficava à esquerda da pracinha Lamartine, no final da avenida Victor-Hugo.

Disfarçado de velho aposentado flanando de bengala na mão, Lupin passava horas num banco ou noutro da pracinha ou da avenida.

Logo no primeiro dia, uma descoberta o surpreendeu. Dois homens, vestidos como operários, mas com maneiras que flagrantemente os traíam, vigiavam a residência do deputado. Quando Daubrecq saía eles o seguiam, e só voltavam em seu encalço. À noite, assim que as luzes eram apagadas, eles iam embora.

Lupin, por sua vez, foi atrás deles. Eram agentes da Sûreté.

"Ora, ora; não contava com essa. Será que o tal Daubrecq também é suspeito?", ele pensou.

No quarto dia, porém, aos dois homens se juntaram seis outros personagens, ao cair da noite, e conversaram todos no canto mais escuro da praça Lamartine. Entre esses novos personagens, Lupin estranhou muito reconhecer, pelo porte e pelas maneiras, o famoso Prasville, ex-advogado, ex-esportista, ex-explorador, gozando atualmente de livre acesso ao palácio presidencial do Élysée e que, por razões misteriosas, fora alçado ao cargo de secretário-geral da Chefatura de Polícia.

De repente Lupin se lembrou de uma fragorosa cena de pugilato ocorrida dois anos antes, na praça do Palais-Bourbon, entre Prasville e o deputado Daubrecq. Ignorava-se a causa. No mesmo dia Prasville havia mandado suas testemunhas, mas Daubrecq recusou o duelo.

Pouco depois, Prasville foi nomeado secretário-geral.

"Estranho... muito estranho...", disse para si mesmo Lupin, que ficou ali pensativo, ainda observando as manobras do secretário-geral.

Às sete da noite, o grupo de Prasville se afastou um pouco na direção da avenida Henri-Martin. A porta de um jardim do lado direito do palacete deu passagem a Daubrecq. Os dois agentes o seguiram de perto e, como ele, pegaram o bonde na rua Taitbout.

Logo em seguida, Prasville atravessou a praça e tocou a campainha. O portão principal ficava próximo do alojamento da zeladora, que foi atender. Depois de uma rápida conversa, a mulher deixou Prasville e seus asseclas entrarem.

— Visita domiciliar secreta e ilegal — disse Lupin. — Pelas regras da mais elementar cortesia, minha presença é indispensável.

Sem a menor hesitação, ele se dirigiu à residência, cujo portão tinha ficado aberto e, passando pela zeladora, que vigiava os arredores, perguntou, como se estivesse sendo esperado:

— Os cavalheiros já entraram?

— Já, estão no escritório.

O plano era simples: se o vissem, diria ter vindo entregar alguma coisa. Não foi preciso. Assim que atravessou o vestíbulo deserto, entrou na sala de jantar que também estava vazia e de onde pôde ver, por uma divisória de vidro que a separava do escritório, Prasville e seus cinco auxiliares.

O secretário-geral abria todas as gavetas com chaves falsas. Em seguida folheou diversos dossiês, enquanto os outros tiravam da biblioteca livro por livro, sacudiam as páginas e verificavam o interior das encadernações.

"É sem dúvida um papel que estão procurando... talvez dinheiro..."

Prasville pareceu perder a paciência e disse:

— Que perda de tempo! Não estamos encontrando coisa alguma...

Mas não havia ainda desistido, pois de repente pegou quatro garrafas de uma prateleira com licores diversos, tirou suas rolhas e examinou.

"Mas o que é isso? Mais um, agora, com mania de rolhas? Não seria então um papel o que procuram? Realmente, não entendo mais nada", pensou Lupin.

Em seguida, o secretário-geral ergueu e verificou diversos objetos, para afinal perguntar:

— Quantas vezes já vieram aqui?

— Seis vezes, no inverno passado — respondeu um dos homens.

— E vasculharam tudo a fundo?

— Todos os cômodos e por dias inteiros, já que ele estava em campanha eleitoral e viajava muito.

— No entanto...

Interrompeu-se e perguntou:

— Nenhum criado ainda?

— Nenhum, mas está procurando. Faz as refeições em restaurantes e a zeladora cuida da casa como pode. É da nossa confiança…

Por uma hora e meia Prasville insistiu nas buscas, remexendo e revirando cada bibelô, mas tomando cuidado para que tudo voltasse ao exato lugar de antes. Às nove horas, os dois agentes que seguiam Daubrecq entraram.

— Ele está voltando…

— A pé?

— A pé.

— Temos tempo?

— Suficiente!

Sem muita pressa, Prasville e seus auxiliares, depois de uma última passada de olhos no escritório para ver se tudo estava em ordem, se retiraram.

A situação se tornava crítica para Lupin. Ele corria o risco de esbarrar em Daubrecq ao sair e, se esperasse, não poderia mais ir embora. Depois de confirmar que as janelas da sala de jantar lhe garantiriam uma saída direta para a pracinha, resolveu ficar. De qualquer forma, a ocasião para ver Daubrecq mais de perto era boa demais e ele não queria desperdiçá-la. E, como o dono da casa tinha acabado de jantar, eram poucas as chances de vir ali.

Ele então aguardou, pronto para se esconder, se necessário, atrás de uma cortina de veludo que se estendia sobre a divisória de vidro.

Ouviu o barulho das portas. Alguém entrou no escritório e acendeu a luz elétrica: Daubrecq.

Era um homem forte, atarracado, pescoço nenhum, barba fina já grisalha, quase calvo e usando sempre — pois tinha os olhos bastante debilitados — lentes escuras por cima dos óculos de grau.

Lupin notou a expressão enérgica, o queixo quadrado, os ossos do rosto ressaltados. As mãos eram peludas e maciças, as pernas curvadas, a postura arqueada, e ele caminhava pesando o corpo ora num lado ora noutro do quadril, dando a impressão de um quadrúmano quando andava. Tinha uma testa enorme, atormentada, com rugas profundas e alguns calombos.

O conjunto passava a sensação de algo bestial, repugnante, selvagem. Lupin se lembrou de que o apelido de Daubrecq na Câmara era "homem da floresta", e ele era assim chamado não só por se manter afastado, sem muito convívio com os colegas, mas também por seu aspecto, suas maneiras, seu andar e sua sólida musculatura.

Ele se sentou à escrivaninha, tirou do bolso um cachimbo em espuma do mar, escolheu, entre os diversos que estavam num pote, um pacote de fumo Maryland, rompeu o lacre, encheu o cachimbo e o acendeu. Depois escreveu cartas.

Passado algum tempo, parou o que estava fazendo e ficou pensando, com a atenção fixa num ponto da escrivaninha.

Bruscamente, pegou uma caixa de selos e a observou. Em seguida verificou a posição de alguns objetos que Prasville havia examinado, olhando-os bem, apalpando com cuidado, como se alguns sinais que só ele conhecia pudessem dar informações.

Depois disso, foi até uma campainha elétrica pendurada num canto e apertou o botão.

Um minuto depois, a zeladora apareceu e ele perguntou:

— Vieram de novo, não é?

Como a mulher parecia hesitar, ele insistiu:

— Vamos, Clémence, foi você que abriu essa caixinha de selos?

— Não, senhor.

— Eu tinha lacrado a tampa com uma tirinha de papel adesivo e ela foi violada.

— Mas posso garantir... — começou a zeladora.

— Para que mentir, se eu mesmo disse que podia permitir as visitas?

— É que...

— É que você gosta de comer nas duas mesas. Que seja...

Ele deu uma nota de cinquenta francos e recomeçou:

— Eles vieram?

— Sim, senhor.

— Os mesmos que estiveram aqui na primavera?

— Os cinco, com outro… que chefiava.

— Grandalhão? Moreno?

— Sim.

Lupin pôde notar que o maxilar de Daubrecq se contraía, e ele continuou:

— Só isso?

— Depois veio um outro, que se juntou a eles. E no final chegaram os dois que estão sempre vigiando da rua.

— Ficaram aqui nesse escritório?

— Ficaram.

— E foram embora quando eu estava prestes a chegar? Poucos minutos antes?

— Isso, senhor.

— Pode ir.

A mulher saiu. Daubrecq voltou à sua correspondência. Depois, esticando o braço, escreveu alguma coisa num bloco de papel branco que estava num canto da escrivaninha e o deixou de pé, como se não quisesse perdê-lo de vista.

Eram algarismos. Lupin conseguiu ler a subtração:

$$9 - 8 = 1$$

Reforçando bem cada sílaba, Daubrecq disse em voz alta:

— Não há a menor dúvida.

Escreveu mais uma carta, muito curta e, no envelope, pôs o endereço que Lupin decifrou quando a carta foi deixada perto do bloco:

"Sr. Prasville, secretário-geral da Chefatura de Polícia."

Depois tocou de novo a campainha.

— Clémence, você frequentou uma escola quando era pequena? — ele perguntou à zeladora.

— Virgem Maria! Como não?

— E aprendeu aritmética?

— O que o senhor...

— É que não parece muito boa em contas de subtração.

— Por que diz isso?

— Porque não sabe que nove menos oito é igual a um. E isso, entenda, é de suma importância. Não há existência possível quando se ignora essa verdade essencial.

Sem parar de falar, ele se pôs de pé e andou pelo quarto, com as mãos nas costas, balançando-se de uma perna para outra. Repetiu mais uma vez a cena e então, parando diante da sala de jantar, abriu a porta.

— O problema, aliás, pode se enunciar de outra forma — ele continuou. — Quem de nove tira oito, fica com um. E isso que resta aqui está, não? A operação está certa e o cavalheiro aqui é a melhor prova disso, não é?

Ele batia com a mão na cortina de veludo atrás da qual Lupin havia rapidamente se escondido.

— Na verdade, o cavalheiro deve estar com pouco ar aí atrás. E isso sem dizer que eu poderia me divertir furando essa cortina com uma adaga... Lembre-se do delírio de Hamlet e da morte de Polônio... "É um rato, estou dizendo, um rato dos grandes..." Vamos, Polônio, saia da sua toca.

Era uma dessas atitudes com as quais Lupin não estava acostumado e que detestava. Pegar as pessoas numa armadilha e acabar com elas era compreensível, mas não que as ridicularizassem e fizessem pouco delas. No entanto, o que ele podia dizer?

— Está um tanto pálido, Polônio... Mas, ora, é o respeitável burguês que perambula pela pracinha há dias! Também da polícia, sr. Polônio? Vamos, respire, não lhe quero mal... Mas está vendo, Clémence, como sei contar? Entraram aqui, segundo a senhora, nove patifes. Voltando, contei de longe na avenida um bando de oito. Se são oito e eram nove, restou um que, evidentemente, tinha ficado aqui de tocaia. *Ecce Homo*.

— E daí? — foi só o que conseguiu dizer Lupin, que tinha uma vontade louca de pular em cima do fulano e calar sua boca.

— E daí? Daí nada, meu amigo. O que mais poderia ser? A farsa acabou. Pediria apenas que leve ao seu chefe Prasville essa cartinha que acabo de escrever para ele. Clémence, por favor, mostre a saída ao sr. Polônio. E se ele por acaso voltar, abra as portas para ele. Sinta-se em casa, sr. Polônio. Disponha...

Lupin não sabia mais o que fazer. Gostaria de manter a dignidade, lançar uma frase de efeito, ter a palavra final, como no teatro, vinda do fundo do palco. Ou seja, conseguir uma saída decente e desaparecer com pelo menos alguma altivez. Mas a derrota era tão fulgurante que o melhor que pôde foi socar o chapéu na cabeça e seguir a zeladora pisando forte. Uma revanche bastante mísera.

— Cretino do inferno! — ele disse alto, já do lado de fora, olhando para as janelas de Daubrecq. — Miserável! Canalha! Deputado ordinário! Vai me pagar… Acha mesmo que pode fazer uma coisa dessas? Ah, que descarado! Pois juro por Deus, meu caro, que um dia desses…

Ele espumava de raiva e ainda mais porque no fundo reconhecia a força do novo inimigo, sem poder negar a autoridade por ele demonstrada em tudo aquilo.

A fleuma de Daubrecq, a segurança com que lidava com o pessoal da Chefatura de Polícia, a desfaçatez com que aceitava as incursões em sua casa e, sobretudo, o sangue-frio admirável, a desenvoltura e a impertinência demonstrados diante do nono personagem que o espionava, tudo isso revelava alguém de personalidade forte, equilibrado, lúcido, audacioso, seguro de si e das cartas que tinha na mão.

Mas que cartas eram essas? De que jogo? Quem sustentava a aposta? E até que ponto cada jogador se comprometia?

Lupin ignorava. Sem nada saber, tinha se lançado de corpo e alma numa batalha que já corria solta entre adversários engajados a fundo sem conhecimento das posições, das armas, dos recursos ou dos respectivos planos secretos. Pois, afinal, não era admissível que o prêmio para tantos esforços fosse a posse de uma rolha de cristal!

Uma única coisa o deixava satisfeito: Daubrecq não o havia desmascarado. Acreditara que ele era alguém a soldo da polícia. Nem o deputado nem, consequentemente, a polícia desconfiavam da intrusão de um terceiro jogador. Era seu único trunfo, mas que lhe garantia uma liberdade de ação extremamente importante.

Sem mais esperar, ele abriu a carta que lhe fora dada para o secretário-geral da Chefatura de Polícia. Dizia o seguinte:

Ao alcance da tua mão, meu velho Prasville! Tocaste nela. Um pouco mais e pronto… Mas és idiota demais. E pensar que foste o melhor que se encontrou para me levar à lona. Pobre França! Até a próxima, Prasville. Mas se eu te pegar de novo com a mão na massa, cuidado, vou atirar.

Daubrecq

"Ao alcance da mão…", repetia Lupin depois de ler. "Quem sabe o sujeito está falando sério. Os esconderijos mais simples são os mais seguros. Será preciso ver isso mais de perto… e também por que esse Daubrecq está sendo tão vigiado. Preciso me instruir melhor sobre o personagem."

As informações que Lupin havia encomendado a um escritório de investigação assim se resumiam:

Alexis Daubrecq, deputado há dois anos pelo departamento de Bouches-du-Rhône, se posiciona entre os independentes. Ostenta opiniões mal definidas mas tem situação eleitoral bastante sólida, graças às enormes somas gastas para se eleger. Nenhuma fortuna, mas possui mansão em Paris e residências em Enghien e Nice. Perde grandes somas no jogo sem que se saiba de onde vem o dinheiro. Muito influente, obtém o que quer, embora não frequente os ministérios e não pareça ter amizades ou relações nos meios políticos.

"É uma ficha comercial", Lupin diz para si mesmo ao reler a nota. "O que eu preciso é de uma ficha íntima, uma ficha policial, algo que me informe sobre a vida privada do indivíduo e me permita manobrar mais à vontade nessas trevas para saber se não estou perdendo tempo com esse Daubrecq. E o tempo, caramba, o tempo voa!"

Um dos endereços de Lupin nessa época, e onde ele mais frequentemente vivia, era na rua Chateaubriand, perto do Arco do Triunfo. Seu nome ali era Michel Beaumont. Tratava-se de um apartamento confortável, com um empregado de total confiança, Achille, que tinha como função centralizar as chamadas telefônicas dos acólitos do patrão.

Lá chegando, ele se surpreendeu ao saber que uma mulher o esperava havia pelo menos uma hora, uma mulher da "classe trabalhadora".

— Como pode? Ninguém vem me ver aqui. É jovem?

— Não... acho que não.

— Como assim, acha?

— Está com uma mantilha na cabeça em vez de chapéu, e não se vê seu rosto. Parece mais uma empregada... talvez de alguma loja popular.

— Quem ela pediu para ver?

— O sr. Michel Beaumont — respondeu o criado.

— É estranho. E por qual motivo?

— Disse apenas ter a ver com o caso de Enghien. Então achei...

— Como? O caso de Enghien? Ela sabe então que estou envolvido nisso! Sabe que, vindo aqui...

— Não consegui mais nada além disso, mas achei melhor deixá-la entrar.

— Fez bem. Onde ela está?

— Na sala, acendi a luz.

Lupin atravessou rápido a antecâmara e abriu a porta da sala.

— O que deu em você? — ele perguntou ao empregado. — Não tem ninguém aqui.

— Ninguém? — estranhou Achille, que veio correndo.

A sala, de fato, estava vazia.

— Como pode? Essa não! Há no máximo vinte minutos vim dar uma olhada e a mulher estava aqui. E não sou de ver coisas.

— Deixe-me entender — disse Lupin começando a se irritar. — Onde você estava enquanto ela esperava?

— No vestíbulo, patrão! Não saí de lá nem por um segundo! Eu a teria visto sair, diabos!

— No entanto, ela não está aqui.

— É verdade... é verdade... — gemeu Achille, perplexo. — Perdeu a paciência e foi embora. Mas eu queria saber por onde, maldição!

— Por onde? Não precisa ser adivinho para saber.

— Como?

— Pela janela. Ainda está entreaberta, inclusive. Estamos no térreo, a rua quase sempre deserta à noite... Com certeza.

Ele olhou em volta para ver se alguma coisa tinha sido levada ou revirada. Na sala, aliás, nada havia de precioso, nenhum documento importante que explicasse a visita e o desaparecimento repentino da desconhecida. Nesse caso, por que a misteriosa fuga?

— Algum telefonema hoje? — ele quis saber.

— Não.

— Alguma carta no fim do dia?

— Uma, pelo último correio.

— Mostre-me.

— Deixei-a em cima da sua lareira, como sempre.

O quarto de Lupin era contiguo à sala, mas a porta que ligava os dois cômodos fora inutilizada. Era preciso então passar pelo vestíbulo.

Lupin acendeu a luz e, um instante depois, disse:

— Não estou vendo...

— Ali, ao lado da jarra.

— Não tem nada ali.

— Procurou mal.

E por mais que Achille deslocasse a jarra, erguesse o relógio, se abaixasse... a carta não estava em lugar nenhum.

— Ah! Santo Deus! Não pode ser... — ele murmurava. — Foi ela, ela que roubou... e, tendo a carta, fugiu. Que vigarista!

Lupin o interrompeu:

— Está louco? Não há passagem da sala para o quarto.

— Então quem pode ter feito isso, patrão?

Os dois se calaram. Lupin fazia força para dominar a raiva e conseguir pensar.

Ele perguntou:

— Você olhou a carta?

— Olhei.

— Alguma coisa que chamasse a atenção?

— Nada. Um envelope comum, escrito a lápis.

— Ah! A lápis?

— A lápis, parecendo ter sido escrita às pressas... uns rabiscos.

— E o destinatário? Você se lembra? — perguntou Lupin com certa ansiedade.

— Lembro, porque me pareceu engraçado...

— Engraçado como? Diga!

— "Sr. De Beaumont Michel."

Lupin sacudiu o empregado com força.

— Escreveram "De" Beaumont? Tem certeza? E "Michel" depois de Beaumont?

— Certeza total.

— Droga! — murmurou Lupin, quase sem voz. — Era uma carta de Gilbert.

Continuou ali parado, pálido, o rosto contraído. Não tinha dúvida de que se tratava de uma carta de Gilbert. Era a forma que há anos ele usava ao escrever para o patrão, conforme haviam combinado. Em plena prisão — e depois de tanta espera, a preço de sabe-se lá quanto sacrifício! —, ele tinha finalmente encontrado um meio de se comunicar, por uma carta escrita às pressas. E ela fora roubada! O que será que dizia? Quais indicações fornecia? Que tipo de ajuda pedia? Que plano propunha?

Lupin examinou o quarto, onde, ao contrário da sala, ele guardava documentos importantes. Mas nenhuma fechadura tinha sido forçada, e tudo levava a crer que a desconhecida viera apenas pela carta de Gilbert. Obrigando-se a manter a calma, ele retomou:

— A carta chegou enquanto a mulher estava aqui?

— Ao mesmo tempo. A zeladora tocou enquanto ela chegava.

— Ela pôde ver o envelope?

— Certamente.

A conclusão era evidente. Restava saber como a visitante conseguira executar o roubo. Passando de uma janela para outra, pelo lado de fora? Impossível, a janela do quarto estava trancada, como ainda se podia ver. Abrindo a porta de comunicação? Impossível, continuava bloqueada, trancada por dois ferrolhos externos.

No entanto, não se atravessa uma parede só pela força de vontade. Para entrar em algum lugar e de lá sair é preciso uma passagem e, como a ação não havia durado mais do que alguns minutos, essa passagem precisava ser anterior, já estar ali e a mulher ter conhecimento dela. Essa hipótese simplificava a questão, reduzindo o problema apenas à porta, pois a parede, sem prateleiras, sem lareira, sem enfeite nenhum pendurado, não podia dissimular passagem alguma.

Lupin voltou à sala para examiná-la. Assim que a olhou mais de perto, sentiu um arrepio, percebendo que uma das seis almofadas entre as barras transversais da porta não estava em sua posição normal. Ela não refletia a luz da mesma maneira que as outras. Debruçando-se, notou dois minúsculos pinos de ferro que sustentavam a almofada como uma placa de madeira por trás de uma moldura. Bastou tirá-los e a almofada se soltou.

Achille deu um grito e Lupin disse:

— E daí? De que isso nos adianta? Temos um retângulo aberto com cerca de quinze ou dezoito centímetros de comprimento por quarenta de altura. Não vai querer que a mulher possa ter passado por um buraco que seria estreito até para uma criança de dez anos, por mais raquítica que fosse!

— Não, mas ela pode ter passado o braço e destravado os ferrolhos.

— O de baixo sim — concordou Lupin. — Mas o de cima não, a distância é grande demais. Tente e verá.

Achille fez isso e foi obrigado a concordar.

— Como, então?

Lupin não respondeu. Pensou por muito tempo e pediu, de repente:

— Meu chapéu... meu casacão...

Estava com pressa, tomado por uma ideia imperiosa. Na rua, pegou o primeiro táxi.

— Rua Matignon, rápido.

Mal chegou à entrada do apartamento de onde a rolha de cristal tinha desaparecido, ele saltou do carro, abriu sua entrada particular, subiu a escada, correu até a sala, acendeu a luz e se agachou diante da porta que comunicava com seu quarto.

Era isso; uma das almofadas igualmente se soltava.

Assim como no apartamento da rua Chateaubriand, a abertura, suficiente para que se passassem o braço e o ombro, não era grande o bastante para que se alcançasse o ferrolho de cima.

— Desgraçados! — ele exclamou, sem mais conseguir controlar a raiva que fervia em seu interior há duas horas. — Com mil demônios, ainda a mesma história?!

Devemos admitir, contratempos incríveis insistiam em persegui-lo e o obrigavam a procurar às cegas, sem em momento algum poder utilizar os elementos vitoriosos que a obstinação ou mesmo a força das coisas punha em suas mãos. Gilbert lhe dera a rolha de cristal. Gilbert lhe enviara uma carta. E tudo desaparecia como num passe de mágica.

Não se tratava, como fora possível até então pensar, de uma série de circunstâncias fortuitas, independentes umas das outras. Não. Tudo aquilo era manifestamente motivado por uma vontade contrária, seguindo uma meta definida, com prodigiosa habilidade e inconcebível destreza, atacando-o explicitamente nos seus mais seguros refúgios e desconcertando-o com golpes tão fortes e imprevistos que ele sequer sabia de quem era preciso se defender. Nunca até aquele momento, ao longo de suas aventuras, ele se defrontara com obstáculos assim.

Dentro dele, um inflexível medo com relação ao futuro começava pouco a pouco a crescer. Uma data lampejava diante dos seus olhos, a data terrível que ele inconscientemente dizia ser aquela em que a justiça, levando adiante sua obra vingativa, numa manhã de abril conduziria ao patíbulo dois homens que haviam estado a seu lado, dois companheiros que receberiam o terrível castigo.

3. A vida privada de Alexis Daubrecq

Quando o deputado Daubrecq voltou do almoço, no dia seguinte àquele em que a polícia havia invadido sua casa, foi parado, ainda no portão, por Clémence. Ela havia encontrado uma cozinheira de total confiança.

A tal cozinheira, que minutos depois se apresentou, exibiu recomendações de primeira ordem, assinadas por pessoas que podiam ser facilmente contatadas para confirmação. Extremamente ativa, mesmo não sendo tão jovem, ela aceitava se ocupar da limpeza sozinha sem ajuda nenhuma, condição imposta por Daubrecq, que procurava reduzir as chances de ser espionado.

Como ela havia trabalhado por último na casa de um membro do Parlamento, o conde Saulevat, Daubrecq imediatamente telefonou ao colega. O mordomo do conde Saulevat deu as melhores informações sobre a mulher. Ela foi contratada.

Logo depois de trazer sua mala, a nova empregada já se pôs ao trabalho, faxinando a tarde inteira e preparando o jantar.

Daubrecq comeu e saiu.

Por volta das onze horas, depois que a zeladora foi se deitar, a mulher entreabriu com cuidado a porta do jardim. Um homem se aproximou.

— É você? — ela perguntou.

— Eu mesmo, Lupin.

Ela o levou para o seu quarto no terceiro andar, dando para o jardim, e logo começou a reclamar:

— Ainda esses seus truques, sempre essas coisas! Não pode me deixar tranquila, em vez de me usar para um monte de serviços duvidosos?

— Como poderia, minha boa Victoire? Quando preciso de alguém com aparência respeitável e modos inquestionáveis, penso logo em você. Devia se orgulhar.

— E é como agradece! — ela gemeu. — Sou jogada na boca do lobo e você acha graça.

— Que risco está correndo?

— Que risco? Todas as referências que apresentei são falsas.

— As referências são sempre falsas.

— E se o sr. Daubrecq se der conta? Se quiser se informar?

— Ele já fez isso.

— O quê? Como?

— Telefonou para o mordomo do conde Saulevat na casa de quem, diga-se, você teve a honra de trabalhar.

— Está vendo? Estou perdida.

— O mordomo do conde fez mil elogios a você.

— Ele não me conhece.

— Mas eu o conheço, e fui quem o instalou na casa do conde Saulevat. É compreensível, então...

Victoire parecia ter se tranquilizado um pouco.

— Bom, que seja feito segundo a vontade de Deus... quer dizer, sua. E qual é meu papel nisso tudo?

— Deixar que eu durma aqui, para começar. Já me alimentou com o seu leite, quando eu era pequeno, pode muito bem oferecer a metade do seu quarto. Dormirei na poltrona.

— E o que mais?

— O que mais? Não me deixar morrer de fome.

— E o que mais?

— O que mais? Dar início a toda uma série de buscas, seguindo minha orientação, para...

— Para?

— A descoberta do objeto precioso de que já falei.

— Qual?

— Uma rolha de cristal.

— Uma rolha de cristal... Jesus Maria! Ainda mais essa! E se não a encontrarmos, a porcaria dessa rolha?

Lupin pegou com carinho o braço da sua velha ama de leite e disse, com voz grave:

— Se não encontrarmos, Gilbert, o jovem Gilbert que você conhece e de quem tanto gosta, tem grandes chances de perder a cabeça na guilhotina, assim como Vaucheray.

— Para Vaucheray, eu não ligo, é um canalha! Mas Gilbert...

— Leu os jornais dessa tarde? O caso vai de mal a pior. Vaucheray, como era de se esperar, acusa Gilbert de ter matado o criado e, infelizmente, o punhal que ele usou pertencia a Gilbert. Isso ficou provado hoje de manhã. Gilbert, que é inteligente mas não tem estômago forte, depois disso se enrolou todo e inventou um monte de mentiras que só vão piorar a situação dele. É o que temos. Preciso da sua ajuda.

À meia-noite, o deputado voltou.

A partir daquele dia e por muitos outros, Lupin organizou sua rotina pela de Daubrecq. Assim que um deixava a casa, o outro começava suas buscas.

Dedicou-se a elas metodicamente, dividindo cada aposento em seções que só eram abandonadas depois de terem seus mais ínfimos recantos vasculhados e, por assim dizer, depois de esgotadas todas as possíveis combinações.

Victoire também procurava. Nada era deixado de lado. Pés de mesas, pernas de cadeiras, tábuas do assoalho, ornamentos das paredes, molduras de espelhos ou de quadros, relógios de pêndulo, bases de estatuetas, barras de cortinas, aparelhos telefônicos ou elétricos, esquadrinhava-se tudo que uma imaginação engenhosa pudesse escolher como esconderijo.

Junto a isso, os menores atos do deputado eram observados, seus gestos mais inconscientes, seus olhares, os livros que lia, as cartas que escrevia.

Não era tão difícil; o deputado parecia viver às claras. Nunca porta alguma estava trancada. Ele não recebia visitas e sua existência funcionava com a regularidade de uma máquina. À tarde ele ia à Câmara, à noite a um clube fechado.

— Tem de haver alguma coisa que não bata bem — dizia Lupin.

— Você está enganado — gemia Victoire. — Estamos perdendo tempo e vamos acabar sendo pegos.

A presença da Sûreté, com suas idas e vindas ali por perto, a deixava inquieta. Não podia aceitar que aqueles homens não estivessem ali só para fazê-la — a ela, pessoalmente — cair numa armadilha. Cada vez que ia ao mercado, surpreendia-se com o fato de que nenhum deles pusesse a mão no seu ombro.

Certo dia, ela voltou transtornada. A sacola de compras tremia no seu braço.

— O que houve, minha boa Victoire? — perguntou Lupin. — Está verde.

— Verde… não é? E tenho por quê…

Ela precisou se sentar, e depois de muito esforço conseguiu gaguejar:

— Um sujeito… um sujeito falou comigo… no mercado de frutas…

— Nossa! Ele quis te sequestrar?

— Não! Ele me entregou uma carta…

— E está se queixando de quê? Uma declaração de amor, minha amiga!

— Não! "É para o seu patrão", ele disse. "Meu patrão?", respondi. "Isso mesmo, para o cavalheiro que mora no seu quarto."

— Hein?

Isso, afinal, assustou Lupin.

— Deixe-me ver — ele quase arrancou o envelope das mãos de Victoire.

Nada do lado de fora.

Mas dentro havia outro envelope, no qual se lia:

Para o sr. Arsène Lupin, aos cuidados de Victoire.

— Misericórdia! — ele se surpreendeu. — Essa é difícil de engolir.

Abriu o segundo envelope. Dentro dele havia uma folha de papel, com as seguintes palavras, escritas em maiúsculas bem grandes:

TUDO QUE ESTÁ FAZENDO É INÚTIL E PERIGOSO. DESISTA.

Victoire deu um suspiro e desmaiou. Já Lupin sentiu que estava ficando vermelho até as orelhas, como se tivesse sido ultrajado da maneira mais grosseira. Provava um pouco da humilhação que sente um duelista ao ver suas mais secretas intenções anunciadas em voz alta por um adversário sarcástico.

Manteve-se calado. Victoire voltou ao trabalho e ele ficou no quarto o dia inteiro, refletindo.

À noite, não dormiu.

Não parava de repetir para si mesmo:

"Para que pensar? Tenho pela frente um desses problemas que não se resolvem pela reflexão. É claro que não estou sozinho nesse caso. Entre Daubrecq e a polícia, além do terceiro larápio, que sou eu, há mais um que age por conta própria, me conhece e sabe tudo que faço. Mas quem pode ser esse quarto larápio? De qualquer forma, será que é isso mesmo, não estou imaginando coisas? Quer saber? Vou tratar é de dormir."

Mas não conseguiu dormir, e boa parte da noite ainda se passou assim.

Por volta das quatro horas da manhã, ele teve a impressão de ouvir um barulho na casa. Levantou-se rápido e, do alto da escada, viu Daubrecq, que descia do primeiro andar e tomou, em seguida, a direção do jardim.

Um minuto depois de abrir a porta, ele entrou com uma pessoa que tinha o rosto oculto por uma ampla gola de pele e a levou até seu escritório.

Prevendo alguma eventualidade desse tipo, Lupin havia se preparado. Como as janelas do seu quarto e do escritório se abriam para o jardim, ele amarrou na sua uma escada de corda, desenrolou-a devagar e desceu até o alto das janelas do escritório.

Abas externas protegiam as janelas, mas como elas eram arqueadas uma imposta semicircular permanecia livre, e Lupin, mesmo sem conseguir ouvir, pôde ver tudo que se passava lá dentro.

Ele logo descobriu que o visitante não era um homem, como havia imaginado, mas uma mulher. E uma mulher ainda jovem, apesar de alguns fios brancos nos cabelos escuros. Estava vestida com extrema simplicidade, era alta e seu bonito rosto tinha essa expressão cansada e melancólica de quem tem o hábito de sofrer.

"Onde, diabos, já a vi?", perguntava-se Lupin. "Pois com certeza já vi esses traços, esse olhar, essa fisionomia."

De pé, apoiada na mesa e impassível, ela ouvia Daubrecq que, também de pé, falava com animação. Estava de costas para a janela, mas Lupin, procurando outro ângulo, percebeu um espelho que refletia a imagem do deputado. E se assustou ao ver o olhar estranho com que ele devorava a visitante, passando uma impressão de desejo bestial e selvagem.

Ela própria pareceu se incomodar com isso, pois se sentou e baixou os olhos. Daubrecq então se debruçou na direção dela e parecia prestes a abraçá-la com seus braços compridos e mãos enormes. De repente, Lupin percebeu que pesadas lágrimas escorriam pelo rosto triste da mulher.

Teriam sido as lágrimas que fizeram Daubrecq perder a cabeça? Com um movimento brusco, ele agarrou a mulher e a puxou para si. Ela o empurrou com violência, tomada pela raiva. Houve uma rápida briga, em que a expressão do homem pareceu terrível e crispada. Frente a frente, os dois esbravejaram um contra o outro como inimigos mortais.

Depois se calaram. Daubrecq se sentou. Era um homem ruim, implacável, sarcástico. Falou de novo, dando pequenas pancadas na mesa como se ditasse condições.

Ela não se mexia. Olhava-o de cima numa postura altiva, distraída, o olhar vago. Lupin não parava de observá-la, impressionado com seu rosto enérgico e doloroso, procurando em vão descobrir de onde aquela pessoa lhe era familiar. Percebeu então que ela girou um pouco a cabeça, movendo o braço de maneira quase imperceptível.

Esse braço se afastou do tronco e Lupin viu que, na ponta da mesa, havia uma garrafa com uma rolha dourada. A mão alcançou-a, apalpou, se ergueu devagar e pegou a rolha. Houve um rápido movimento da cabeça, uma olhadela, e a rolha foi colocada de volta. Sem dúvida não era o que a mulher esperava.

"Veja só, mais uma que está atrás da rolha de cristal. Realmente, o negócio se complica a cada dia", pensou Lupin.

Observando ainda a visitante, ele se alarmou com a súbita e imprevista expressão do seu rosto, uma expressão terrível, dura, feroz. E viu que a mão continuava sua exploração pela mesa, arrastando-se progressiva e disfarçadamente, passando por alguns livros até se aproximar, de maneira lenta e segura, de um punhal, cuja lâmina brilhava entre as folhas.

Tensa, ela agarrou o cabo.

Daubrecq continuava a falar. Acima das suas costas, sem qualquer tremor, a mão pouco a pouco se ergueu e Lupin, vendo os olhos desvairados e raivosos da mulher fixados no ponto exato da nuca em que ela pretendia plantar o punhal, disse a si mesmo:

"Vai fazer bobagem, minha bela senhora".

Ele já pensava em como escapar dali, levando Victoire.

Mas a mulher hesitava, de punho erguido. Um breve vacilo e ela cerrou os dentes. O rosto inteiro, contraído de ódio, se crispou ainda mais e o gesto terrível foi executado.

No mesmo momento, Daubrecq se moveu, pulou da cadeira em que estava e, virando-se, agarrou no ar o frágil pulso prestes a atacá-lo.

Coisa curiosa, ele não fez censura alguma, como se aquele ato lhe causasse tanta surpresa quanto qualquer outro, natural e simples. Deu de ombros, como alguém habituado a correr esse tipo de risco, e andou de um lado para outro em silêncio.

Ela havia deixado a arma de lado e chorava, com a cabeça apoiada nas mãos e soluços que a sacudiam toda.

Daubrecq voltou a se aproximar e disse alguma coisa, batendo ainda na mesa.

Ela fez sinais negativos e, diante da insistência do outro, ela bateu violentamente com o pé, gritando tão alto que Lupin pôde ouvir:

— Nunca! Nunca!

Sem dizer mais nada, ele pegou o casaco de pele com que ela havia chegado e o colocou em seus ombros, enquanto ela cobria o rosto com uma renda.

O dono da casa acompanhou-a.

Dois minutos depois, a porta do jardim era fechada.

"Pena não poder ir atrás dessa estranha personagem e conversar um pouco sobre Daubrecq com ela. Acho que juntos faríamos um bom trabalho."

Em todo caso, havia um ponto a ser esclarecido. O deputado Daubrecq, de vida tão regular e aparentemente limpa, recebia visitas de madrugada, quando a casa não era vigiada pela polícia.

Lupin encarregou Victoire de avisar a dois membros do bando que ficassem de tocaia por alguns dias, e ele próprio se manteve acordado na noite seguinte.

Como na véspera, às quatro horas da manhã ele ouviu um barulho. E, como na véspera, o deputado abriu a porta para alguém.

A escadinha de corda foi rapidamente acionada e, chegando à imposta, Lupin viu um homem aos pés de Daubrecq, abraçando seus joelhos em frenético desespero e também chorando convulsivamente.

Várias vezes o deputado o afastou rindo, mas o sujeito insistia. Parecia louco e foi num verdadeiro acesso de loucura que, erguendo-se um pouco, ele agarrou o deputado pela garganta e o derrubou numa poltrona. Daubrecq se debateu, primeiro sem nada conseguir, com as veias saltadas. Mas, graças à sua força incomum, ele não demorou a reverter a situação e imobilizar o adversário.

Prendendo-o com uma das mãos, com a outra ele o esbofeteou duas vezes com toda força.

O homem se levantou devagar. Estava lívido e com as pernas bambas. Esperou um pouco, como se procurasse se recuperar. Depois, com uma calma impressionante, ele tirou do bolso um revólver e o apontou contra o dono da casa.

Daubrecq não se alterou. Inclusive sorriu, como se fosse a arma de brinquedo de alguma criança que o ameaçasse.

Por quinze ou talvez vinte segundos o homem manteve o braço esticado na direção do inimigo. Depois, com uma lentidão em que se revelava um autocontrole ainda mais surpreendente, já que vinha logo depois daquela crise de extrema agitação, ele guardou a arma e, de outro bolso, tirou sua carteira.

Daubrecq se aproximou.

A carteira foi aberta, deixando à vista um maço de notas em dinheiro vivo.

Daubrecq pegou-o com avidez e contou.

Eram notas de mil francos.

Trinta.

O homem o olhava sem um gesto de revolta ou protesto. Visivelmente compreendia a inutilidade das palavras. Daubrecq era inflexível, ele sabia. Por que então perder tempo com súplicas ou até mesmo tentar se vingar com insultos ou inúteis ameaças? Como atingir um inimigo tão inacessível? Nem a morte de Daubrecq o livraria de Daubrecq.

Ele pegou o chapéu e se foi.

Às onze da manhã, voltando das compras, Victoire entregou a Lupin um bilhete dos cúmplices.

Lia-se:

O homem que veio na última noite à casa de Daubrecq é o deputado Langeroux, presidente da esquerda independente. Pouca fortuna. Família grande.

"Bom, Daubrecq não passa de um chantagista, mas, palavra de honra, os meios que ele emprega são bem eficazes!", concluiu Lupin.

Novos acontecimentos confirmaram essa suposição. Três dias depois, apareceu outro visitante que deu a Daubrecq uma soma importante. E ainda outro, duas noites mais tarde, que deixou um colar de pérolas.

O primeiro se chamava Dechaumont, senador e ex-ministro. O segundo era o marquês D'Albufex, deputado bonapartista, ex-chefe do bureau político do príncipe Napoleão.

Nos dois casos, a cena foi mais ou menos parecida com a da visita do deputado Langeroux: violenta e trágica, terminando com vitória de Daubrecq.

"E isso vai continuar", disse Lupin para si mesmo, depois de receber essas informações. "Acompanhei quatro visitas. Não vou descobrir nada de novo, mesmo que assista a mais dez, vinte ou trinta... Basta saber, pelos companheiros espionando, o nome dos visitantes. Por acaso vou procurá-los? Para quê? Não têm por que confiar em mim. Por outro lado, devo continuar com essas buscas que não progridem e que Victoire pode perfeitamente continuar sozinha?"

Ele se sentia pressionado. As notícias dos processos contra Gilbert e Vaucheray eram cada vez piores, os dias passavam e não havia hora em que ele não se perguntasse — e com que aflição! — se todos os seus esforços não desembocariam, se é que desembocariam, em algo derrisório e totalmente estranho ao que ele pretendia. Pois afinal, uma vez desmontadas as manobras clandestinas de Daubrecq, que meios isso lhe daria para socorrer Gilbert e Vaucheray?

Naquele mesmo dia, um incidente desfez sua indecisão. Depois do almoço, Victoire ouviu trechos de uma conversa telefônica de Daubrecq.

A partir do que ela contou, Lupin concluiu que o deputado tinha encontro marcado com uma senhora às oito e trinta da noite e que a levaria ao teatro.

— Reservarei um camarote como há seis semanas — disse Daubrecq.

E acrescentou, em tom de brincadeira:

— Espero que, dessa vez, a casa não seja assaltada.

Para Lupin, não havia dúvida; Daubrecq repetiria o programa de seis semanas antes, quando eles assaltaram sua casa de Enghien. Saber quem ele ia encontrar, e possivelmente também descobrir como Gilbert e Vaucheray haviam obtido a informação de que ele estaria fora das oito da noite à uma da manhã, tudo isso tinha uma importância capital.

À tarde, ajudado por Victoire, e sabendo por ela que Daubrecq viria jantar mais cedo do que de costume, Lupin deixou a residência da pracinha Lamartine.

Foi ao apartamento da rua Chateaubriand, deu instruções por telefone a três companheiros, vestiu um fraque e assumiu, como ele próprio dizia, sua aparência de príncipe russo, com cabelos louros e costeletas cortadas curtas.

Os cúmplices chegaram de automóvel.

Nesse momento, Achille trouxe um telegrama endereçado ao sr. Michel Beaumont, na rua Chateaubriand. O telegrama dizia:

NÃO VENHA AO TEATRO ESTA NOITE.
SUA PRESENÇA PODE PÔR TUDO A PERDER.

Em cima da lareira, ao alcance da mão, havia um vaso de flores. Lupin o agarrou e o espatifou em pedaços.

— É claro, entendi — ele rosnou. — Estão brincando comigo, como é do meu costume fazer com os outros. Os mesmos procedimentos, as mesmas provocações. Só que eles vão ver, tem uma diferença...

Que diferença? Ele não sabia dizer. Na verdade, sentia-se perdido, perturbado no mais profundo da alma. Continuava a agir apenas por obstinação, talvez só por dever, sem empregar em toda aquela operação seu bom humor, sua desenvoltura de sempre.

— Vamos! — ele disse aos cúmplices.

Por ordem sua, o chofer parou nas proximidades da praça Lamartine, sem desligar o motor. Lupin imaginara que Daubrecq, para escapar dos agentes da Sûreté que vigiavam a casa, entraria rápido em algum táxi e ele não queria perdê-lo de vista.

Era não contar com a astúcia de Daubrecq.

Às sete e meia, o portão do jardim foi amplamente aberto, uma luz forte brilhou e depressa uma motocicleta cruzou a calçada, passou ao longo da pracinha, virou à frente do automóvel estacionado e seguiu na direção do Bois de Boulogne numa tal velocidade que seria loucura pensar em segui-la.

— *Bon voyage, monsieur Dumollet* — disse Lupin, parodiando a cançoneta famosa e tentando fazer graça para disfarçar a raiva.

Olhou os cúmplices na esperança de ver algum deles dar um risinho irônico. Como ficaria contente de descontar em alguém sua irritação!

— Vamos embora — ele disse, passado algum tempo.

Ofereceu jantar a todos, fumou um charuto e voltaram ao carro para uma ronda pelos teatros, começando por aqueles que exibiam operetas e vaudevilles, achando ser os que mais interessariam a Daubrecq e à sua acompanhante. Comprava um ingresso, inspecionava os camarotes e ia embora.

Passou em seguida a teatros mais sérios, o Renaissance, o Gymnase.

Já às dez da noite, ele finalmente viu, no Vaudeville, um camarote quase totalmente fechado por suas telas laterais e, com algum dinheiro, soube pela lanterninha que um senhor de certa idade, maciço e atarracado, o ocupava, acompanhado de uma mulher encoberta por um véu de renda que mal deixava entrever seu rosto.

Como o camarote vizinho estava livre, ele o alugou, deu instruções aos amigos que esperavam no carro e foi se sentar bem perto do casal ao lado.

Durante o entreato, com a iluminação mais forte, ele reconheceu o perfil de Daubrecq. Sua acompanhante estava mais ao fundo, sem que pudesse ser vista.

Os dois falavam em voz baixa e, quando a cortina voltou a subir, continuaram a conversar, mas sem que Lupin conseguisse compreender o que diziam.

Dez minutos se passaram. Bateram à porta do camarote. Era um funcionário do teatro.

— Senhor deputado Daubrecq, não é? — ele perguntou.

— Sim — respondeu Daubrecq, espantado. — Mas como sabe meu nome?

— Pela pessoa que o chama ao telefone e disse que o procurasse no camarote 22.

— Quem é essa pessoa?

— O senhor marquês D'Albufex.

— Hein? Como?

— O que devo responder?

— Não precisa, estou indo...

Daubrecq se levantou, atabalhoado, e seguiu o funcionário.

Mal havia desaparecido e Lupin entrou no camarote, vindo do seu, e sentou-se ao lado da mulher.

Ela abafou um grito.

— Não faça barulho — ele ordenou. — Preciso falar com você, algo de suma importância.

— Ah! — ela exclamou sem quase abrir a boca. — Arsène Lupin!

Ele ficou pasmo. Por um instante ficou ali mudo, boquiaberto. Aquela mulher o conhecia! E não só o conhecia como o reconhecera por trás do disfarce! Por mais acostumado que estivesse a reviravoltas extraordinárias e insólitas, aquela o pegou de surpresa.

Ele nem pensou em negar e balbuciou:

— Então sabe? Sabe?

Bruscamente, sem que ela tivesse tempo de impedir, ele afastou o véu que cobria seu rosto.

— Como é possível? — ele murmurou, cada vez mais estupefato.

Era a mesma pessoa que ele havia visto na casa de Daubrecq dias antes, a mulher que tentara apunhalar o deputado e agredi-lo com toda a força do ódio.

Ela, por sua vez, pareceu se agitar.

— Como? Já me viu antes?

— Vi, outra noite, no escritório dele... vi sua tentativa...

Ela fez menção de fugir. Ele a impediu e disse:

— Preciso saber quem é você... Foi por isso que telefonei para Daubrecq.

Ela se preocupou.

— Não foi então o marquês D'Albufex?

— Não, foi um dos meus cúmplices.

— Nesse caso, Daubrecq deve estar voltando...

— Deve, mas temos tempo. Ouça: precisamos nos encontrar. Ele é seu inimigo. Posso salvá-la dele...

— Por quê? Para quê?

— Confie em mim. Nosso interesse, com certeza, é o mesmo... Onde posso encontrá-la? Amanhã? A que horas? Em que lugar?

— Bom...

Ela o olhava com visível hesitação, sem saber o que fazer, quase falando, mas temerosa e cheia de dúvida.

— Ah, por favor! Responda... rápido! Agora! Será péssimo se me encontrarem aqui... por favor.

Com voz clara, ela disse:

— Meu nome... é inútil... Vamos nos ver primeiro e você se explicará. Está bem, vamos nos ver. Amanhã, às três da tarde, na esquina do bulevar.

Nesse exato momento, a porta do camarote foi aberta com um soco, por assim dizer, e Daubrecq entrou.

— Maldito seja! — resmungou Lupin, furioso por ser pego em flagrante antes de conseguir o que queria.

Daubrecq deu uma risada irreverente.

— Só podia ser isso... desconfiei de alguma coisa. O truque do telefone, um tanto batido, companheiro. Voltei do meio do caminho.

Ele empurrou Lupin para a frente do camarote e, sentando-se ao lado da mulher, disse:

— E então, meu príncipe? A soldo da Chefatura de Polícia? Tem mesmo cara disso.

Ele olhava Lupin, tentando identificar o personagem, que nada deixava transparecer. Em todo caso, não o reconheceu como sendo aquele a quem, dias antes, havia chamado de Polônio.

Sem também tirar os olhos do adversário, Lupin pensava no que fazer. Por nada no mundo queria abandonar o jogo naquele ponto, em que tinha a possibilidade de se entender com a mortal inimiga de Daubrecq. Ela, imóvel no seu canto, os observava.

Lupin propôs:

— Vamos sair, a conversa será mais fácil lá fora.

— Aqui mesmo, meu príncipe — respondeu o deputado. — Conversaremos aqui mesmo, durante o entreato. Desse modo não incomodaremos ninguém.

— Mas…

— Não insista, companheiro, não sairá daqui.

Ele pegou Lupin pela gola, com a evidente intenção de não largá-lo até o entreato.

Foi um gesto imprudente! Como Lupin permitiria semelhante atitude, sobretudo diante de uma mulher, uma mulher a quem ele havia oferecido apoio e que — pela primeira vez ele se dava conta — era bonita, com uma beleza grave que lhe agradava? Todo o seu orgulho masculino se alvoroçou.

Mesmo assim, ficou calado. Aceitou no seu ombro a mão pesada e chegou a se encolher, como se reconhecesse a derrota, quase assustado.

— Ah, mas que patife! — zombou o deputado. — Parece que não canta mais de galo.

No palco, uma cena com muitos atores que brigavam fazia bastante barulho.

Daubrecq diminuiu um pouco a força com que o segurava e Lupin achou o momento favorável. Com o cutelo da mão, ele violentamente desferiu um golpe na dobra do braço, como se fosse um machado.

A dor atordoou Daubrecq, Lupin se desvencilhou da mão que o prendia e se lançou em cima dele, visando a garganta. Mas o outro imediatamente recuou na defensiva e eles se viram com suas respectivas mãos agarradas, dedos entrelaçados.

Tudo isso com uma energia sobre-humana, concentrando-se nas quatro mãos toda a força dos dois adversários. As de Daubrecq eram monstruosas, e Lupin, preso naquela pressão infernal, achou ter pela frente não um homem, mas alguma formidável besta, um gorila de tamanho colossal.

Os dois estavam perto da porta, como lutadores que se estudam e procuram a melhor maneira de destruir um ao outro. Ossos estalaram. O primeiro que fraquejasse seria pego pelo pescoço e esganado. E tudo isso se passava num momento em que, no palco, se fizera um brusco silêncio, com os atores a ouvir um deles que falava em voz baixa.

A acompanhante de Daubrecq, imprensada contra a divisória do camarote, assistia a tudo isso aterrorizada. Um gesto seu, caso tomasse partido por um ou por outro, poderia decidir a vitória.

Mas a quem apoiaria? O que Lupin podia representar para ela? Um amigo ou outra ameaça, ainda maior?

Rapidamente ela foi até a boca do camarote, abaixou a tela e, debruçando-se, pareceu fazer sinal para alguém. Depois se voltou, querendo chegar à porta.

Como se quisesse ajudá-la, Lupin disse:

— Tire a cadeira.

Referia-se a uma pesada cadeira que tinha caído e o separava de Daubrecq, com os dois em disputa por cima dela.

A mulher se abaixou e puxou a cadeira. Era o que Lupin esperava.

Livre do obstáculo, ele acertou com a ponta da botina, na perna do adversário, um chute seco. O resultado foi igual ao do golpe na dobra do braço. A dor provocou nova desatenção, da qual ele se aproveitou para baixar as mãos crispadas de Daubrecq e plantar seus dez dedos na garganta dele, indo até a nuca.

Daubrecq tentava se livrar das mãos que o sufocavam, mas já perdia forças.

— É um macaco bem esperto! — rosnou Lupin, derrubando-o. — Por que não grita por socorro? Tem tanto medo assim do escândalo?

Com o barulho da queda, bateram na divisória, do outro lado.

— Está tudo bem, não liguem — disse Lupin a meia-voz. — O drama se passa no palco. O que está acontecendo aqui é particular, e até que eu tenha enjaulado esse gorila…

Não demorou muito. O deputado foi pouco a pouco desmoronando. Com um soco no maxilar, caiu de vez. Restava apenas pegar pelo braço a mulher e saírem os dois antes que soasse o alarme.

Mas, quando a procurou, ela não estava mais ali.

Não podia ter ido longe. Saindo às pressas do camarote, ele se pôs a correr, esbarrando em lanterninhas e funcionários.

De fato, chegando à rotunda do térreo, por uma porta aberta ele a viu, já atravessando a calçada da Chaussée d'Antin.

Ela subia num automóvel quando Lupin a alcançou.

A porta se fechou.

Ele agarrou a maçaneta e quis abrir.

Do interior do carro, um homem acertou-lhe um soco no nariz, de forma menos elegante mas tão violenta quanto ele fizera com Daubrecq.

Por mais tonto que tenha ficado, ele pôde, num vislumbre atordoado, reconhecer seu agressor e distinguir também, sob o disfarce de chofer, quem estava ao volante do veículo.

Eram Grognard e Le Ballu, os dois que tinham sido encarregados dos barcos na noite de Enghien, dois amigos de Gilbert e Vaucheray, ou seja, dois cúmplices seus.

Chegando ao apartamento da rua Chateaubriand e depois de lavar o rosto sujo de sangue, ele permaneceu por mais de uma hora numa poltrona, como se estivesse em transe. Pela primeira vez, experimentava a dor da traição. Pela primeira vez, companheiros seus se voltavam contra o chefe.

Mecanicamente, procurando não pensar nisso, ele pegou a correspondência do final da tarde e abriu um jornal. Nas últimas notícias, anunciava-se:

Caso da *villa* Marie-Thérèse. Descoberta a verdadeira identidade de Vaucheray, um dos supostos assassinos do criado Léonard. Trata-se de um bandido da pior espécie, já duas vezes condenado sob outra identidade, por recidiva de assassinato.

Não resta dúvida de que se acabará também descobrindo o verdadeiro nome do seu cúmplice Gilbert. Seja como for, o juiz de instrução está decidido a enviar o caso para a acusação formal o quanto antes.

Dessa vez, não nos queixaremos da lentidão da justiça.

No meio de outros jornais e prospectos, havia uma carta. Olhando-a, Lupin deu um pulo.

Estava endereçada ao sr. De Beaumont (Michel).

— Ah! — ele se alegrou. — Uma carta de Gilbert.

Eram poucas e sumárias as palavras escritas:

Patrão, me ajude! Estou com medo… Temo o pior…

Foi mais uma noite de insônia e pesadelos. Mais uma noite de abomináveis e terríveis visões que o torturaram.

4. O chefe dos inimigos

— Pobre rapaz! — murmurou Lupin, relendo no dia seguinte o apelo de Gilbert. — Como deve estar mal!

Desde o dia em que o conheceu, tinha simpatizado com aquele rapagão descontraído e de bem com a vida. Gilbert era de uma dedicação inquestionável, seria capaz de morrer ao menor sinal do chefe. E Lupin gostava também da sua franqueza, do seu bom humor, sua ingenuidade, suas maneiras simples.

— Gilbert — ele costumava dizer —, você é um sujeito honesto. No seu lugar, eu deixaria essa profissão e me tornaria de verdade honesto para sempre.

— Assim que o patrão fizer isso — respondia rindo Gilbert.

— Não vai seguir o conselho?

— Não, patrão. Os honestos trabalham, dão duro. Foi algo que talvez até tenha me passado pela cabeça quando eu era menino, mas me fizeram mudar de ideia.

— Fizeram?

Gilbert se calava. Sempre se calava quando a pergunta era sobre seus primeiros anos de vida, e o máximo que Lupin sabia é que ele tinha ficado órfão cedo e passado a vida indo de um lugar a outro, mudando de nome, empregando-se nas mais estranhas ocupações. Havia naquilo tudo um mistério bem guardado, e nada indicava que a justiça fosse desvendá-lo.

Mas nada também indicava que tal mistério fosse paralisá-la. Chamando-se Gilbert ou sob qualquer outro nome, ela mandaria o cúmplice de Vaucheray a julgamento, com o mesmo rigor inflexível.

— Pobre rapaz! — repetiu Lupin. — Só está sendo tão perseguido por culpa minha. Temem que fuja e querem acabar logo com isso. Precisam só de um veredito, e depois a execução. Um garoto de vinte anos que não matou, que nem participou do assassinato...

Mas isso era algo que Lupin, infelizmente, sabia ser impossível provar. Era preciso dirigir seus esforços para outra direção. Mas qual? Devia desistir da pista da rolha de cristal?

Não conseguia se convencer a fazer isso. A única coisa que lhe pareceu útil foi ir a Enghien, onde moravam Grognard e Le Ballu, e confirmar que os dois haviam desaparecido depois do assassinato na *villa* Marie-Thérèse. Feito isso, voltou a insistir em Daubrecq.

Não quis sequer considerar o mistério da traição de Grognard e Le Ballu, as relações deles com a mulher de cabelos grisalhos, a espionagem da qual ele próprio era vítima, e aconselhava a si mesmo:

— Calma, Lupin. Nesse estado de agitação ninguém pensa direito. Então, nada de grandes iniciativas. E principalmente, nada de deduções! Nada mais imbecil do que deduzir um fato a partir de outro sem ter um ponto de partida seguro. É como as coisas dão errado. Ouça seu instinto. Siga o que diz a intuição. Se, independentemente de qualquer raciocínio e até de qualquer lógica, você continuar convencido de que o caso gira em torno dessa maldita rolha, vá fundo nessa direção. Vá fundo contra Daubrecq e sua rolha de cristal!

A bem da verdade, ele não esperou chegar a tais conclusões para agir nesse sentido. No instante em que as formulava em seu íntimo, estava já sentado num banco da avenida Victor-Hugo, três dias depois da cena no Vaudeville, como um desocupado que vive de magros rendimentos, protegido por um cachecol e um casacão surrado, a uma grande distância da pracinha Lamartine. Pelo que haviam combinado, Victoire devia toda manhã, àquela hora, passar por ali.

"Isso mesmo, a rolha de cristal", ele continuava pensando, "tudo está na rolha. Quando eu a tiver na mão…"

Victoire se aproximou, com sua sacola de compras no braço. Estava visivelmente nervosa e muito pálida.

— O que foi? — perguntou Lupin, pondo-se a caminhar ao lado da sua velha ama de leite.

Ela entrou numa mercearia grande em que havia sempre muita gente e, virando-se para ele, falou:

— Tome, se é o que tanto procura! — disse Victoire, com a voz embargada de emoção.

Ela tirou um objeto da sacola e o entregou. Lupin ficou parado, confuso: tinha nas mãos a rolha de cristal.

— Como? Será possível? — ele custava a acreditar, a facilidade de tal desfecho o desconcertava.

Mas o fato era indiscutível, visível e palpável. Pela forma, pelas proporções e pelo dourado desgastado das facetas, era, sem sombra de dúvida, a mesma rolha de cristal que estivera em suas mãos. Notou inclusive o ligeiro arranhão na haste, do qual se lembrava bem.

Na verdade, era uma rolha de cristal, só isso, com todas as suas características, mas nada de tão especial. Nada que a distinguisse de outras rolhas. Nenhum sinal, nenhum algarismo, talhada numa só peça, sem qualquer material estranho.

— E agora?

Lupin teve a súbita e profunda percepção do seu equívoco. De que valia ter aquela rolha de cristal se ignorava seu valor? Aquele pedaço de vidro não existia por si só, importava apenas pelo significado que lhe era dado. Para de fato tê-la, era preciso conhecer esse significado. E não era impossível que, pegando-a, tirando-a de Daubrecq, estivesse cometendo um erro.

A questão era insolúvel naquele momento, mas se impunha com singular importância.

"Nada de erros!", ele resolveu, guardando o objeto no bolso. "Nesse maldito caso, os erros são irreparáveis."

De longe, ele seguia as idas e vindas de Victoire. Acompanhada de um vendedor da mercearia, ela ia de balcão em balcão, no meio da multidão de clientes. Quando parou na fila do caixa, estava bem perto de Lupin.

Ele disse baixinho:

— Encontre-me atrás do liceu Janson.

Era uma rua pouco movimentada.

— E se estiverem me seguindo? — ela perguntou.

— Não estão. Olhei bem. Depressa, onde encontrou a rolha?

— Na gaveta da mesinha de cabeceira dele.

— Já tínhamos olhado ali.

— Sei disso. E eu tinha olhado de novo na manhã de ontem. Ele sem dúvida deixou lá essa noite.

— E sem dúvida vai procurá-la de novo.

— É possível.

— E se vir que não está mais no lugar?

Victoire pareceu se assustar.

— Quando isso acontecer, ele não vai acusá-la do roubo?

— Claro que sim…

— Coloque-a então de volta, sem perder tempo.

— Deus do céu! Só espero que ele não tenha visto ainda. Devolva-me então a rolha, rápido.

— Agora mesmo — disse Lupin.

Ele procurou no bolso do casacão.

— Rápido — insistiu Victoire, com a mão estendida.

— Que estranho — ele disse. — Não está mais aqui.

— O quê?!

— Estou dizendo! Não está mais. Tiraram do meu bolso.

Ele deu quase uma gargalhada; uma gargalhada, dessa vez, sem qualquer amargor.

Victoire se indignou.

— E alegria é o que não lhe falta! Numa hora dessas!

— Fazer o quê? Reconheça que é realmente engraçado. Não é mais um drama o que temos em cena, é um espetáculo melodramático de mágica, algo como *Les Pilules du Diable* ou *Le pied de Mouton*. Assim que tiver umas semanas à toa, vou escrever isso. *A rolha mágica*, ou *Os infortúnios do pobre Arsène*.

— Sério… quem a pegou?

— O que está dizendo? Voou sozinha… Desintegrou-se no meu bolso. Escafedeu-se.

Ele abraçou com carinho a velha ama de leite e, num tom mais sério, disse:

— Vá para casa e não se preocupe, Victoire. É óbvio que viram tudo e se aproveitaram da confusão na loja para pegar a rolha no meu bolso. Estamos sendo vigiados de perto, e por adversários de primeira ordem. Mas esteja tranquila. As boas pessoas riem por último. Tinha algo mais para contar?

— Sim. Vieram ontem à noite, quando o sr. Daubrecq saiu. Vi luzes que se refletiam nas árvores do jardim.

— E a zeladora?

— Ainda não tinha se deitado.

— Então são os agentes da polícia que continuam a procurar. Até daqui a pouco, Victoire… Terá que me ajudar a entrar.

— Como? Vai querer…

— Que risco posso correr? Seu quarto fica no terceiro andar. Daubrecq não desconfia de nada.

— Mas os outros sim!

— Os outros? Se quisessem mesmo me causar algum mal, já teriam feito. Eu atrapalho, só isso. Não têm medo de mim. Até logo, Victoire, por volta das cinco.

Outra surpresa aguardava Lupin. À tardinha, sua velha ama contou que, tendo por curiosidade aberto a gaveta da mesinha de cabeceira, viu que a rolha de cristal estava lá.

Lupin já não se surpreendia com esses incidentes miraculosos e simplesmente pensou:

“Levaram-na então de volta. E a pessoa que fez isso, que entrou na casa por meios inexplicáveis, essa pessoa, como eu, achou que a rolha não devia desaparecer. Daubrecq, no entanto, mesmo sabendo ser vigiado até no próprio quarto, largou essa rolha numa gaveta, como se não lhe desse a menor importância! Difícil entender…”

Lupin até podia não entender, mas não podia, afinal, deixar de fazer certas conjecturas, certas associações de ideias que lhe davam essa sensação confusa que causa a claridade à saída de um túnel.

"No caso, é inevitável um encontro, em breve, entre 'os outros' e eu. Assim que isso acontecer, tomo as rédeas da situação", ele achava.

Cinco dias se passaram sem que qualquer detalhe novo chamasse atenção. No sexto dia, Daubrecq recebeu pela manhã um senhor, o deputado Laybach, que, como seus colegas, se arrastou desesperadamente aos seus pés e, no final de tudo, deu-lhe vinte mil francos.

Dois dias mais e, de madrugada, por volta das duas horas, postado no patamar do segundo andar, ele ouviu um ranger de dobradiças, percebendo que vinha da porta que comunicava o vestíbulo com o jardim. Na penumbra, ele discerniu, ou melhor, intuiu a presença de duas pessoas que subiram a escada e pararam no primeiro andar, diante do quarto de Daubrecq.

Pararam ali e o que fizeram? Não era possível entrar, pois Daubrecq toda noite passava o trinco por dentro. O que esperavam?

Era evidente que faziam alguma coisa, pois Lupin ouvia ruídos abafados de algo sendo esfregado na porta. Então algumas palavras cochichadas chegaram até ele.

— Funciona?

— Muito bem, mas é melhor deixar para amanhã, já que...

Não foi possível entender o resto. Os indivíduos já desciam com cuidado. A porta foi fechada devagar, e depois o portão.

Ele pensou: "É realmente estranho. Nessa casa em que Daubrecq esconde com tanto cuidado suas torpezas, ainda que desconfiado — tem razões para isso! — das espionagens, todo mundo entra como se fosse a casa da sogra. Que Victoire me ajude, que a zeladora ajude os homens da polícia, é fato, mas a essas pessoas quem está ajudando? Devo achar que agem sozinhas? É muita ousadia! E elas conhecem bem o local!".

À tarde, durante a ausência de Daubrecq, ele examinou a porta do quarto do primeiro andar. Bastou uma olhada para entender: uma das almofadas de baixo, habilmente cortada, só se sustentava por pinos invisíveis. As pessoas que fizeram aquilo eram então as mesmas que estiveram nos seus endereços das ruas Matignon e Chateaubriand.

Constatou também que o trabalho datava de um momento anterior e, como nos seus apartamentos, a abertura havia sido preparada com antecedência, na expectativa de circunstâncias favoráveis ou de necessidade imediata.

O dia foi curto para Lupin. Ele iria saber. Não só saberia como seus adversários utilizavam aquelas pequenas aberturas aparentemente inúteis, pois não davam acesso aos ferrolhos superiores, mas saberia também quem eram aqueles adversários tão engenhosos e ativos diante dos quais ele se encontrava.

Um incidente o contrariou. À noite, Daubrecq, que já se queixara de cansaço no almoço, voltou às dez horas e, destoando de seus hábitos, passou os ferrolhos da porta que ia do vestíbulo ao jardim. Nesse caso, como "os outros" poderiam pôr seu projeto em execução e chegar ao quarto do primeiro andar?

Assim que o deputado apagou a luz, Lupin se forçou a esperar ainda uma hora e depois, por via das dúvidas, deixou preparada sua escada de corda. Em seguida, foi para o seu posto no segundo andar.

Não chegou a se entediar. Uma hora mais cedo do que na véspera, tentaram abrir a porta do vestíbulo. Como não conseguiram, alguns minutos se passaram em absoluta calma. Lupin já achava que tinham desistido e de repente levou um susto. Sem que o menor ruído quebrasse o silêncio, alguém havia entrado. Ele nem teria percebido, de tal maneira eram abafadas no tapete da escada as passadas daquele ser, se o corrimão em que ele próprio apoiava a mão não tivesse estremecido. Alguém subia.

E à medida que esse alguém subia, crescia a inquietação de Lupin: ele nada ouvia. Pelo corrimão, podia ter certeza de que alguma coisa subia, e ele até contava, pelas trepidações, o número de degraus escalados, mas nenhum outro indício sustentava essa sensação obscura que se tem de uma presença da qual se distinguem gestos que não são vistos e se percebem ruídos que não são ouvidos. Mesmo no escuro, uma sombra mais escura deveria se formar e algo deveria, no mínimo, alterar a qualidade do silêncio. Mas não, era como se não houvesse ninguém.

A contragosto e contra o próprio raciocínio, ele chegou a acreditar, pois o corrimão havia parado de estremecer, que talvez tivesse sido vítima de uma alucinação.

E isso durou bastante tempo. Ele hesitava, sem saber o que fazer, o que supor. Mas um detalhe estranho chamou sua atenção. Um relógio acabava de soar as duas horas. Pelo tinir, ele havia reconhecido o relógio do quarto de Daubrecq. No entanto, era o tinir de um relógio que não estava do outro lado de uma porta.

Rapidamente Lupin desceu e se aproximou da porta. Estava fechada, mas havia um vazio à esquerda, embaixo, um vazio deixado pela retirada da pequena almofada.

Ele se pôs à escuta. Daubrecq se revirava na cama e sua respiração voltou ao ritmo normal, um pouco rouca. Muito claramente Lupin ouviu que as roupas estavam sendo remexidas. Sem dúvida a coisa misteriosa estava ali e procurava, revistava os trajes deixados por Daubrecq perto da cama.

"Dessa vez, acho que tudo vai se esclarecer um pouco", ele pensou. "Mas, droga!, como o miserável conseguiu entrar? Como puxou os ferrolhos e entreabriu a porta? E, nesse caso, por que cometeu a imprudência de fechá-la?"

Em momento nenhum — curiosa anomalia em alguém como Lupin e que só se explica pela espécie de desconforto que causava nele toda essa aventura —, nem por um instante ele imaginou a verdade bem simples que logo se revelaria. Continuando a descer, ele se agachou num dos primeiros degraus do início da escada, postando-se assim entre a porta de Daubrecq e a do vestíbulo, ou seja, no caminho inevitável que o inimigo do deputado tomaria para ir até seus cúmplices.

Com que ansiedade ele interrogava as trevas! Estava prestes a desmascarar o inimigo de Daubrecq, que calhava de ser seu adversário também! Ele se punha de través aos seus planos! Pegaria o que fora roubado do dono da casa enquanto ele dormia e enquanto os cúmplices, escondidos no jardim ou do lado de fora do portão, em vão esperavam a volta do chefe.

E essa volta já começava. Novamente o que o informou foi o tremor no corrimão. E novamente, com os nervos à flor da pele, os sentidos em alerta, ele tentou discernir aquele ser misterioso que vinha em sua direção. Percebeu-o de repente a poucos metros de distância. Ele próprio não podia ser visto, oculto numa reentrância mais escura ainda. E a coisa que ele via — de maneira um tanto confusa — avançava de degrau em degrau com infinitas precauções, apoiando-se nas barras do corrimão.

"Com que diabos estou lidando?", perguntava-se Lupin, com o coração batendo forte.

O desfecho se precipitou. Algum gesto imprudente da sua parte foi pressentido pelo desconhecido, que parou, imóvel. Lupin achou que ele podia recuar, fugir. Saltou sobre ele e ficou estupefato ao encontrar apenas o vazio e bater no corrimão sem ter encostado na forma escura que ele no entanto via. Mas imediatamente se recuperou, atravessou a metade do vestíbulo e agarrou o adversário no momento em que chegava à porta do jardim.

Houve um grito de pavor, ao qual outros gritos responderam do outro lado da porta.

— Deus do céu! Mas que diabo pode ser isso? — murmurou Lupin, com seus invencíveis braços imobilizando uma coisinha trêmula e chorosa.

Compreendendo afinal, ele ficou por um momento paralisado de surpresa, indeciso quanto ao que fazer com sua presa. Mas os outros se agitavam do lado de fora da casa, falando mais alto. Temendo acordar Daubrecq, ele enfiou a coisinha dentro do casaco, usou o lenço como um tampão para evitar que gritasse e subiu rápido os três andares.

— Veja só — ele disse a Victoire, que acordava assustada. — Apresento o indomável chefe dos nossos inimigos, o hércules da quadrilha. Tem uma mamadeira?

Depositou na poltrona uma criança de seis ou sete anos, esquálida dentro de uma roupa de malha cinza e um gorro tricotado de lã; tinha um rosto adorável e pálido, molhado de lágrimas, olhos apavorados.

— Onde conseguiu isso? — perguntou Victoire, sem entender.

— Na escada, saindo do quarto de Daubrecq — respondeu Lupin, que em vão revistava a roupa de malha da criança, na esperança de que tivesse tirado alguma coisa do quarto.

Victoire se apiedou.

— Pobre anjinho! Veja, está se controlando para não chorar! Jesus Maria, que mãos, são pedras de gelo! Não tenha medo, filho, não vamos machucar você. O moço não é mau.

— Eu não — completou Lupin —, mas há outro que é muito mau e vai acordar se continuarem a fazer essa barulheira na porta do vestíbulo. Não está ouvindo, Victoire?

— Quem são?

— Os cúmplices do nosso hércules, a quadrilha do chefe indomável.

— O que vamos fazer? — balbuciou Victoire, já assustada.

— O quê? Como não quero ser pego nessa arapuca, vou começar por dar o fora. Vamos nessa, Hércules?

Ele enrolou a criança numa coberta de lã, de maneira que a cabeça ficasse de fora, amordaçou-a da melhor forma que pôde e pediu que Victoire a amarrasse em seus ombros.

— Está vendo, Hércules? É divertido. Vai encontrar uns caras que fazem bagunça às três horas da manhã. Então vamos lá. Não tem medo de altura, não é?

Ele passou a perna pelo parapeito da janela e apoiou o pé numa das barras da escada. Num minuto já estava no jardim.

As pancadas na porta do vestíbulo continuavam e ele agora as ouvia mais claramente ainda. Era estranho que Daubrecq não acordasse com todo aquele tumulto.

"Se eu não puser ordem nisso, vão estragar tudo", disse Lupin para si mesmo.

Parado numa quina da casa, invisível no escuro, ele mediu a distância que o separava do portão, deixado aberto. À direita estava a escada externa, com as pessoas alvoroçadas no alto; à esquerda, a casinha da zeladora.

Ela saíra e, de pé junto à escada, implorava:

— Parem com isso! Parem! Ele vai vir.

"Ah, entendi! A mulherzinha é cúmplice também desses aí. Puxa, essa acumula cargos!", pensou Lupin.

Ele correu até a mulher e, pegando-a pelo pescoço, avisou:

— Diga a eles que estou com a criança... Só têm que vir buscá-la comigo, na rua Chateaubriand.

Um pouco adiante na avenida, um táxi ali parado provavelmente esperava a quadrilha. Sem nada perguntar, como se fizesse parte do grupo, ele subiu no carro e deu seu endereço.

— Como está? — ele perguntou à criança. — Sacolejado demais? Que tal descansar um pouco aqui pertinho do amigo?

Achille estava dormindo. Ele próprio, com todo cuidado, improvisou onde acomodar a criança.

A pobrezinha parecia aturdida, o rosto petrificado numa expressão rígida em que ao mesmo tempo se lia medo e vontade de não ter medo, um querer gritar e um esforço de dar dó para não gritar.

— Chore, criança — disse Lupin. — Isso lhe fará bem.

Ela não chorou, mas a voz era tão meiga e amiga que ela relaxou. Em seus olhos mais calmos e boca menos contraída,

Lupin, que a examinava atentamente, reconheceu algo, alguma semelhança indubitável.

Era sobretudo uma confirmação para certas coisas das quais ele desconfiava e que se encadeavam no seu pensamento.

Na verdade, não se enganara. A situação mudava de maneira inusitada e ele não estava longe de tomar a pista dos acontecimentos. Assim sendo...

Um toque da campainha, e dois outros logo a seguir, o fizeram dizer:

— Pronto! A mamãe veio buscá-lo. Fique aí.

Ele foi rápido até a porta e abriu.

Uma mulher entrou, enlouquecida:

— Meu filho! Onde está meu filho?

— No meu quarto — disse Lupin.

Sem mais nada perguntar, mostrando conhecer o caminho, ela correu para lá.

— A jovem senhora de cabelos grisalhos — murmurou Lupin. — A amiga e inimiga de Daubrecq, como pensei.

Aproximando-se da janela, afastou a cortina. Dois homens andavam pela calçada da frente: Grognard e Le Ballu.

— Nem se escondem mais, é bom sinal — ele acrescentou. — Sabem que terão que obedecer ao patrão. Preciso ainda convencer a bela senhora de cabelos grisalhos. Será mais difícil. A nós, mamãe!

Mãe e filho estavam abraçados, e ela, com os olhos molhados de lágrimas, perguntava:

— Está bem mesmo? Tem certeza? Como deve ter tido medo, meu Jacques!

— Um homenzinho dos bons — disse Lupin.

Ela não respondeu. Apalpava a roupa de malha do menino como fizera Lupin, certamente para ver se a missão noturna tivera algum sucesso, e o interrogava baixinho.

— Não, mamãe… juro que não — respondia a criança.

Ela beijou o filho com doçura e o abraçou carinhosa, tanto que ele, extenuado pelo cansaço e pela emoção, logo adormeceu. Ela ficou por um bom tempo ainda ali e parecia também esgotada, precisando de repouso.

Lupin não quis interromper a cena, mas, sem ser notado, ansiosamente observava, chamando-lhe a atenção as olheiras escuras e as rugas bem marcadas da mulher. No entanto, achava-a ainda mais bonita, com essa tocante beleza que o constante sofrimento dá a certos rostos, tornando-os mais humanos, mais sensíveis.

Sua expressão parecia tão triste que ele, num impulso instintivo de simpatia, se aproximou e disse:

— Não sei quais são os seus planos, mas quaisquer que sejam você precisa de ajuda. Sozinha, nada vai conseguir.

— Não estou sozinha.

— Refere-se aos dois que estão ali fora? Eu os conheço. Não valem muito. Por favor, aceite minha ajuda. Lembra-se da outra noite, no camarote do teatro? Estava prestes a falar. Não deixe de fazer isso agora.

A desconhecida olhou na sua direção, observou-o e, parecendo não poder mais se opor àquela vontade superior, perguntou:

— O que sabe exatamente? O que sabe de mim?

— Ignoro muita coisa. Não sei como se chama, mas sei…

Ela o interrompeu com um gesto e, numa decisão brusca, recuperando uma posição de domínio sobre quem a obrigava a falar, exclamou:

— É inútil; o que por ventura saiba, no fundo, é pouco e sem importância. Mas e você, quais são os seus planos? Oferece ajuda… com que intenção? Já que se lançou de tal maneira nesse caso e nada posso fazer sem encontrá-lo no caminho, é porque está atrás de alguma coisa. O quê?

— O quê? Santo Deus, acho que meu comportamento…

— Chega! — ela o interrompeu energicamente. — Não me venha com palavras. Entre nós, precisamos de certezas e, para isso, absoluta franqueza. Vou dar o exemplo. O sr. Daubrecq tem um objeto de imenso valor, não por si mesmo, mas pelo que representa. Você sabe que objeto é esse. Teve-o nas mãos duas vezes e duas vezes eu o recuperei. Isso me faz acreditar que, se tanto quer se apropriar dele, é pelo poder que lhe atribui, para usá-lo em benefício próprio.

— Como assim?

— Como? Para os seus negócios particulares, seus negócios de…

— De gatunagens e trapaças — ele completou.

Não havendo contestação, Lupin tentou ler no fundo dos seus olhos algum pensamento secreto. O que ela queria? O que temia? Aquela mulher desconfiava dele, mas não deveria, também ele, desconfiar de alguém que por duas vezes tirou das suas mãos a rolha de cristal e a devolveu a Daubrecq? Por mais mortalmente inimiga do deputado, até que ponto era subjugada por aquele sujeito? Confiando nela, não corria o risco de estar se entregando a Daubrecq? No entanto, nunca havia admirado olhos mais graves e rosto tão sincero.

Sem mais hesitar, ele declarou:

— O que quero é simples: soltar Gilbert e Vaucheray.

— Verdade? Jura? — ela deixou escapar, trêmula e com um olhar ansioso que procurava confirmar o que ouvia.

— Se me conhecesse...

— Eu o conheço. Sei quem é você. Há meses estou envolvida na sua vida, sem que você perceba. No entanto, por certas razões ainda tenho dúvidas...

Ele afirmou, de forma mais firme:

— Não me conhece. Se me conhecesse, saberia que não haverá trégua para mim enquanto meus dois companheiros... ou pelo menos Gilbert, pois Vaucheray é um patife... enquanto Gilbert não tiver escapado do destino medonho que o espera.

Ela deu um pulo e o agarrou pelos ombros numa verdadeira crise de nervos:

— O quê? O que está dizendo? Destino medonho? Então acha... acha...

— Realmente acho — disse Lupin, vendo o quanto aquela ameaça a transtornava —, realmente acho que, se eu não chegar a tempo, Gilbert está perdido.

— Não diga isso! Não diga isso! — ela pedia, abraçando-o brutalmente. — Não diga isso... está proibido! Não pode saber... É só uma suposição.

— Não só eu acho isso, Gilbert também.

— Hein? Gilbert? Como sabe?

— Por ele mesmo.

— Por ele?

— Exato, por ele. Sou sua última esperança, a única pessoa que pode salvá-lo. Por isso ele me fez um apelo desesperado, há poucos dias, do fundo da sua cela. Aqui está a carta.

O papel foi apanhado com avidez e ela leu, gaguejando:

Patrão, me ajude! Estou com medo... Temo o pior...

O papel caiu no chão. As mãos da desconhecida balançavam no vazio. Era como se seus olhos desvairados antecipassem a sinistra visão que tantas vezes já apavorara Lupin. Ela soltou um grito de pavor, tentou se levantar e caiu sem sentidos.

5. Os vinte e sete

O menino dormia tranquilamente na cama. A mãe não se movia no estrado estofado em que Lupin a deitara, mas já tinha a respiração mais calma. O sangue voltava às faces e ela certamente logo despertaria.

Ela usava uma aliança e, notando um medalhão preso no pescoço, Lupin o abriu e viu uma fotografia muito reduzida de um homem de cerca de quarenta anos. Do outro lado, um menino que chamou sua atenção, já quase adolescente, de uniforme escolar e o rosto emoldurado por cabelos claros.

— Então é isso... Ah, pobre mulher!

A mão que ele pegou entre as suas pouco a pouco voltava a se aquecer. Os olhos se abriram, depois se fecharam, e ela murmurou:

— Jacques...

— Não se preocupe, ele está dormindo. Está tudo bem.

Estava já totalmente recuperada. Como continuava calada, perguntas poderiam induzi-la a querer falar. Ele então começou, apontando para o medalhão:

— O menino de uniforme é Gilbert, não é?

— É.

— Gilbert é seu filho?

Ela estremeceu e disse baixinho:

— Meu filho mais velho.

Era então a mãe de Gilbert, o mesmo Gilbert, preso em La Santé, acusado de assassinato e a quem a justiça perseguia de forma tão implacável!

Ele continuou:

— E o outro retrato?

— Meu marido.

— Seu marido?

— Sim, morreu há três anos.

Ela se sentara. A vida voltava a palpitar nas suas faces, trazendo de volta também o medo que isso causava, pelas tantas coisas aterradoras que a ameaçavam. Lupin perguntou:

— Como se chamava seu marido?

Ela hesitou um pouco e respondeu:

— Mergy.

Ele deu um pulo:

— Victorien Mergy, o deputado?

— Sim.

Houve um longo silêncio. Lupin se lembrava da notícia, do escândalo que aquela morte causara. Três anos antes, nos corredores da Câmara, o deputado Mergy havia estourado os miolos sem deixar qualquer explicação e sem que se pudesse descobrir qualquer motivo para o suicídio.

— E o motivo a senhora conhece — disse Lupin, concluindo seu pensamento em voz alta.

— Conheço.

— Gilbert?

— Não, Gilbert já havia desaparecido anos antes, expulso de casa e amaldiçoado por meu marido. Sua tristeza foi enorme, mas havia outro motivo.

— Qual? — ele perguntou.

Não seria preciso insistir. A sra. Mergy não podia mais se calar e lentamente, com a aflição de todo aquele passado que era necessário ressuscitar, ela contou:

— Há vinte e cinco anos, eu me chamava Clarisse Darcel e meus pais ainda estavam vivos. Foi quando conheci três rapazes, em Nice, e seus nomes esclarecerão tudo: Alexis Daubrecq, Victorien Mergy e Louis Prasville. Os três haviam estudado e prestado o serviço militar juntos. Naquela época, Prasville era apaixonado por uma corista da Ópera de Nice. Os dois outros, Mergy e Daubrecq, gostavam de mim. Serei breve quanto a isso, pois os fatos falam por si sós. Desde o primeiro instante, preferi Mergy. Talvez tenha errado em não dizer logo. Mas todo amor sincero é tímido, hesitante, medroso, e só anunciei minha escolha quando tive toda certeza e toda liberdade. Infelizmente aquele período de expectativa, por mais agradável que seja para quem ama em segredo, tinha feito com que Daubrecq alimentasse esperanças. Sua raiva foi terrível.

Clarisse Mergy se interrompeu por alguns segundos e continuou, com a voz alterada:

— Nunca vou esquecer... Estávamos os três na sala. Posso ainda ouvir as palavras que ele disse, palavras de ódio e terrivelmente ameaçadoras. Victorien ficou sem saber como reagir. Nunca tinha visto o amigo daquela maneira, com uma expressão repugnante, animalesca. Um animal feroz, exatamente... Rangia os dentes, batia o pé no chão. Naquela época os olhos dele não estavam sempre ocultos por óculos, e eu os vi injetados de sangue, revirando nas órbitas. Ele não parava de repetir: "Eu vou me vingar, vou me vingar... Não sabem do que sou capaz. Posso esperar o tempo que for necessário, dez, vinte anos, mas voltarei como um raio. Ah! Não podem imaginar... Vingar-se, causar o mal pelo mal... Que alegria! Nasci para o mal! E os dois haverão de implorar de joelhos, isso mesmo, de joelhos". Ajudado por meu pai, que entrava naquele momento com um criado, Victorien botou para fora aquele ser abominável. Seis semanas depois, nós nos casamos.

— E Daubrecq? — interrompeu Lupin. — Não tentou...?

— Não, mas no dia do casamento, voltando para casa, Louis Prasville, que, contrariando Daubrecq, foi nossa testemunha, encontrou morta sua namorada, a jovem corista da Ópera; estrangulada...

— Como? — assustou-se Lupin. — Acha que Daubrecq...?

— Soubemos que ele a seguia com insistência há dias, mas nada mais se descobriu. Foi impossível estabelecer quem tinha entrado durante a ausência de Prasville e cometido o crime. Vestígio nenhum, nada, absolutamente nada.

— Prasville, no entanto...

— Para ele, como para nós, não havia sombra de dúvida. Daubrecq quis sequestrar a jovem, talvez forçá-la, obrigá-la e, encontrando resistência, perdeu a cabeça, agarrou-a pela garganta e a matou, quase involuntariamente. Mas de nada disso se conseguiu prova; Daubrecq sequer foi interrogado.

— E em seguida, o que se passou?

— Por anos não ouvimos mais falar dele. Soubemos apenas que se arruinara no jogo e tinha ido para a América. Acabei então esquecendo toda aquela cena, querendo acreditar que ele próprio me esquecera e não guardava aqueles projetos de vingança. Na verdade, estava feliz demais para pensar em qualquer coisa que não fosse meu lar, minha felicidade, a situação política do meu marido, a saúde do meu filho Antoine.

— Antoine?

— É o verdadeiro nome de Gilbert, o pobrezinho pelo menos conseguiu esconder sua identidade.

Lupin perguntou:

— Em que época Gilbert... começou?

— Não sei dizer ao certo. Gilbert, prefiro chamá-lo assim e não mais por seu verdadeiro nome, em criança era como ainda é hoje, amável e simpático com todo mundo, encantador, mas também preguiçoso e indisciplinado. Quando fez quinze anos, nós o matriculamos num internato perto de Paris, justamente para afastá-lo um pouco de nós. Dois anos depois, foi expulso.

— Por quê?

— Por mau comportamento. Descobriram que ele dava escapulidas à noite e desaparecia às vezes por semanas, dizendo que estava conosco.

— E o que fazia?

— Divertia-se, ia às corridas, rodava pelos cafés e bailes populares.

— Então tinha dinheiro?

— Tinha.

— Quem lhe dava?

— Seu gênio do mal, o homem que, sem que os pais soubessem, o fazia fugir do colégio. Foi quem o corrompeu e afastou de nós. Quem o ensinou a mentir, a preferir a devassidão, a roubar.

— Daubrecq?

— Daubrecq.

Clarisse Mergy escondeu com as mãos o rubor do rosto. Mas continuou, com voz cansada:

— Daubrecq se vingava. Logo no dia seguinte àquele em que meu marido expulsou de casa nosso filho, Daubrecq nos enviou a mais cínica das cartas, contando seu odioso papel e tudo que tinha feito para desencaminhar Gilbert. A carta terminava com uma previsão: "Em breve o reformatório, depois a prisão. Em seguida, assim espero, o cadafalso".

Lupin deu um pulo:

— Como? Foi Daubrecq que armou o caso atual?

— Não, foi apenas coincidência. A abominável previsão não passava de um desejo. Mas como isso me aterrorizou! Eu estava doente na época; meu outro filho, meu pequeno Jacques, acabara de nascer. Diariamente éramos informados de novos delitos de Gilbert: falsificação de assinaturas, fraudes... De forma que começamos a dizer às pessoas que ele havia partido para o exterior, e depois que tinha morrido. A vida se tornou um tormento e a isso se acrescentou a tempestade política em que meu marido se afundaria.

— Como assim?

— Basta dizer que o nome dele está na lista dos vinte e sete.

— Ah!

De uma só vez, rasgava-se o véu diante dos olhos de Lupin, que percebia, num lampejo, uma quantidade de coisas que até ali se ocultavam nas trevas.

Com voz mais firme, Clarisse Mergy retomou:

— O nome dele está nessa lista, mas equivocadamente, por uma espécie de erro incrível do qual ele foi vítima. Victorien Mergy de fato fez parte da comissão encarregada de estudar o canal francês dos Dois Mares. Votou com outros deputados que aprovaram o projeto da Companhia. Inclusive recebeu quinze mil francos por isso, digo-o claramente e especifico a soma. Mas foi por outra pessoa que ele recebeu, um aliado político em quem tinha absoluta confiança, e acabou sem saber agindo como seu instrumento. Achou que estava praticando uma boa ação e se perdeu. Só no dia seguinte ao suicídio do presidente da Companhia e ao desaparecimento do tesoureiro, no dia em que o escândalo do canal se revelou com toda a sua série de fraudes e sujeiras, meu marido soube que vários colegas seus tinham sido comprados. Compreendeu que seu nome, bem como os de outros deputados, líderes de partidos e políticos influentes, se encontrava na misteriosa lista de repente tão comentada. Ah, que dias terríveis aqueles! Publicariam a lista? Seu nome apareceria? Que tortura! Deve se lembrar da situação na Câmara, do ambiente de terror e de delação! Com quem estava essa lista? Ninguém sabia. Sabia-se apenas da sua existência. Só isso. Dois homens foram arrastados nessa tempestade. E ignorava-se ainda de onde partia a denúncia e em mãos de quem se encontravam os documentos acusatórios.

— Daubrecq — insinuou Lupin.

— Não, não — exclamou a sra. Mergy. — Daubrecq não era nada nessa época, não surgira ainda em cena. Não, tente se lembrar... soube-se de repente da verdade por quem tinha a lista, Germineaux, ex-ministro da Justiça e primo do presidente da Companhia do Canal. Tísico, em seu leito de morte, ele escreveu ao chefe de polícia, revelando que a lista se encontrava num cofre de ferro do seu quarto, que poderia ser aberto depois da sua morte. A casa foi cercada por policiais e o próprio chefe fincou pé ao lado do doente. Germineaux morreu e o cofre foi aberto: estava vazio.

— Dessa vez, Daubrecq — afirmou Lupin.

— Sim, Daubrecq — concordou a sra. Mergy, numa agitação que crescia a cada minuto. — Alexis Daubrecq, havia seis meses, bem disfarçado e irreconhecível, servia como secretário particular do ex-ministro. Como soube que Germineaux tinha com ele o famoso documento? Pouco importa. Fato é que conseguiu forçar o cofre na noite anterior à morte. Isso foi provado pela investigação, que também estabeleceu a identidade de Daubrecq.

— E ele não foi preso?

— Para quê? Supunha-se, é claro, que tivesse guardado a lista em lugar seguro. Prendê-lo significaria reavivar o escândalo, recomeçar o caso, aquele caso malfadado do qual todos estavam cansados e querendo abafar a qualquer preço.

— E então?

— Negociou-se.

Lupin riu.

— Negociar com Daubrecq? Chega a ser engraçado!

— É verdade, engraçado — suspirou a sra. Mergy com amargura. — Enquanto isso, ele agia de forma ultrajante, sem rodeios. Oito dias depois do roubo, ele foi à Câmara dos Deputados, pediu para falar com meu marido e exigiu dele trinta mil francos em vinte e quatro horas. Se não os recebesse, seria o escândalo, a desonra. Meu marido o conhecia, sabia o quanto era implacável e rancoroso. Perdeu a cabeça e se matou.

— Que absurdo! — não pôde deixar de dizer Lupin. — A lista é de vinte e sete nomes. Para entregar um desses nomes, Daubrecq seria obrigado, para que dessem crédito à acusação, a publicar a lista inteira. Com isso, perderia a posse do documento ou pelo menos sua cópia fotografada. Ao fazer isso, provocaria escândalo, mas não teria mais como agir nem chantagear.

— É verdade e não é — ela explicou.

— Como sabe?

— Pelo próprio Daubrecq, pois o miserável me procurou e cinicamente contou sobre o encontro com meu marido e as palavras que trocaram. E não se trata somente dessa lista, não se trata apenas do famoso pedaço de papel em que o tesoureiro anotava os nomes e as somas pagas, e no qual, lembre-se, o presidente da Companhia, antes de morrer, deixou sua assinatura com letras de sangue. Isso não é tudo. Há provas mais vagas e que os interessados não conhecem: a correspondência entre o presidente da Companhia e o tesoureiro, entre o presidente e os advogados conselheiros etc. Só o que conta, evidentemente, é a lista rabiscada no pedaço de papel; é a prova única e irrecusável, que seria inútil copiar ou fotografar, pois sua autenticidade pode ser controlada, pelo que dizem, da maneira mais rigorosa. Mesmo assim, os outros indícios são perigosos. Já foram suficientes para derrubar dois deputados. E disso Daubrecq sabe se servir com maestria. Ele assusta a vítima escolhida, aterroriza, faz com que perceba a dimensão do escândalo, e ela paga a soma exigida ou se mata, como meu marido. Percebe agora?

— Percebo — concordou Lupin.

No silêncio que se seguiu, ele reconstituiu a vida de Daubrecq. Com aquela lista, usando seu poder, saindo pouco a pouco da sombra, esbanjando o dinheiro que extorquia das vítimas, conseguindo ser nomeado vereador e deputado, reinando pela ameaça e pelo terror, impune, inacessível, inatacável, temido pelo governo, que preferiu se submeter às suas ordens do que lhe declarar guerra, respeitado pelos poderes públicos, tão poderoso afinal que fez com que nomeassem Prasville secretário-geral da polícia, passando por cima de outros que teriam mais direito, apenas pelo ódio que nutria por Daubrecq, um ódio pessoal.

— Você então o viu naquela época?

— Sim, era preciso. Meu marido tinha morrido, mas sua reputação se mantinha intacta. Ninguém desconfiava de coisa alguma. Para defender pelo menos o nome que me fora legado, aceitei um primeiro encontro com Daubrecq.

— Um primeiro, é verdade, pois houve outros…

— Muitos outros — ela confirmou com a voz alterada. — Sim, muitos outros: no teatro, ou certas noites em Enghien, ou em Paris, sempre à noite… pois me envergonhava ter de estar com aquele homem e não queria que comentassem. Mas era preciso, um dever mais imperioso do que qualquer outro… o dever de vingar meu marido.

Ela se inclinou na direção de Lupin e completou com veemência:

— O desejo de vingança tem pautado meu comportamento e se tornou minha maior preocupação na vida. Vingar meu marido, vingar meu filho desvirtuado, vingar a mim mesma por todo mal que me foi causado. Deixei de ter qualquer outro sonho, qualquer outro objetivo. Quero apenas isto, esmagar esse indivíduo, quero sua miséria, suas lágrimas, como se ele fosse capaz de chorar!, seu pranto, seu desespero…

— Sua morte — interrompeu Lupin, lembrando-se da cena entre os dois, no escritório de Daubrecq.

— Não, não sua morte. Muitas vezes pensei nisso, até ergui o braço… Mas para quê? Ele deve ter tomado suas precauções. O papel continuaria a existir. Além disso, quem mata não se vinga. Meu ódio vai além… Quero sua perdição, sua ruína; e para isso é preciso arrancar suas garras. Sem esse documento que o torna tão forte, Daubrecq deixa de existir. Será seu fim imediato, o naufrágio, e em que lamentáveis condições! É o que tenho buscado.

— Mas Daubrecq não podia pensar que suas intenções eram outras?

— Não há como. Garanto, foram encontros muito estranhos. Eu a vigiar, tentando descobrir por trás do que ele diz o segredo que esconde, e ele… ele…

— E ele… — Lupin completou o pensamento de Clarisse Mergy — … vigiando a presa cobiçada; a mulher que ele nunca deixou de amar, e ainda ama e deseja com todas as suas forças, toda a sua raiva…

Ela baixou a cabeça e disse simplesmente:

— É.

Um estranho duelo, de fato, opondo dois seres que tantas coisas implacáveis separavam. Como era desenfreada a paixão de Daubrecq para que assim se arriscasse àquela constante amea-ça de morte, trazendo para perto de si, para a sua intimidade, a mulher cuja existência ele havia devastado! Mas como, ao mesmo tempo, era preciso que se sentisse plenamente seguro para agir de tal forma!

— E suas buscas, aonde chegaram? — perguntou Lupin.

— Foram por muito tempo infrutíferas — ela confessou. — O tipo de investigação que você seguiu, e também a polícia, eu segui anos antes, e inutilmente. Começava a perder toda espe-rança quando um dia, indo à casa dele em Enghien, achei no cesto de lixo da escrivaninha uma carta iniciada, amassada e jogada fora. Eram linhas escritas a mão, num inglês ruim, dizendo:

Esvazie o cristal por dentro, de maneira a deixar um vácuo impossível de causar desconfiança.

"Eu talvez não tivesse dado a essa frase sua devida importância se Daubrecq, que estava no jardim, não chegasse correndo e começasse a revirar o cesto, com visível ansiedade. Ele me olhou desconfiado e tentou explicar: 'Foi uma carta... que joguei aqui...'.

"Fingi não entender. Ele não insistiu, mas sua agitação me fez dirigir as buscas nessa direção. Um mês depois, descobri nas cinzas da lareira da sala a metade de uma nota fiscal inglesa. John Howard, fabricante de vidro em Stourbridge, havia fornecido ao deputado uma garrafa de cristal dentro das especificações encomendadas. A palavra 'cristal' me chamou atenção e fui a Stourbridge, subornei o contramestre da fábrica e descobri que a rolha daquela garrafa, seguindo a fórmula da encomenda, tinha sido *esvaziada por dentro, de maneira a deixar um vácuo impossível de causar desconfiança*."

Lupin concordou:

— A informação não deixa dúvida. No entanto, não me pareceu que, mesmo sob a camada de ouro... Além disso, seria um esconderijo minúsculo.

— Minúsculo, mas suficiente — ela disse.

— Como sabe?

— Prasville.

— Você o vê?

— Desde essa época, sim. Antes, meu marido e eu tínhamos rompido as relações com ele, por causa de alguns incidentes não muito claros. Prasville é alguém de moralidade mais do que duvidosa, um ambicioso sem escrúpulos e que certamente teve um papel sujo no caso do Canal dos Dois Mares. Recebeu dinheiro? É bem possível. De qualquer forma, eu precisava de ajuda. Ele acabava de ser nomeado secretário-geral da polícia. Por isso o procurei.

— Ele tinha informações sobre Gilbert? — perguntou Lupin.

— Não. Tive a precaução, justamente por causa da posição que ele ocupa, de confirmar, bem como para todos os nossos amigos, a viagem e a morte de Gilbert. No mais, contei a verdade sobre o suicídio do meu marido e sobre a vingança que eu buscava. Ele pulou de alegria ao saber o que eu havia descoberto e percebi que seu ódio por Daubrecq continuava intacto. Conversamos por muito tempo e por ele eu soube que a lista tinha sido escrita num pedaço de papel-bíblia extremamente fino e resistente que, bem dobrado, podia perfeitamente caber num espaço minúsculo. Para ele, assim como para mim, não havia mais a menor dúvida. Conhecíamos o esconderijo. Ficou combinado que agiríamos cada qual por conta própria, correspondendo-nos em segredo. Coloquei-o em contato com Clémence, a zeladora da casa na praça Lamartine, que é da minha confiança...

— Com relação a Prasville, nem tanto — acrescentou Lupin. — Tenho provas de que ela o trai.

— Talvez agora, mas de início não; e as perquisições da polícia foram muitas. Foi nesse momento, há cerca de dez meses, que Gilbert reapareceu na minha vida. Mãe nenhuma deixa de amar o filho, faça ele ou tenha feito o que for. E Gilbert é adorável! Você sabe disso. Ele chorou, beijou o irmão caçula... Perdoei tudo.

E acrescentou, em voz baixa, os olhos fixos no chão:

— Melhor seria que não o tivesse perdoado! Ah, se aquele momento pudesse voltar! Eu teria a infame coragem de mantê-lo afastado! Meu pobre filho, causei sua perdição...

Ela pensativamente continuou:

— Teria a coragem necessária se ele fosse como eu o imaginava e como por muito tempo ele de fato foi, pelo que me contou: marcado pela libertinagem e pelo vício, grosseiro, reles... Mas do ponto de vista, como dizer, do ponto de vista moral, havia uma evidente melhora. Você o ajudou, o elevou, e, apesar de levar uma vida que a mim parecia odiosa, ele manteve certa dignidade, um fundo de decência que voltava à tona... Ele parecia contente, descontraído, feliz, e falava de você com tanto afeto!

Ela procurava escolher as palavras, não querendo condenar, na presença de Lupin, o tipo de vida escolhido por Gilbert, mas sem poder também aprová-lo.

— E depois? — quis saber Lupin.

— Depois nos encontramos várias vezes. Ele vinha me ver escondido, ou era eu que ia e passeávamos pelo campo. Assim, pouco a pouco, fui contando nossa história. Ele ficou muito revoltado. Quis também vingar o pai e, roubando a rolha de cristal, vingar-se pelo mal que Daubrecq lhe causara. Sua primeira ideia, e disso ele nunca abriu mão, era conseguir seu apoio.

— Ora — exclamou Lupin —, ele deveria então...

— Eu sei, esta era também minha opinião. Infelizmente, meu pobre Gilbert é fraco, como deve saber, e se deixou influenciar por um colega.

— Vaucheray, não é?

— Ele mesmo, Vaucheray, uma alma perturbada cheia de fel e inveja, um pérfido ambicioso, alguém sem escrúpulos e sombrio, mas que causava forte impressão no meu filho. Gilbert cometeu o erro de confiar nele e lhe pedir conselhos. Vaucheray o convenceu, e a mim também, ser melhor que agíssemos sozinhos. Ele examinou tudo, assumiu a liderança e organizou a expedição a Enghien. Só depois disso eles o procuraram para o assalto à *villa* Marie-Thérèse, que Prasville e seus agentes não tinham podido revirar a fundo, dada a constante vigilância do infeliz Léonard. Foi uma tolice. Deveríamos ter seguido fielmente sua experiência ou tê-lo deixado fora do plano, para não haver um mal-entendido funesto e hesitações perigosas. Mas fazer o quê? Vaucheray estava no controle. Aceitei um encontro com Daubrecq no teatro. Enquanto isso, tudo aconteceu. Quando cheguei à minha casa, por volta da meia-noite, soube do terrível resultado, com a morte de Léonard e a prisão do meu filho. Imediatamente, previ o que o esperava. A pavorosa profecia de Daubrecq se realizava, viria o julgamento, viria a condenação. E tudo por culpa minha, por culpa da mãe que levou o filho ao abismo do qual nada mais poderia tirá-lo.

Clarisse torcia as mãos, e arrepios febris a faziam tremer. Que sofrimento pode se comparar ao de uma mãe que teme pela cabeça do filho? Comovido, Lupin afirmou:

— Nós o salvaremos. Quanto a isso não há dúvida. Mas preciso saber de todos os detalhes. Continue, por favor. Como soube, na mesma noite, do que havia acontecido em Enghien?

Ela se controlou e, com o rosto contraído de aflição, respondeu:

— Por dois cúmplices seus, ou melhor, dois cúmplices de Vaucheray que o consideravam chefe e tinham sido escolhidos para os barcos.

— Os mesmos que estão ali fora, Grognard e Le Ballu?

— Sim. Quando você voltou da *villa* e saiu à margem do lago, depois de ser perseguido pelo comissário de polícia, lhes deu breves explicações enquanto se dirigia ao automóvel. Assustados, eles correram para a minha casa, onde já tinham vindo antes, e deram a terrível notícia. Gilbert tinha sido preso. Que noite horrível! O que fazer? Procurar você? Seria o melhor, e implorar sua ajuda. Mas onde encontrá-lo? Foi quando Grognard e Le Ballu, pressionados pelas circunstâncias, resolveram me explicar o papel de Vaucheray, suas ambições, seu projeto há tempos amadurecido…

— Livrar-se de mim, não é? — riu-se Lupin.

— Exato. Como Gilbert gozava da sua plena confiança, ele o vigiava e, com isso, descobriu todos os seus endereços. Em poucos dias, de posse da rolha de cristal e da lista dos vinte e sete, herdeiro de todo o poder de Daubrecq, entregaria você à polícia sem que o bando, já sob seu comando, ficasse comprometido.

— Que imbecil! — murmurou Lupin. — Um subalterno daqueles!

E acrescentou:

— E as almofadas das portas…

— Foram cortadas a mando dele, já prevendo o confronto com você e com Daubrecq, na casa de quem havia começado o mesmo trabalho. Ele contava com uma espécie de acrobata, um anão extremamente magro, capaz de passar por aquelas aberturas. Com isso ele controlava toda a sua correspondência e todos os seus segredos. Foi o que Grognard e Le Ballu me contaram. Imediatamente tive a ideia de salvar meu filho mais velho com a ajuda do irmão caçula, Jacques, igualmente pequeno, magro, muito inteligente e corajoso, como você pôde comprovar. Partimos em plena noite. Seguindo as indicações dos meus dois informantes, consegui, no apartamento de Gilbert, as cópias das suas chaves da rua Matignon, onde eles imaginavam que você estaria. No caminho, ouvindo os dois, passei a preferir, em vez de pedir sua ajuda, me apoderar da rolha de cristal que, se tivesse sido descoberta em Enghien, provavelmente estaria com você. Não me enganei. Em poucos minutos, o pequeno Jacques, depois de entrar no seu quarto, entregou-a para mim. Saí dali cheia de esperança. Dona do talismã e sem contar a Prasville, teria pleno poder sobre Daubrecq. Faria com que seguisse minhas ordens e o obrigaria a se desdobrar a favor de Gilbert, conseguindo que o deixassem fugir ou que pelo menos não o condenassem. Seria a salvação.

— E depois?

Clarisse se levantou num salto, olhou fixamente Lupin e disse com voz abafada:

— Não havia coisa alguma dentro daquele pedaço de cristal, nada. Percebe? Papel nenhum, esconderijo nenhum. Toda aquela expedição a Enghien tinha sido inútil. Inútil o assassinato de Léonard! Inútil a prisão do meu filho. Inúteis todos os meus esforços!

— Mas como? Como?

— Como? Vocês roubaram de Daubrecq não a rolha que ele havia encomendado, mas a que serviu de modelo para o fabricante John Howard, de Stourbridge.

Se Lupin não estivesse diante de uma dor tão profunda não teria deixado de fazer alguma das zombarias que as malícias do destino sempre lhe inspiravam.

Em vez disso, murmurou com raiva:

— Que idiotice! E ainda maior porque isso fez Daubrecq saber que o segredo se revelara.

— Não creio. No mesmo dia fui a Enghien. Em tudo aquilo Daubrecq via apenas um roubo comum, relacionado a suas coleções. E é o que ainda acha. Sua participação o induziu nesse sentido.

— A rolha, porém, havia desaparecido.

— Ela, para começar, tinha uma importância secundária, pois era apenas o modelo.

— Como sabe disso?

— Há um arranhão na base da haste. Eu soube disso na Inglaterra.

— Que seja, mas por que o criado mantinha sempre com ele a chave do armário em que estava a rolha? E por que, depois disso, ela foi encontrada na gaveta de uma mesinha na casa de Daubrecq em Paris?

— Ele evidentemente a mantém por perto, serviu de modelo para uma coisa que tem valor. Foi por isso que a guardei de volta no armário antes que ele percebesse seu desaparecimento. Por isso, também, fiz Jacques pegá-la no seu casacão, para que Clémence a pusesse de volta na gaveta da mesinha.

— Ele então não desconfia?

— Não. Sabe que procuramos a lista, mas não que Prasville e eu sabemos onde está escondida.

Lupin estava de pé e pensava, andando pela sala. Parou perto de Clarisse Mergy.

— Resumindo, desde aquela noite de Enghien você não avançou em nada?

— Em nada — ela lamentou. — Agi dia após dia levada por esses dois cúmplices, ou era eu que os levava, mas sem plano algum definido.

— Ou pelo menos sem outro plano além daquele que consiste em roubar de Daubrecq a lista dos vinte e sete.

— Sim, mas como? Além disso, sua presença me atrapalhava. Não foi difícil ver que a nova cozinheira de Daubrecq era sua velha amiga Victoire e, graças à zeladora, saber que ela o abrigava. Achei que nossos planos se chocavam.

— Foi você que me escreveu dizendo para eu sair do caminho, não foi?

— Sim.

— E também para eu não ir ao teatro na noite do Vaudeville?

— Também. A zeladora havia percebido Victoire ouvindo minha conversa com Daubrecq por telefone, e Le Ballu, que vigiava a casa, o viu sair. Imaginei então que seguiria Daubrecq à noite.

— E a mulher malvestida que veio aqui, num fim de tarde?

— Era eu, desalentada, querendo vê-lo.

— E pegou a carta de Gilbert.

— Sim, reconheci a letra no envelope.

— Mas Jacques não estava com você?

— Não. Estava no carro com Le Ballu. Ele entrou pela janela da sala e depois no quarto, pela abertura na porta.

— O que havia na carta?

— Infelizmente apenas queixas de Gilbert, que o acusava de abandoná-lo, de querer ficar com a rolha. Isso confirmou minhas desconfianças e fugi.

Lupin balançou os ombros, irritado.

— Quanto tempo perdido! E que fatalidade não termos podido nos entender antes! Em vez disso, brincávamos de esconde-esconde… com armadilhas mútuas. E dias se passaram, dias preciosos, irrecuperáveis.

— Está vendo, também teme o que está por vir… — ela disse com um tremor.

— Não, não temo — afirmou Lupin. — Penso apenas em tudo de útil que já poderíamos ter feito se tivéssemos reunido nossos esforços. Penso nos erros e nas imprudências que teríamos evitado se já estivéssemos de acordo. Penso que sua tentativa dessa noite, de revistar as roupas de Daubrecq, foi tão inútil quanto as outras e que nesse momento, graças ao nosso duelo, graças ao tumulto do lado de fora da casa, Daubrecq se manterá ainda mais cauteloso.

Clarisse Mergy balançou negativamente a cabeça.

— Não, não creio que o barulho o tenha acordado. Adiamos por um dia essa tentativa para que a zeladora pudesse misturar um forte sedativo ao seu vinho.

E ela lentamente acrescentou:

— Além disso, novidade nenhuma fará com que Daubrecq redobre seus cuidados. Sua vida inteira já é um conjunto de precauções contra o perigo. Nada é deixado ao acaso, por isso ele tem todos os trunfos na mão.

Lupin se aproximou e perguntou:

— O que quer dizer? Acha que não há esperança nesse sentido? Meio nenhum de se chegar ao objetivo?

— Há um, um único… — ela murmurou.

Antes que Clarisse escondesse de novo o rosto com as mãos, Lupin notou sua palidez e, de novo, um tremor febril percorreu-a inteira.

Ele achou que entendia a razão do seu pavor e, debruçando-se na sua direção, comovido por tanta dor, pediu:

— Por favor, responda sinceramente. É por causa de Gilbert, não é? Se a justiça não conseguiu decifrar o enigma do seu passado, chegando até aqui sem saber o verdadeiro nome do cúmplice de Vaucheray, alguém sabe, não é? Não é? Daubrecq não reconheceu em Gilbert seu filho Antoine?

— Sim, ele sabe.

— E promete salvá-lo, não é? Oferece a liberdade dele, por fuga ou por não sei como. Foi o que ele ofereceu uma vez, no escritório, na madrugada em que você quis matá-lo, não foi?

— Sim, foi isso.

— Sob uma condição, uma única, não é? Uma condição abominável, que só um crápula como ele poderia imaginar. Estou certo, não estou?

Clarisse não respondeu. Parecia exausta, após uma longa luta contra um inimigo que ganhava terreno a cada dia e contra o qual era realmente impossível lutar.

Lupin viu nela a presa que se sente derrotada por antecipação, entregue ao capricho do vencedor. Clarisse Mergy, a esposa fiel e amorosa de um marido que Daubrecq havia, na prática, assassinado, a mãe apavorada de Gilbert, que Daubrecq tinha corrompido, Clarisse Mergy, para salvar o filho do cadafalso, deveria, sem maiores garantias, se submeter ao desejo de Daubrecq. Seria amante, mulher, escrava obediente daquele personagem inominável em quem Lupin não podia pensar sem uma sensação de revolta e nojo.

Sentando-se a seu lado, devagar e com gestos ternos, Lupin fez com que ela levantasse o rosto e, olhos nos olhos, disse:

— Ouça bem. Juro que salvarei seu filho… juro. Ele não vai morrer, entenda. Não há força no mundo que, estando eu vivo, possa tocar na cabeça do seu filho.

— Acredito em você. Confio na sua palavra.

— Confie, é palavra de alguém que não conhece derrotas. Vou conseguir. Mas peço que me faça uma promessa irrevogável.

— Qual?

— Não se encontre mais com Daubrecq.

— Juro!

— Vai tirar da cabeça qualquer ideia, qualquer temor, por mais obscuro que seja, de um acordo entre você e ele, de qualquer troca…

— Juro!

Sua expressão de confiança e de absoluto abandono servia já como compensação por sua dedicação e pelo ardente anseio em proporcionar àquela mulher alguma felicidade ou, pelo menos, a paz e o esquecimento que cicatrizam as feridas.

— Vamos — ele concluiu se levantando e completou, satisfeito —, tudo vai acabar bem. Temos dois ou três meses à nossa frente. É mais do que o necessário. Com a condição, é claro, de que eu possa me movimentar livremente. E para isso, entenda, você deve se retirar da batalha.

— Como?

— Desaparecer por algum tempo, ir para o campo. Aliás, não tem pena de Jacques? Isso que ele vem fazendo vai acabar com os nervos do pobre menino. E ele realmente merece um descanso, não é mesmo, Hércules?

No dia seguinte, Clarisse Mergy, a quem tantos acontecimentos tinham afetado e que também precisava de algum repouso para não cair doente, alugou aposentos para ela e o filho na casa de uma amiga, bem à entrada do bosque de Saint-Germain. Muito fragilizada, com a cabeça tomada por pesadelos, os nervos sensíveis a ponto de fazer com que qualquer emoção pudesse se tornar perigosa, ela lá passou dias de esgotamento físico e inconsciência. Parou de pensar no que quer que fosse. Estava proibida de ler os jornais.

Mudando de tática, Lupin procurava agora uma forma de sequestrar o deputado Daubrecq. Nesse sentido, Grognard e Le Ballu, a quem ele havia prometido perdão caso tivessem sucesso, vigiavam as idas e vindas do inimigo. Todos os jornais, enquanto isso, anunciavam o próximo comparecimento, diante do júri, dos dois cúmplices presos de Arsène Lupin, ambos sob acusação de assassinato. Foi no correr desses dias que, certa tarde, uma campainha bruscamente tocou no apartamento da rua Chateaubriand, por volta das quatro horas.

Era o telefone.

Lupin atendeu.

— Alô?

Uma voz feminina, ofegante, perguntou:

— Sr. Michel Beaumont?

— Eu mesmo, minha senhora. Com quem tenho o prazer?

— Por favor, venha com urgência, a sra. Mergy acaba de se envenenar.

Lupin não procurou maiores explicações. Chamou o chofer, saiu apressado de casa e mandou que o levasse a Saint-Germain.

A amiga de Clarisse o esperava à entrada do quarto.

— Morta? — ele perguntou.

— Não, a dose foi insuficiente. O médico acaba de sair; disse que ela está fora de perigo.

— E por quê?

— Seu filho, Jacques, desapareceu.

— Raptado?

— Foi. Estava brincando perto do bosque. Um automóvel parou, duas velhas desceram. Ouviram-se gritos. Clarisse quis correr, mas caiu sem forças, gemendo: "Foi ele! Aquele homem… é o fim de tudo". Parecia enlouquecida. De repente, levou um pequeno frasco à boca e bebeu.

— E depois?

— Depois, com a ajuda do meu marido, levei-a para o quarto. Ela estava muito mal.

— Como soube do meu endereço, do meu nome?

— Ela me deu, enquanto o médico a atendia. Por isso telefonei.

— Alguém mais sabe disso?

— Ninguém. Sei que Clarisse tem problemas enormes e prefere o silêncio.

— Posso vê-la?

— Agora está dormindo. E o médico proibiu qualquer emoção.

— Não disse que ela está fora de perigo?

— Sim, mas teme um eventual agravamento por excitação nervosa, uma crise que pode levar a doente a uma nova tentativa. E dessa vez...

— O que se deve fazer para evitar?

— Uma semana ou duas de absoluta tranquilidade, o que é impossível, enquanto o pequeno Jacques...

Lupin a interrompeu:

— Acha que, se devolverem o menino...

— Ah, estou certa de que não haveria mais o que temer!

— Tem certeza? Tem certeza? Sim, é claro... Pois diga à sra. Mergy da minha parte, quando ela acordar, que hoje ainda, antes da meia-noite, trarei seu filho. Antes da meia-noite, é uma promessa formal.

Dito isso, ele saiu apressado da casa e subiu no carro, gritando para o chofer:

— Paris, praça Lamartine, casa do deputado Daubrecq.

6. A sentença de morte

O automóvel de Lupin não era apenas seu escritório com livros, papel, tinta e penas de escrever, mas também um verdadeiro camarim de ator, com uma caixa completa de maquiagem, um baú cheio dos mais diversos trajes, outro com acessórios, isto é, guarda-chuvas, bengalas, echarpes, óculos etc., enfim, tudo que lhe permitisse, indo de um lugar para outro, mudar de aparência dos pés à cabeça.

Foi um senhor meio gordo numa sobrecasaca escura, cartola, costeletas no rosto e óculos no nariz que bateu às seis horas da tarde ao portão do deputado Daubrecq.

A zeladora acompanhou-o até a escada externa, onde Victoire, chamada por uma sineta, apareceu.

Ele perguntou:

— O sr. Daubrecq pode receber o dr. Vernes?

— Ele já se encontra no seu quarto, e a essa hora…

— Entregue a ele meu cartão.

Ele escreveu, à margem, estas palavras: "Da parte da sra. Mergy". E insistiu:

— Por favor, tenho certeza de que me receberá.

— Mas… — quis se opor Victoire.

— Era só o que faltava, velhinha, vai bancar a difícil?

Paralisada de surpresa, ela gaguejou:

— É você? Você?

— Não, Luís XIV.

Empurrando-a para um canto do vestíbulo, ele disse:

— Ouça... Assim que eu estiver sozinho com ele, vá ao seu quarto, pegue suas coisas correndo e vá embora!

— O quê?

— Faça o que estou dizendo. Meu carro está logo ali adiante, na avenida. Vamos, rápido, anuncie-me, espero no escritório.

— Está tudo apagado.

— Acenda.

Ela acendeu a luz elétrica e deixou Lupin sozinho.

"É aqui", ele pensou ao se sentar, "é aqui que está a rolha de cristal. A menos que Daubrecq sempre a carregue com ele. Não, quem tem um bom esconderijo o utiliza. E esse é excelente, já que ninguém até agora..."

Com toda atenção, ele observava os objetos em volta e se lembrou da carta escrita por Daubrecq a Prasville: "Ao alcance da tua mão, meu velho... Tocaste nela... Um pouco mais e pronto...".

Nada parecia ter mudado desde aquele dia. As mesmas coisas se espalhavam em cima da mesa, livros, cadernos de registro, uma garrafa de tinta, uma caixinha de selos, fumo, cachimbos, coisas que haviam sido reviradas e escrutadas várias e várias vezes.

"Ah, o espertalhão! Seu negócio está mesmo bem arranjado! Tudo funciona direitinho, o sujeito sabe o que faz...", ele pensou.

No fundo, mesmo sabendo exatamente o que vinha fazer e como ia agir, Lupin não deixava de ter consciência de que sua visita era arriscada e temerária, sendo o adversário tão forte. Era bem possível que Daubrecq continuasse dono da situação e a conversa descambasse para um rumo bem diferente do esperado.

E tal perspectiva não deixava de lhe causar certa irritação.

Ele se preparou, um ruído de passos se aproximava.

Daubrecq entrou.

Entrou sem nada dizer, fez sinal para que Lupin se sentasse, pois ele tinha se levantado, sentou-se ele próprio à mesa e, olhando o cartão que ainda tinha na mão, perguntou:

— Dr. Vernes?

— Sim, excelência, dr. Vernes, de Saint-Germain.

— E vejo que vem da parte da sra. Mergy. Sua paciente, provavelmente.

— Há bem pouco tempo. Não a conhecia até ser chamado para atendê-la hoje, em circunstâncias particularmente trágicas.

— Ela está doente?

— A sra. Mergy se envenenou.

— Hein?

Foi um susto, mas Daubrecq continuou, sem esconder qualquer perturbação:

— O que disse? Envenenou-se! Está morta?

— Não, a dose não foi suficiente. Se não sobrevierem complicações, estimo que a sra. Mergy esteja com a vida salva.

Daubrecq se calou, permaneceu parado, voltado para Lupin, que se perguntava: "Está olhando para mim? Seus olhos estão abertos ou fechados?".

Incomodava-o tremendamente não ver os olhos do adversário, olhos ocultos pelo duplo obstáculo dos óculos de grau e dos óculos escuros, olhos doentes, como lhe contara a sra. Mergy, sempre injetados de sangue. Sem ver a expressão de um rosto, como seguir o andamento secreto dos seus pensamentos? Era quase como duelar com um inimigo cuja espada fosse invisível.

Daubrecq disse, passado algum tempo:

— Então a sra. Mergy está salva e o enviou aqui. Não compreendo bem... Mal conheço essa senhora.

"Chegamos ao momento delicado", pensou Lupin. "Vamos em frente."

Num tom de bonomia que deixava transparecer o pouco à vontade de alguém que é tímido, ele disse:

— Por Deus, excelência, há casos em que o dever de um médico é bastante complicado, obscuro, e o senhor pode imaginar que, vindo cumprir essa tarefa... Enfim, é o seguinte. Enquanto eu a atendia, a sra. Mergy tentou mais uma vez se envenenar. O frasco infelizmente estava ainda a seu alcance. Eu o arranquei depressa. Ela reagiu, tentou me agredir. No delírio da febre, com palavras pouco coerentes, ela dizia: "Foi ele... foi ele... Daubrecq... o deputado... Que ele devolva meu filho... Diga a ele ou vou me matar... sim, agora mesmo... essa noite. Quero morrer". Foi o que ela disse, excelência. Então achei que devia avisá-lo. No estado de agitação em que se encontra essa senhora... É claro, ignoro o sentido exato dessas palavras. Não perguntei a ninguém. Vim diretamente aqui, trazido por um impulso.

Daubrecq pensou por um momento e disse:

— Resumindo, doutor, o senhor veio me perguntar se eu sei onde está essa criança... que imagino desaparecida, não é?

— Sim.

— E, caso eu saiba, o senhor a levaria à sua mãe?

— Com prazer.

Mais um longo silêncio. Lupin se dizia: "Será que vai engolir essa história? A ameaça de suicídio o impressionou tanto assim? Não, imagine... não pode ser. No entanto... no entanto, ele parece na dúvida".

— Permite? — pediu Daubrecq, pegando um telefone que estava em cima da mesa. — Trata-se de um chamado urgente.

— Pois não, senhor deputado.

Daubrecq solicitou:

— Alô... por favor, senhorita, ligue-me com o número 822-19.

Repetiu o número e esperou sem se mover.

Lupin sorriu:

— A Chefatura de Polícia, não é? Secretaria-geral...

— De fato, doutor. Conhece o número?

— Conheço. Como médico-legista, precisei algumas vezes telefonar para lá.

No seu íntimo, Lupin se perguntava: "Que diabos ele está querendo? O secretário-geral é Prasville. O que pode ser?".

Daubrecq pôs os dois fones nos ouvidos e disse:

— É do 822-19? Preciso falar com o secretário-geral, sr. Prasville. Não está? Está sim, sempre está a essa hora... Diga que é da parte do sr. Daubrecq. Sr. Daubrecq, deputado... um chamado da mais alta importância.

— Talvez minha presença esteja sendo indiscreta? — perguntou Lupin.

— De forma alguma, de forma alguma, doutor — tranquilizou-o Daubrecq. — Essa comunicação não deixa de ter certa relação com sua vinda.

Ele se interrompeu:

— Alô... Sr. Prasville? Ah, é você, meu velho. Ora, parece surpreso... Bem, é verdade, há muito tempo não nos vemos. Mas no fundo estamos sempre pensando um no outro. E inclusive noto suas frequentes visitas, com seu grupo de artistas... mas, enfim... Alô... Como... Está com pressa? Ah, me desculpe! Eu também. Nesse caso, vamos direto ao que interessa. Um favorzinho que quero lhe prestar. Espere para ouvir, animal... Não vai se arrepender. Será sua glória. Alô... Está ouvindo? Pois trate de pegar seis homens... Os da Sûreté, de preferência os que estão de plantão. Pulem dentro de dois carros e venham a toda... Ofereço uma pescaria de primeira, meu velho. Um peixão. Simplesmente o Napoleão... Arsène Lupin em pessoa.

Lupin deu um pulo. Estava preparado para tudo, menos isso. Mas algo nele foi ainda mais forte do que a surpresa, um impulso de toda a sua natureza que o fez aplaudir, aos risos:

— Ah, muito bem! Muito bem!

Daubrecq inclinou a cabeça em agradecimento e murmurou:

— Não terminei, queira ter um pouco de paciência.

E continuou:

— Alô... Prasville... Como? Não, meu velho, não é brincadeira. Vai encontrá-lo bem aqui no meu escritório, à minha frente. Lupin é mais um que vive atrás de mim... É verdade que um a mais, um a menos, pouca diferença faz. Só que esse é mais indiscreto. Por isso recorro à sua amizade. Livre-me do sujeito, por favor. Com meia dúzia dos seus esbirros e ainda os dois de sentinela à frente da minha casa, deve bastar. Ah, aproveitando a viagem, suba até o terceiro andar e pegue minha cozinheira. É a famosa Victoire… Sabe quem? A velha ama de leite do menino Lupin. Mais uma coisa, outra informação. Devo realmente gostar muito de você… Envie também um pessoal à rua Chateaubriand, esquina com a Balzac. É onde mora nosso herói nacional, que ali se chama Michel Beaumont. Anotou tudo, meu velho? Então ao trabalho, mexa-se…

Quando Daubrecq se virou, Lupin estava de pé, com as mãos crispadas. Não podia deixar de se admirar, tinha ouvido até o fim, inclusive as menções a Victoire e ao endereço da rua Chateaubriand. Sentia-se humilhado e nem se lembrava mais de que era um médico de cidadezinha. Sua preocupação era não se deixar levar pelo formidável acúmulo de raiva que o fazia querer investir contra Daubrecq como um touro contra o obstáculo.

Daubrecq deu uma espécie de soluço, que no caso dele era o que mais se assemelhava a uma risada. Caminhou uns passos à frente balançando, com as mãos no bolso da calça, e disse, de maneira bem explicada:

— Não concorda? Não está tudo melhor assim? Terreno limpo, situação mais clara… Pelo menos enxergamos melhor. Lupin contra Daubrecq e ponto final. É incrível como, desse modo, economizamos tempo. O dr. Vernes, médico-legista, levaria ainda duas horas contando lorotas! Enquanto agora o companheiro Lupin será obrigado a dizer em meia hora que interesse tem nisso tudo. Ou sairá daqui algemado e ainda vai deixar seus cúmplices serem presos. É uma pedra que cai no laguinho das rãs! Trinta minutos, nem um a mais. Daqui a trinta minutos, trate de sair correndo, correndo como uma lebre em desespero pelo campo. Ah, como tudo isso é engraçado! Veja só, Polônio, realmente não tem tido sorte com o amiguinho Daubrecq! Pois não era você que se escondia atrás da cortina, infeliz Polônio?

Lupin não se movia. Estrangular o adversário parecia ser a única coisa a fazer que pudesse acalmá-lo, mas a ideia era absurda demais e ele achou melhor ouvir, sem responder, todo aquele sarcasmo que, no entanto, o feria como um açoite. Era a segunda vez, naquele mesmo lugar e em circunstâncias semelhantes, que ele curvava a cabeça diante daquele infeliz e ficava em silêncio, na mais ridícula das posturas… Mas sabia que, se abrisse a boca, seria para cuspir palavras descontroladas de insultos na cara do seu algoz. Para quê? Não era essencial agir com sangue-frio e fazer tudo de acordo com a nova situação?

— E então, sr. Lupin? — retomou o deputado. — Parece meio perdido. Veja, é preciso saber lidar com o inesperado e admitir que às vezes pode aparecer no caminho um sujeito um pouco menos tolo. Achou que só porque uso óculos e lentes sou cego? Que erro! Não digo que de imediato tenha visto Lupin por trás de Polônio e Polônio por trás do idiota que veio ao meu camarote no Vaudeville. De fato, não. Mas isso me fez pensar. Ficou claro que entre a polícia e a sra. Mergy havia um terceiro penetra na festa. Pouco a pouco, então, por palavras que a zeladora deixou escapar e observando as idas e vindas da cozinheira, informando-me em boas fontes, comecei a perceber. Noites atrás, enfim, tudo se esclareceu. Mesmo dopado, ouvi a confusão lá embaixo. Reconstituí os eventos, segui o rastro da sra. Mergy, primeiro até a rua Chateaubriand, depois até Saint-Germain. Em seguida... em seguida, oras! Foi só juntar as coisas: o assalto em Enghien, a prisão de Gilbert, o inevitável pacto de aliança entre a mãe lastimosa e o chefe da quadrilha, a velha ama de leite aqui na cozinha, todo mundo entrando na minha casa por portas ou por janelas... Farejei a coisa: mestre Lupin nas redondezas. A lista dos vinte e sete também o atrai. Precisei só esperar sua visita. Finalmente veio. Olá, mestre Lupin.

Daubrecq fez uma pausa. Tinha a visível satisfação, durante todo aquele discurso, de quem se sente no direito de ser aplaudido pelos mais exigentes ouvintes. Lupin continuava calado. O deputado tirou do bolso o relógio.

— Mas veja! Restam só vinte e três minutos! Como o tempo voa! A continuar assim, não teremos o prazer de nos explicarmos.

Aproximando-se, continuou:

— Chego a ficar com pena. Imaginava Lupin outro tipo de pessoa. Mas o colosso desmorona assim que aparece um adversário um pouco mais sério. Pobre rapaz... Um copo d'água para se recuperar?

Lupin continuava calado, sem o menor gesto de irritação. Com perfeita fleuma, uma precisão nos movimentos que indicava absoluto autocontrole e clareza com relação ao plano traçado, ele afastou com delicadeza o dono da casa, aproximou-se da mesa, pegou por sua vez o telefone e pediu:

— Por favor, senhorita, o 565-34.

Completada a ligação, ele disse em voz lenta, realçando cada sílaba:

— Alô... rua Chateaubriand? É você, Achille? Sim, eu mesmo, o patrão. Ouça, Achille... É preciso deixar o apartamento. Alô? Sim, agora mesmo... A polícia vai chegar daqui a pouco. Não, não se assuste, você tem tempo. Mas faça o que eu digo. A mala está sempre pronta, não é? Ótimo. E um dos compartimentos vazio, como eu ordenei? Ótimo. Pois bem, vá ao meu quarto e fique de frente para a lareira. Com a mão esquerda, pressione a pequena roseta esculpida que enfeita a placa de mármore, na frente, bem no meio e, com a mão direita, o alto da lareira. Vai encontrar uma espécie de gaveta e, nessa gaveta, dois cofrezinhos. Preste atenção. Num deles estão todos os nossos documentos, no outro, dinheiro e joias. Ponha os dois no compartimento vazio da mala. Pegue-a e venha a pé, bem rápido, à esquina das avenidas Victor-Hugo e Montespan. O carro está ali, com Victoire. Encontro vocês lá. Como? Minhas roupas? Minhas coisas? Deixe tudo de lado e saia o quanto antes. Até logo.

Tranquilamente ele pôs de volta o fone no gancho. Depois pegou Daubrecq pelo braço, fez com que o deputado se sentasse numa cadeira ao lado da sua e disse:

— Agora ouça.

— Ah! Vamos ter uma conversa amiga? — zombou o deputado.

— Entenda como quiser — respondeu Lupin.

E como Daubrecq, de quem ele não largava o braço, se ajeitava com certa desconfiança, ele acrescentou:

— Não se preocupe, não vamos brigar. Nada ganharíamos com isso. Uma punhalada? Para quê? Não. Palavras, só isso. Mas palavras úteis. Digo as minhas, que são categóricas. Responda da mesma forma, sem pensar muito. É melhor. A criança?

— Estou com ela.

— Entregue-a.

— Não.

— A sra. Mergy vai se matar.

— Não vai.

— Repito que sim.

— E eu que não.

— Ela já tentou.

— Justamente por isso não tentará outra vez.

— Como ficamos?

— Não ficamos.

Passado um instante, Lupin continuou:

— Esperava por isso. Vindo para cá, tinha quase certeza de que não cairia na história do dr. Vernes e eu seria obrigado a apelar para outros meios.

— Meios de Lupin.

— É você quem diz. Eu estava decidido a tirar a máscara, mas você tomou a iniciativa. Parabéns! Mas não muda muita coisa nos meus planos.

— Estou ouvindo.

Lupin tirou de um envelope uma folha dupla de papel, desdobrou-a e a passou a Daubrecq, dizendo:

— É o inventário completo, detalhado e com números de ordem de tudo que meus amigos e eu tiramos da *villa* Marie--Thérèse, à margem do lago de Enghien. Constam, como pode ver, cento e treze itens. Desses, sessenta e oito, que são os que têm uma cruz vermelha ao lado do número, foram vendidos e expedidos para a América. Os quarenta e cinco restantes estão comigo até que eu decida o contrário. São, aliás, os mais interessantes. Devolvo-os a você se me entregar agora mesmo a criança.

Daubrecq não pôde evitar um gesto de surpresa.

— Nossa! Precisa estar mesmo querendo muito essa criança.

— Infinitamente, pois tenho certeza de que a ausência mais prolongada do filho representa a morte para a sra. Mergy.

— E isso incomoda tanto o Don Juan?

— Como?

Lupin se plantou diante dele e repetiu:

— Como? O que está querendo dizer?

— Nada… nada… só uma ideia. Clarisse Mergy é ainda jovem, bonita…

Lupin ergueu os ombros.

— Patife! Imagina que todo mundo seja como você, sem coração nem piedade. Isso o incomoda, não é? Um bandido da minha espécie perder tempo a bancar um Dom Quixote… E se pergunta qual sórdido motivo pode me levar a isso. Não procure, está fora do seu entendimento, deputado. Apenas responda. Aceita o trato?

— Está mesmo falando sério? — surpreendeu-se Daubrecq, a quem o desprezo de Lupin não parecia absolutamente afetar.

— Com certeza. Os quarenta e cinco objetos estão num hangar. Posso lhe dar o endereço e pedir para que entreguem tudo a você se for lá hoje mesmo, às nove horas, com a criança.

A resposta de Daubrecq não deixava dúvida. O rapto do menino Jacques fora apenas uma forma de pressionar Clarisse Mergy e um eventual aviso para que desse fim à guerra começada. Mas a tentativa de suicídio devia certamente mostrar que fizera uma aposta errada. Nesse caso, por que recusar uma oferta tão vantajosa?

— Trato feito — ele disse.

— Anote o endereço do hangar: rua Charles-Laffitte, 95, em Neuilly. Basta tocar a campainha.

— E se eu mandar o secretário-geral Prasville no meu lugar?

— Se mandar Prasville no seu lugar — respondeu Lupin —, o hangar está disposto de uma forma que eu o verei a tempo de escapar, não sem antes atear fogo nos feixes de palha e de feno que tenho ao redor e que protegem seus móveis, seus relógios e suas virgens góticas.

— Mas perderá também o seu hangar.

— Pouco importa. A polícia já anda de olho nele. De qualquer forma, vou deixá-lo.

— E como posso ter certeza de que não é uma armadilha?

— Comece pegando a mercadoria e só entregue a criança depois. Confio nas pessoas.

— Bom — admitiu Daubrecq —, você previu tudo direitinho. Que seja, terá o menino, a bela Clarisse viverá e ficaremos todos felizes. Agora, se posso dar um conselho, trate de ir embora, e bem rápido.

— Ainda não.

— O quê?

— Como eu disse: ainda não.

— Está louco? Prasville está chegando.

— Ele vai esperar, ainda não acabei.

— Como assim, o que mais? Precisa ainda de quê? Clarisse vai ter de volta seu fedelho. Não basta?

— Não.

— Por quê?

— Tem o outro filho.

— Gilbert?

— Ele mesmo.

— E o que tem ele?

— Peço que salve Gilbert!

— O que está dizendo? Como posso salvar Gilbert?

— Você pode, basta se mexer um pouco...

Daubrecq, que até aí se mantinha perfeitamente calmo, se impacientou de repente e, batendo com o punho na mesa, disse:

— Não, isso não! Não conte comigo. Isso não, seria imbecil demais!

Ele começou a andar, extremamente agitado, naquela sua maneira esquisita, indo de uma perna para outra, como uma fera selvagem, um urso corpulento e desengonçado.

Com a voz rouca, a cara convulsionada, ele gritou:

— Que venha ela aqui! Que venha e implore a graça do filho! Mas que venha desarmada e sem intenção criminosa, como da última vez! Que venha como suplicante, como mulher submissa que entende, que aceita... E daí veremos. Gilbert? A condenação de Gilbert? O cadafalso? Minha força está nisso! O quê? Há mais de vinte anos espero essa hora e, quando ela chega, quando o acaso me dá essa oportunidade inesperada, quando terei finalmente a alegria da revanche completa... e que revanche! Acha que vou abrir mão disso, disso, pelo que espero há vinte anos? Salvar Gilbert por nada? Pela honra, eu, Daubrecq? Ah, o amigo não sabe com quem está falando!

Ele ria, um riso abominável e feroz. Visivelmente já via à sua frente, ao alcance da mão, a presa desejada há tanto tempo. E também Lupin pensou em Clarisse tal como a vira poucos dias antes, fragilizada, derrotada, fatalmente dominada, já que todas as forças inimigas se aliavam contra ela.

Contendo-se, ele insistiu:

— Ouça.

E como o deputado, sem paciência, já se afastava, ele o pegou pelos ombros, com aquela força sobre-humana que Daubrecq já enfrentara no camarote do Vaudeville e, imobilizando-o, disse rispidamente:

— Uma última coisa.

— Está gastando seu latim.

— Uma última coisa. Ouça, Daubrecq, esqueça a sra. Mergy, desista de todas as bobagens e de todas as imprudências que o amor e as paixões o fazem cometer, afaste tudo isso e pense apenas no seu interesse.

— Meu interesse! — ironizou Daubrecq. — Ele nunca se afasta do meu amor-próprio e disso a que chamou de minhas paixões.

— Até aqui, pode ser. Porém não mais, não agora que entrei nisso. Trata-se de um elemento novo que você não está considerando. É um erro. Gilbert é meu cúmplice e meu amigo. Ele deve ser salvo do cadafalso. Faça isso, use sua influência e garanto, está ouvindo, garanto que o deixaremos tranquilo. A salvação de Gilbert, só isso, e não terá mais que travar lutas contra a sra. Mergy nem contra mim. Fim das ciladas. Poderá fazer o que bem quiser. A salvação de Gilbert, Daubrecq. Caso contrário...

— Caso contrário?

— A guerra, a guerra implacável, ou seja, uma derrota certa para você.

— Que seria?

— Vou me apossar da lista dos vinte e sete.

— Acha mesmo?

— Juro.

— Isso que Prasville e todo o seu bando, isso que Clarisse Mergy, isso que ninguém fez, você vai fazer?

— Exatamente, vou fazer.

— E como? Por qual santo do céu vai conseguir o que ninguém conseguiu? Existe uma explicação?

— Pois sim.

— Qual?

— Sou Arsène Lupin.

Ele havia largado Daubrecq, mas mantinha ainda seu olhar imperioso e o domínio da sua vontade. Passado um instante, Daubrecq se endireitou, deu nas costas de Lupin uns tapinhas secos e, com a mesma calma, a mesma obstinação raivosa, respondeu:

— E eu sou Daubrecq. Minha vida toda foi uma árdua batalha, uma sequência de catástrofes e de derrotas, nas quais gastei tanta energia que a vitória veio, a vitória completa, definitiva, insolente, irremediável. Tenho contra mim toda a polícia, todo o governo, a França, o mundo inteiro. Que diferença pode ainda fazer nisso tudo o sr. Arsène Lupin? E digo mais: quanto maior o número de inimigos e melhores eles forem, mais duramente serei obrigado a agir. E só por isso, meu excelente cavalheiro, em vez de fazer com que fosse preso, como já poderia ter feito… isso mesmo, poderia, e com muita facilidade… eu o deixei livre. E, aliás, volto a caridosamente lembrar que em três minutos no máximo é bom que dê o fora.

— A resposta então é não?

— É não.

— Nada fará por Gilbert?

— Farei sim: continuarei a fazer o que faço desde que ele foi preso, isto é, indiretamente pressionar o ministro da Justiça para que o processo corra da maneira mais rápida possível e no sentido que eu quero.

— Como? — exclamou Lupin fora de si. — É por sua causa, por sua causa…

— Por minha causa, ora bolas, por minha causa. Tenho um trunfo, a cabeça do filho, e é com isso que eu jogo. Depois de conseguir a pena de morte para Gilbert, quando os dias passarem e o indulto for, também graças a mim, rejeitado, você pode ter certeza, meu caro Lupin, que a mamãezinha dele não fará mais objeções a se chamar sra. Alexis Daubrecq, dando garantias irrecusáveis e imediatas da sua boa vontade. Esse final feliz é inevitável, agrade ou não. Assim será. O máximo que posso fazer por você é tê-lo como padrinho de casamento e convidá-lo para o almoço. Satisfeito? Não? Vai insistir com seus planos malévolos? Pois bem, boa sorte, prepare suas ciladas, jogue suas redes, lustre suas armas e estude o manual do perfeito ladrão, sobretudo na parte referente a documentos em papel-bíblia. Vai precisar disso. E agora, boa noite. As regras escocesas de hospitalidade me levam a pô-lo porta afora. Rua!

Lupin permaneceu em silêncio por algum tempo. Com os olhos presos no adversário, ele parecia medir seu tamanho, peso, estimar a força física e definir, no final das contas, qual ponto exato ele devia atingir. Daubrecq cerrou os punhos e, por sua vez, preparou um sistema de defesa para se opor ao ataque.

Meia hora já se passara. Lupin levou a mão a um bolso do colete. Daubrecq fez o mesmo e apalpou a coronha de um revólver. Uns segundos mais… Friamente Lupin tirou uma caixinha de ouro, abriu e ofereceu a Daubrecq:

— Uma pastilha?

— O que é isso? — perguntou o outro, surpreso.

— Pastilhas Géraudel.

— Para quê?

— Para o resfriado que vai pegar.

Aproveitando a ligeira confusão em que a brincadeira tinha deixado Daubrecq, ele pegou depressa seu chapéu e saiu.

Já atravessando o vestíbulo, ele se dizia: "É claro, fui fragorosamente derrotado. Mas essa piadinha de caixeiro-viajante trouxe, no caso, alguma novidade. Esperar uma bala e receber uma pastilha Géraudel... é quase decepcionante. Estava boquiaberto, o velho chimpanzé".

Ele mal havia fechado o portão e um automóvel chegou. Um homem desembarcou rápido, seguido por vários outros. Lupin reconheceu Prasville.

— Sr. secretário-geral, muito boa noite — ele murmurou baixinho. — Acho que o destino nos porá um dia cara a cara e tome cuidado, pois não me inspira muita simpatia e vai passar um mau bocado. Se eu não estivesse com pressa, esperaria sua saída e seguiria Daubrecq para saber com quem ele deixou a criança. Mas não tenho tempo. Além disso, nada garante que ele não resolva tudo por telefone. Assim sendo, nada de desperdiçar esforços: vamos encontrar Victoire, Achille e nossa preciosa mala.

Duas horas depois, em seu hangar de Neuilly, depois de tomadas todas as medidas necessárias, Lupin se pôs de tocaia e viu Daubrecq chegar por uma rua vizinha, se aproximando desconfiado.

Ele próprio abriu o portão e foi dizendo:

— Suas coisas estão ali, senhor deputado. Pode conferir. Há uma locadora de veículos aqui perto, pode pedir um caminhão e alguns homens. Onde está a criança?

Daubrecq primeiro examinou os objetos e depois levou Lupin até a avenida de Neuilly, onde duas velhas, com os rostos cobertos por véus, estavam num automóvel com o pequeno Jacques.

Ele, por sua vez, levou o menino até seu próprio carro, onde Victoire o esperava.

Tudo isso se fez muito rápido, sem palavras inúteis, como se os respectivos papéis tivessem sido ensaiados, as idas e vindas previamente demarcadas como entradas e saídas de cena no teatro.

Às dez da noite, conforme prometido, Lupin entregava o pequeno Jacques à sua mãe. Mas foi preciso, mais uma vez, chamar o médico às pressas, de tanto que o menino parecia agitado e abalado por todos aqueles acontecimentos.

Duas semanas foram necessárias para que ele se restabelecesse e pudesse suportar a fadiga de uma viagem que Lupin considerava indispensável. A própria sra. Mergy estava longe da sua melhor forma. Mesmo assim, partiram todos à noite, por precaução.

Lupin acompanhou a mãe e o filho até uma pequena praia na região da Bretanha e lá os deixou, aos cuidados de Victoire.

Vendo-os acomodados, ele pensou: "Finalmente, ninguém mais entre Daubrecq e eu! A sra. Mergy e o menino estão seguros e ela própria, aliás, com tantas preocupações, não terá como interferir nas ações. Ufa! Já cometemos erros demais: precisei me expor muito e tive que abrir mão da minha parte do mobiliário de Enghien. É claro que mais dia menos dia recupero tudo aquilo, não tenho dúvida. Mas não avançamos coisa alguma e tenho apenas oito dias até o julgamento de Gilbert e Vaucheray".

Em tudo aquilo, o que mais incomodou Lupin foi perder o apartamento da rua Chateaubriand. A polícia esteve lá, a identidade Lupin/Michel Beaumont foi estabelecida e alguns documentos foram descobertos. Para dar prosseguimento ao seu atual objetivo, levar adiante certas ações já começadas, driblar as investigações que agora partiriam dessas novas informações, ele tinha ainda que pensar na reorganização completa dos seus negócios, sobre outras bases.

Sua raiva de Daubrecq crescia então na mesma proporção dos transtornos que ele vinha causando. Seu único desejo agora era pô-lo no bolso, como ele dizia, tê-lo à sua disposição e, por bem ou por mal, extrair dele seu segredo. Imaginava torturas capazes de soltar a língua de um mudo. Aparelhos que comprimem os pés, pau de arara, tenazes em brasa, pranchas com pregos… O inimigo lhe parecia merecer qualquer suplício, e os fins justificavam os meios.

"Uma boa câmara ardente, uns carrascos que não se deixem impressionar… isso sim seria um bom trabalho!", ele concluía o pensamento.

Toda tarde, Grognard e Le Ballu investigavam o percurso feito por Daubrecq entre a pracinha Lamartine, a Câmara dos Deputados e o clube que ele frequentava. Deviam escolher a rua mais deserta e a hora mais propícia para, sem perda de tempo, enfiá-lo num carro.

Lupin, por sua vez, preparava uma velha construção nos arredores de Paris, perdida no meio de um vasto jardim, que oferecia todas as condições necessárias de segurança e isolamento. Ele passou a chamá-la de "Jaula do macaco".

Infelizmente Daubrecq devia desconfiar de alguma coisa, pois sempre, por assim dizer, mudava de itinerário, pegando às vezes o metrô, outras vezes o bonde, e a jaula continuava vazia.

Lupin elaborou outro plano. Fez vir de Marselha um dos seus aliados, o velho Brindebois, honesto dono de armazém aposentado que, coincidentemente, era do mesmo distrito eleitoral de Daubrecq e atuava na política local.

De Marselha, Brindebois anunciou ao deputado sua vinda a Paris e este, contente por receber aquele importante cabo eleitoral, propôs um jantar na semana seguinte.

O visitante falou de um pequeno restaurante à margem esquerda do Sena no qual, segundo ele, se comia maravilhosamente bem. Daubrecq aceitou.

A ideia tinha partido de Lupin, que era amigo do dono do restaurante. O golpe, previsto para a quinta-feira seguinte, não podia deixar de dar certo.

Na segunda-feira, começou o julgamento de Gilbert e Vaucheray.

Todos se lembram, e os debates ali travados são recentes o bastante para que eu não insista na maneira realmente incompreensível e parcial com que o juiz dirigiu os interrogatórios, sempre de modo que prejudicasse Gilbert. O fato chamou atenção e foi severamente criticado. Lupin logo percebeu ali a detestável influência de Daubrecq.

A atitude dos acusados foi bem diferente. Sombrio, taciturno e rude, Vaucheray cinicamente confessou, com frases curtas, irônicas, de forma quase provocativa, os crimes cometidos no passado. De modo inexplicável, porém, para todo mundo menos para Lupin, ele negou qualquer participação no assassinato de Léonard, acusando explicitamente Gilbert. Sua intenção, ligando seu destino ao de Gilbert, era obrigar o patrão a incluí-lo nas iniciativas que tomasse para libertar o cúmplice mais querido.

Gilbert, por outro lado, com sua expressão franca, os olhos sonhadores e melancólicos, conquistou a simpatia geral, mas não soube se esquivar dos ardis do juiz nem responder à altura às mentiras de Vaucheray. Ele chorava, falava demais ou então não falava nos momentos em que devia. Seu advogado, além disso, um dos melhores em atividade, teve um problema de saúde imprevisto (também nisso Lupin viu interferência de Daubrecq) e foi substituído por um auxiliar que fez uma defesa pífia, nada estratégica, indispôs os jurados e não conseguiu desfazer a impressão causada pelo promotor e pelo advogado de Vaucheray.

Lupin, que teve a inconcebível audácia de assistir à última sessão no tribunal, na quinta-feira, não tinha dúvida quanto ao resultado. Era claro que tudo levava à dupla condenação.

Era claro porque todos os esforços da promotoria corroboravam a tática de Vaucheray e vinculavam estreitamente os dois acusados. Era claro, também e acima de tudo, por se tratar de dois cúmplices de Lupin. Da abertura da investigação até a sentença, e mesmo que a justiça, por falta de provas e para não dispersar seus esforços, tenha preferido não implicar Lupin no caso, o processo inteiro era dirigido contra ele. Era ele o adversário que se queria atingir, ele o chefe que se devia punir através dos seus amigos, ele o bandido célebre e popular que devia ser destruído. A execução de Gilbert e Vaucheray desdouraria a auréola do aventureiro. A lenda chegaria ao fim.

Lupin... Lupin... Arsène Lupin... foi o nome que mais se ouviu naqueles quatro dias. O promotor, o juiz, os jurados, os advogados, as testemunhas não falavam de outra coisa. O tempo todo era o nome que se amaldiçoava, achincalhava-se, ultrajava-se até torná-lo responsável por tudo de ruim que acontecia. Era como se Gilbert e Vaucheray fossem meros figurantes e o réu fosse Lupin, o ladrão de casaca, o chefe de quadrilha, o falsário, o incendiário, o reincidente, o ex-presidiário! Lupin assassino, Lupin manchado com o sangue da vítima, Lupin covarde que se mantinha à sombra depois de lançar seus amigos ao cadafalso!

— Eles sabem mesmo o que fazem! É minha dívida que esse pobre rapaz vai pagar. Sou eu o verdadeiro culpado — ele murmurava, pensando em Gilbert.

E o drama se arrastou, terrível.

Às sete da noite, depois de uma longa deliberação, os jurados voltaram à sala e o presidente do júri leu as respostas às questões colocadas. A resposta era "sim" para todas elas. Culpados e sem qualquer circunstância atenuante.

Os dois réus foram chamados.

De pé, nervosos e pálidos, eles ouviram a sentença de morte.

Num grande e solene silêncio, em que à ansiedade do público se mesclava a piedade, o juiz perguntou:

— O réu Vaucheray tem algo a declarar?

— Nada, excelência. Considerando que meu companheiro foi condenado como eu, sinto-me tranquilo. Estamos, os dois, na mesma... O patrão vai precisar então encontrar como salvar a nós dois.

— O patrão?

— O patrão, Arsène Lupin.

Houve risos na plateia.

O juiz deu continuidade:

— E o réu Gilbert?

Lágrimas rolavam pelas faces do infeliz. Ele balbuciou algumas frases ininteligíveis. O juiz repetiu a pergunta e ele conseguiu então se controlar para responder, com voz trêmula:

— Tenho a dizer, senhor juiz, que sou culpado de muitas coisas, é verdade. Fiz muitas coisas erradas e me arrependo do fundo do coração. Mas não isso... nunca matei... E não quero morrer, seria horrível...

Suas pernas vacilaram, os guardas o sustentaram e todo mundo o ouviu gritar, como uma criança que pede socorro:

— Patrão, me ajude! Me ajude! Não quero morrer.

Nesse momento, na multidão, no meio da comoção geral, uma voz se sobrepôs à barulheira.

— Não tenha medo, garoto, o patrão está aqui.

O tumulto e o empurra-empurra foram imensos. Guardas municipais e a polícia invadiram a sala e afinal foi preso um homem gordo, de faces rubicundas, apontado por várias pessoas como sendo quem havia gritado. O homem se defendia a murros e pontapés.

Interrogado, ele disse se chamar Philippe Banel, empregado numa funerária, e se justificou dizendo que alguém que estava a seu lado lhe dera cem francos para que ele, no momento certo, gritasse aquela frase que o desconhecido havia escrito numa folha de caderno. Como poderia recusar?

Para provar o que dizia, ele mostrou a nota de cem francos e o papel.

Philippe Banel foi solto.

Enquanto isso, Lupin, que evidentemente havia provocado o alvoroço em torno do papa-defuntos, saía do Palácio de Justiça com o coração pesado de amargura. O carro o esperava no cais do Sena e ele entrou, desesperado, tomado por tamanha tristeza que precisou fazer força para conter as lágrimas. O apelo de Gilbert, sua voz aflita, o rosto desfeito, a postura vacilante eram lembranças fantasmagóricas que assombravam seu cérebro, e ele sentiu que impressões como aquelas nunca, sequer por um segundo, poderiam ser esquecidas.

Chegou ao seu novo apartamento, escolhido entre as diversas possibilidades de que dispunha, numa das esquinas da praça Clichy. Devia esperar Grognard e Le Ballu para o sequestro de Daubrecq, a ser executado ainda naquela noite.

Mas antes mesmo de abrir a porta do apartamento, deixou escapar um grito: Clarisse estava à sua frente. Tinha chegado da Bretanha no momento do veredito.

Pelas suas maneiras, pela palidez do rosto, era claro que ela sabia. Lupin imediatamente recuperou algum ânimo e, sem deixar que ela abrisse a boca, tomou a frente:

— Bom, eu sei, é… mas não tem tanta importância. Era o esperado. Não podíamos fazer nada. É preciso agora estancar o mal. E ainda hoje, está entendendo, esta noite mesmo isso será feito.

Imóvel, paralisada em sua dor, ela balbuciou:

— Esta noite?

— Exatamente, está tudo preparado. Dentro de duas horas, terei Daubrecq. Esta noite, quaisquer que sejam os meios que eu precise empregar, ele vai falar.

— Acha mesmo? — ela perguntou desfalecida, mas como se alguma esperança já iluminasse seu rosto.

— Ele vai falar. Saberei seu segredo. Arrancarei dele a lista dos vinte e sete. E essa lista representa a liberdade do seu filho.

— Tarde demais — murmurou Clarisse.

— Tarde demais? E por quê? Não acha que em troca desse documento eu consiga uma "fuga" consentida de Gilbert? Dentro de três dias Gilbert estará livre! Dentro de três dias…

Um toque de campainha o interrompeu.

— Pronto, são nossos amigos. Confie em mim. Lembre-se de que cumpro o que prometo. Não lhe entreguei o pequeno Jacques? Terá também Gilbert.

Ele abriu para Grognard e Le Ballu, já perguntando:

— Tudo pronto? O velho Brindebois está no restaurante? Rápido, vamos.

— Não será preciso, patrão — respondeu Le Ballu.

— Como assim? O que está dizendo?

— Temos novidade.

— Novidade?

— Daubrecq desapareceu.

— O quê? Que história é essa? Desapareceu?

— Raptado em casa, à luz do dia!

— Droga! Quem fez isso?

— Não se sabe. Quatro sujeitos... Houve tiros. A polícia está no local. Prasville dirige as investigações.

Lupin não se moveu. Olhou para Clarisse Mergy, afundada numa poltrona.

Ele mesmo precisou buscar onde se apoiar. Daubrecq sequestrado era a última chance que se desvanecia.

7. O perfil de Napoleão

Assim que o chefe de polícia, o chefe da Sûreté e os juízes de instrução deixaram a casa de Daubrecq, depois de uma investigação preliminar infrutífera, diga-se, Prasville retomou suas buscas pessoais.

Estava examinando o escritório e os vestígios da luta ocorrida quando a zeladora Clémence lhe entregou um cartão de visita com algumas palavras rabiscadas a lápis.

— Deixe entrar essa senhora — ele concordou.

— Ela não está sozinha.

— Ah, pode deixar entrar também a outra pessoa.

Clarisse Mergy foi trazida e tratou de apresentar o cavalheiro que a acompanhava, um senhor metido numa sobrecasaca escura apertada demais, bastante suja, com maneiras tímidas e parecendo se envergonhar do chapéu-coco surrado, do guarda-chuva de pano, da luva única... enfim, de toda a sua pessoa!

— Sr. Nicole, professor particular do meu filho Jacques e que, há um ano, me ajuda muito com seus conselhos. Foi quem, por exemplo, reconstituiu toda a história da rolha de cristal. Gostaria que ele ouvisse comigo, se não se incomodar, detalhes desse sequestro, que me preocupa e atrapalha meus planos… como também os seus, não é?

Prasville tinha toda confiança em Clarisse Mergy, sabendo do seu implacável ódio por Daubrecq, e também era grato pela ajuda que ela dera naquele caso. Não se importou então em contar o que sabia graças a alguns indícios e, sobretudo, ao depoimento da zeladora.

A coisa toda, aliás, era bastante simples.

Daubrecq, que prestara depoimento no processo de Gilbert e Vaucheray e fora visto no tribunal durante o julgamento, voltou para casa por volta das seis horas. A zeladora confirmou que ele chegou sozinho e não havia ninguém mais na residência. No entanto, minutos depois ela ouviu gritos, barulho de luta, dois tiros e, do seu alojamento, viu quatro homens mascarados descerem rápido a escada da frente, carregando o deputado Daubrecq para o portão, que foi aberto por eles. No mesmo momento, um automóvel chegou diante da casa. Os quatro homens entraram e o veículo, que praticamente nem havia parado, partiu em grande velocidade.

— Não havia sempre dois policiais vigiando? — perguntou Clarisse.

— Estavam lá — assentiu Prasville —, mas a cem metros de distância. Tudo se passou tão rápido que, mesmo correndo, chegaram tarde demais.

— E não notaram coisa alguma? Nada encontraram?

— Nada, ou quase nada… Só isso.

— O que é?

— Um pedacinho de marfim que eles acharam no chão. No carro havia um quinto personagem que a zeladora, da sua janela, viu sair no momento em que enfiavam Daubrecq para dentro. Na hora de voltar a entrar no carro, ele deixou alguma coisa cair no chão e a pegou de volta. Mas a tal coisa deve ter se quebrado na calçada, pois temos esse caco de marfim que me foi entregue.

— E como esses quatro indivíduos entraram? — perguntou Clarisse.

— Provavelmente com chaves falsas, enquanto a zeladora fazia compras, à tarde. Não foi difícil, pois Daubrecq não tem mais ninguém trabalhando aqui. Tudo me leva a crer que se esconderam no cômodo ao lado, que é a sala de jantar, e o atacaram no escritório. Os móveis e os objetos revirados mostram a violência da luta. No tapete, encontramos esse revólver de alto calibre, que pertence a Daubrecq. Uma das balas inclusive quebrou o espelho da lareira.

Clarisse se voltou para seu acompanhante esperando sua opinião. O sr. Nicole, porém, com os olhos obstinadamente abaixados, não se mexera na cadeira e torturava seu chapéu como se procurasse ainda um lugar para deixá-lo. Prasville sorriu. Estava claro que o conselheiro de Clarisse não lhe parecia dos melhores.

— O caso é um tanto nebuloso, o senhor não acha? — ele perguntou.

— Sim, é verdade — concordou Nicole. — Bastante nebuloso.

— E o senhor não tem nenhuma ideia pessoal sobre o que aconteceu?

— Ora, sr. secretário-geral! Sei que Daubrecq tem muitos inimigos.

— Tem sim.

— E que alguns deles, interessados no seu desaparecimento, podem ter se aliado com esse intuito.

— Ótimo, muito bom! — aprovou Prasville ironicamente. — Perfeito, tudo se esclarece. Falta apenas que nos dê algum conselho para que orientemos nossa investigação.

— Não acha, sr. secretário-geral, que esse pedacinho de marfim pego no chão...

— Não, sr. Nicole, não acho. Esse pedacinho vem de um objeto qualquer que não sabemos qual é, e que seu proprietário vai rapidamente esconder. Para chegar a esse proprietário, seria preciso, para começar, definir a natureza desse objeto.

Nicole pensou um pouco e começou:

— Sr. secretário-geral, quando Napoleão I caiu do poder...

— Ai, sr. Nicole! Uma aula de história da França?

— Uma frase, sr. secretário-geral, uma simples frase que peço para concluir. Quando Napoleão I caiu do poder, a Restauração dispôs a meio salário um certo número de oficiais que, vigiados pela polícia, vistos como suspeitos pelas autoridades, mas fiéis à lembrança do imperador, procuraram reproduzir a imagem do ídolo numa série de objetos de uso pessoal: tabaqueiras, anéis, alfinetes de gravata, facas etc.

— E...?

— Pois bem, esse pedacinho encontrado vem de uma bengala, ou melhor, de uma espécie de bastão de madeira dura, tendo como pomo um bloco de marfim esculpido. Olhando esse bloco com certa atenção, acaba-se descobrindo que a linha externa representa o perfil do imperador. O sr. secretário-geral tem nas mãos um pedaço do pomo de marfim do bastão de um assim denominado "meio salário".

— É verdade... — disse Prasville, que examinava à luz a peça em questão. — É verdade, distingue-se um perfil, mas não entendo sua conclusão.

— Ela é simples. Entre as vítimas de Daubrecq, entre aqueles que têm o nome na famosa lista, encontra-se o descendente de uma família corsa a serviço de Napoleão, enriquecida e enobrecida por ele, mas arruinada em seguida pela Restauração. Temos noventa por cento de chances de que esse descendente, que há alguns anos foi chefe do partido bonapartista, seja o quinto personagem, aquele que se escondia no carro. Preciso dizer seu nome?

— O marquês D'Albufex? — perguntou Prasville.

— O marquês D'Albufex — confirmou Nicole.

Nicole não parecia mais se atrapalhar ou se incomodar com o chapéu, a luva ou o guarda-chuva. Levantou-se rápido e disse a Prasville:

— Sr. secretário-geral, eu poderia ter guardado a descoberta para mim e avisá-lo só depois da vitória definitiva, quer dizer, ao lhe levar a lista dos vinte e sete. Mas o tempo urge. O desaparecimento de Daubrecq pode, ao contrário do que esperam seus sequestradores, precipitar a crise que o senhor quer evitar. É preciso então agir muito rápido. Peço-lhe sua assistência imediata e eficaz.

— Como posso ajudá-lo? — perguntou Prasville, impressionado com aquele estranho indivíduo.

— Passando-me, amanhã mesmo, as informações sobre o marquês D'Albufex que eu levaria dias para obter.

Prasville pareceu hesitar e se voltou para a sra. Mergy, que disse:

— Por favor, aceite os serviços do sr. Nicole. É um auxiliar precioso e fiel. Tenho absoluta confiança nele.

— Que tipo de informação o senhor deseja? — perguntou Prasville.

— Tudo o que disser respeito ao marquês D'Albufex, sua situação familiar, suas ocupações, seus laços de parentesco, suas propriedades em Paris e no interior.

Prasville retrucou:

— No fundo, quer seja o marquês ou outro qualquer, o sequestrador trabalha a nosso favor, uma vez que, pegando a lista, ele deixa Daubrecq desarmado.

— E quem garante, sr. secretário, que ele não esteja trabalhando para si mesmo?

— É impossível, pois seu nome está na lista.

— E se ele apagar? E se tivermos agora um segundo chantagista, ainda pior e mais poderoso do que o primeiro? Alguém que talvez esteja em melhor posição do que Daubrecq para sustentar a luta política.

O argumento calou fundo no secretário-geral. Depois de alguma reflexão, ele concordou:

— Procure-me amanhã, às quatro da tarde, no meu escritório da Chefatura. Terá todas as informações necessárias. Qual o seu endereço, caso eu precise?

— Sr. Nicole, praça Clichy, nº 25. Estou no apartamento de um amigo, que está fora e me emprestou.

O encontro chegava ao fim. Nicole agradeceu, cumprimentou muito respeitosamente o secretário-geral e se foi com a sra. Mergy.

— Tudo isso foi ótimo — ele esfregava as mãos, já do lado de fora. — Terei acesso livre à Chefatura e toda aquela gente vai trabalhar para mim.

A sra. Mergy, menos entusiasmada, tinha dúvidas:

— Será que chegaremos a tempo? O que me preocupa é que essa lista pode ser destruída.

— Por quem? Por Daubrecq?

— Não, pelo próprio marquês, quando a tiver nas mãos.

— Mas não é o caso ainda! Daubrecq resistirá, pelo menos por tempo suficiente até que cheguemos! Imagine só! Tenho Prasville sob meu comando.

— E se ele o desmascarar? Qualquer investigação deixará claro que não existe Nicole algum.

— De qualquer forma, isso não provaria que Nicole é Arsène Lupin. Mas fique tranquila. Prasville, que como policial deixa muito a desejar, quer só uma coisa: destruir o velho inimigo Daubrecq. E para isso todos os meios são bons; ele não vai perder tempo verificando a identidade de alguém que lhe promete a cabeça do deputado. Sem contar que foi você que me apresentou e, afinal de contas, minha atuação não deixou de impressioná-lo.

De um jeito ou de outro, Clarisse sempre voltava a confiar em Lupin. O futuro lhe pareceu menos assustador e ela admitiu, esforçou-se para admitir, que as chances de salvar Gilbert não haviam diminuído com aquela horrível condenação à morte. Mas ele não conseguiu convencê-la a voltar para a Bretanha. Queria estar ali e participar de todas as esperanças, de todas as aflições.

No dia seguinte, as informações da Chefatura confirmaram o que Lupin e Prasville sabiam. Comprometidíssimo no caso do Canal, tanto que o príncipe Napoleão se viu obrigado a tirá-lo da direção do seu escritório político na França, o marquês D'Albufex só mantinha os gastos enormes da sua família graças a expedientes e a empréstimos. Por outro lado, com relação ao sequestro de Daubrecq, descobriu-se que o marquês, quebrando sua rotina diária, não só não havia aparecido no clube entre as seis e as sete horas como também não jantou em casa, aonde só chegou por volta da meia-noite e a pé.

A acusação de Nicole tinha com isso um início de comprovação. Infelizmente — e pelos seus próprios meios Lupin não se saiu melhor — foi impossível conseguir qualquer pista sobre o veículo utilizado, sobre o motorista e sobre os quatro indivíduos que penetraram na residência de Daubrecq. Seriam colegas do marquês também comprometidos com o caso? Seriam capangas pagos? Ninguém sabia dizer.

Assim sendo, as investigações se concentraram no marquês e em suas propriedades num raio de cento e cinquenta quilômetros de Paris, distância estabelecida a partir da velocidade média de um automóvel, com suas inevitáveis paradas.

Calhou que D'Albufex já não possuía mais castelos nem casas de campo, pois tinha vendido tudo. As atenções recaíram então em parentes e amigos íntimos do marquês. Haveria algum refúgio seguro em que ele pudesse manter Daubrecq preso?

O resultado foi igualmente negativo.

Os dias passavam. E que dias para Clarisse Mergy!

Cada um deles aproximava Gilbert do terrível final. Cada um deles representava vinte e quatro horas a menos até a data que involuntariamente estava impressa na sua mente. Ela dizia a Lupin, a quem a mesma ansiedade obcecava:

— Faltam cinquenta e cinco dias... Faltam cinquenta... O que se pode fazer em tão pouco tempo? Ah, por favor... eu imploro...

O que, de fato, era possível fazer? Sem querer delegar a quem quer que fosse a vigilância sobre o marquês, Lupin, por assim dizer, não dormia mais. D'Albufex, porém, havia retomado sua vida normal e, provavelmente desconfiando de algo, nunca se ausentava.

Uma única vez ele passou o dia numa propriedade do duque de Montmaur, que organizava uma caça ao javali na floresta de Durlaine. Mas as relações entre os dois homens eram puramente esportivas.

— É muito pouco provável — atestou Prasville — que o riquíssimo duque de Montmaur, que nada faz além de cuidar das suas terras e dos seus programas de caça, sem se interessar por política, fosse se envolver no sequestro do deputado Daubrecq.

Lupin concordava, mas nada querendo deixar ao acaso, certa manhã da semana seguinte, vendo D'Albufex sair em traje de montaria, seguiu-o até a Gare du Nord e pegou o trem ao mesmo tempo que ele.

D'Albufex desceu na estação de Aumale e tomou um carro, que o levou ao castelo de Montmaur.

Lupin almoçou em paz, alugou uma bicicleta e de longe pôde ver o castelo no momento em que os convidados chegavam do parque, em automóvel ou a cavalo. O marquês D'Albufex era um dos cavaleiros.

Ao longo do dia, três vezes Lupin o viu passar a galope. Voltou a vê-lo à noitinha na estação, onde D'Albufex chegou a cavalo, na companhia de um guarda do castelo.

Nada havia de suspeito nisso tudo. Por que, no entanto, Lupin resolveu não se fiar às aparências? E por que, no dia seguinte, mandou Le Ballu a Montmaur, investigar os arredores? Parecia um excesso de precauções sem base em qualquer raciocínio, mas é essa a sua maneira de agir, metódica e minuciosa.

No dia seguinte, ele recebeu de Le Ballu, além de informações sem grande interesse, a lista com todos os convidados, a criadagem e os guardas do castelo de Montmaur. Entre esses últimos, um nome chamou sua atenção e ele imediatamente telegrafou:

Informe-se sobre o guarda Sebastiani.

A resposta de Le Ballu não demorou.

Sebastiani (corso) foi recomendado ao duque de Montmaur pelo marquês D'Albufex. Mora a uma légua do castelo, num pavilhão de caça construído entre as ruínas da fortaleza feudal que foi o berço da família Montmaur.

— Achamos — disse Lupin a Clarisse Mergy, mostrando a mensagem de Le Ballu. — Esse nome, Sebastiani, me fez de imediato lembrar que D'Albufex é de origem corsa. Podia haver uma conexão...

— E o que pretende fazer?

— Entrar em contato com Daubrecq, se ele de fato estiver ali.

— Ele não vai confiar em você.

— Vai sim. Nesses últimos dias, seguindo indicações da polícia, acabei descobrindo as duas velhotas que raptaram o pequeno Jacques em Saint-Germain. As mesmas que, com os rostos encobertos, o entregaram em Neuilly. São duas soltei-ronas, primas de Daubrecq, que recebem dele algum dinheiro todo mês. Fui ver essas srtas. Rousselot. Lembre-se desse nome e do endereço, rua du Bac, 134 bis. Fiz com que confiassem em mim, prometi encontrar o primo e benfeitor delas. A mais velha, Euphrasie Rousselot, me deu um bilhete para Daubrecq, pedindo que faça tudo que lhe disser o sr. Nicole. Como vê, tomei todas as precauções. Parto esta noite.

— Partimos — disse Clarisse.

— O quê?!

— Acha que vou poder ficar aqui parada, na expectativa?

E acrescentou, num sussurro:

— Não são mais os dias que eu conto, os trinta e oito ou quarenta que nos restam. São as horas.

Lupin viu que seria perda de tempo tentar dissuadi-la. Às cinco da manhã eles partiram de automóvel. Grognard os acompanhava.

Para não despertar suspeitas, escolheu-se como quartel--general uma cidade grande, Amiens, onde ele deixou Clarisse. Estavam a cerca de trinta quilômetros de Montmaur.

Por volta das oito ele encontrou Le Ballu perto da antiga fortaleza, conhecida na região como Mortepierre, e juntos examinaram a área.

Nos confins da floresta, um riozinho, o Ligier, atravessava um vale profundo, dominado pelo enorme penhasco de Mortepierre.

— Nada a fazer desse lado — disse Lupin. — O penhasco é abrupto, com sessenta ou setenta metros de altura, cercado pelo riacho.

Mais adiante eles chegaram a uma ponte e, atravessando-a, seguiram por um caminho que, ziguezagueando entre pinheiros e carvalhos, os levou a uma pequena esplanada, fechada por um sólido portão reforçado com ferro e bons pregos e ladeado por duas torres maciças.

— É onde Sebastiani mora? — perguntou Lupin.

— Com a mulher — respondeu Le Ballu —, num pavilhão no meio das ruínas. Soube também que eles têm três filhos adultos, que viajaram exatamente no dia em que Daubrecq foi sequestrado.

— Hum! — fez Lupin. — Vale a pena nos lembrarmos dessa coincidência. Possivelmente os três e o pai foram os executores do golpe.

No final da tarde, Lupin aproveitou uma fenda no muro à direita de uma das torres e o escalou. Do alto, pôde ver o pavilhão do guarda e as ruínas da velha fortaleza: um pedaço de parede onde provavelmente houve uma lareira, mais adiante uma cisterna, de um lado a arcada de uma capela, de outro um amontoado de pedras desabadas.

Junto a isso tudo, um antigo caminho de ronda da guarda acompanhava o penhasco e, numa das extremidades desse caminho, viam-se vestígios de um formidável torreão quase completamente desmoronado até o chão.

No fim do dia, Lupin voltou para o hotel onde se hospedava Clarisse Mergy e, a partir de então, ficou indo e vindo entre Amiens e Mortepierre, deixando Grognard e Le Ballu em vigilância constante.

Seis dias se passaram… O cotidiano de Sebastiani parecia se limitar aos deveres do seu trabalho. Ia ao castelo de Montmaur, andava pela floresta, registrava a passagem de animais, fazia rondas noturnas.

No sétimo dia, porém, sabendo que uma caçada estava programada e um carro tinha sido enviado pela manhã à estação de Aumale, Lupin se escondeu entre arbustos de loureiros e buxos em volta da pequena esplanada, diante do portão.

Às duas horas, ele ouviu os latidos da matilha. O alarido às vezes se aproximava e se ouviam também clamores, que depois se afastavam. A mesma coisa no meio da tarde, menos distintos, e só. Mas de repente um galope de cavalos quebrou o silêncio e, minutos depois, ele viu dois cavaleiros subirem o caminho do riacho.

Eram o marquês D'Albufex e Sebastiani.

Chegando à esplanada, os dois apearam e uma mulher, sem dúvida a esposa do guarda, abriu o portão. Sebastiani amarrou os animais em argolas bem ao lado de onde Lupin estava, foi se juntar ao marquês e os dois entraram, fechando o portão logo em seguida.

Lupin não pensou duas vezes: mesmo sendo ainda dia claro, ele contou com a solidão do local e correu até a fenda que já conhecia, subiu no muro até passar a cabeça e viu os dois homens e a mulher seguindo com passadas rápidas às ruínas do torreão.

O guarda ergueu uma cortina de hera que disfarçava a entrada de uma escada, e por ali desceu com D'Albufex, ficando a mulher de vigia.

Não havia como ir atrás deles, então Lupin voltou ao seu esconderijo. Não esperou muito tempo e o portão voltou a ser aberto.

O marquês D'Albufex parecia irritado. Batia com a chibata no cano das botas e resmungava frases que Lupin acabou conseguindo ouvir quando a distância diminuiu.

— O miserável, vou forçá-lo... Esta noite, está ouvindo, Sebastiani?! Às dez horas volto aqui. Faremos o que for preciso... Ah, que animal!

Sebastiani desamarrava os cavalos. D'Albufex disse à mulher:

— Que os rapazes fiquem de olho. Se tentarem libertá-lo, azar o dele... O alçapão está logo ali. Posso contar com eles?

— Tanto quanto com o pai, senhor marquês — afirmou o guarda. — Eles sabem tudo que o senhor fez por mim e o que quer fazer por eles. Diante de coisa alguma recuarão.

— Em sela — disse D'Albufex. — Temos que voltar à caçada.

As coisas de fato se passavam como Lupin havia imaginado. Durante as caçadas, D'Albufex escapava a galope até Mortepierre sem que ninguém percebesse. Sebastiani, que lhe era fiel de corpo e alma, por razões do passado que não vem ao caso esmiuçar, o acompanhava e os dois iam ver o prisioneiro que os três rapazes vigiavam em tempo integral.

— É esta a nossa situação — disse Lupin a Clarisse Mergy ao encontrá-la num albergue das redondezas. — Ainda hoje, às dez horas, o marquês interrogará Daubrecq. De maneira brutal, provavelmente, mas é o que eu próprio pensava fazer.

— E Daubrecq revelará o segredo — concluiu Clarisse, já assustada.

— Temo que sim.

— E agora?

— E agora — respondeu Lupin, que parecia bastante calmo — estou na dúvida entre dois planos. Impedir esse interrogatório...

— Mas como?

— Chegando antes do marquês. Às nove horas, Grognard, Le Ballu e eu pularemos o muro: invasão da fortaleza, assalto do torreão, desarmamento da guarnição... Coisa feita e Daubrecq é nosso.

— Se os filhos de Sebastiani não o jogarem nesse alçapão a que D'Albufex se referiu.

— Na verdade minha ideia é só tentar algo assim em desespero de causa, se não for possível meu outro plano.

— Que plano?

— Assistir ao interrogatório. Se Daubrecq não falar, isso nos dará tempo para preparar seu sequestro em condições mais favoráveis. Se ele falar, se o forçarem a dizer onde se encontra a lista dos vinte e sete, estarei ouvindo ao mesmo tempo que D'Albufex e juro que tirarei partido disso antes dele.

— Acredito. Mas como poderá assistir...

— Ainda não sei — confessou Lupin. — Vai depender de certas informações que Le Ballu deve trazer... e do que eu próprio conseguir.

Ele deixou o albergue e só voltou uma hora depois, ao cair da noite. Le Ballu foi encontrá-lo.

— Conseguiu o livro? — ele perguntou.

— Consegui, patrão. Aquele que eu já tinha visto num vendedor de jornais de Aumale. Comprei por dez centavos.

— Deixe-me ver.

Tratava-se de um alfarrábio sebento, com o título *Uma visita a Mortepierre, 1824, com ilustrações e mapas.*

Lupin foi direto ao mapa do torreão.

— Exatamente — ele disse. — Eram três andares acima do chão, que desabaram. Abaixo, mais dois, cavados na pedra. Um deles foi invadido pelo entulho do desabamento, e o outro... É onde se encontra nosso amigo Daubrecq. O nome já diz muito: câmara das torturas. Pobre amigo! Entre a escada e a câmara, duas portas. Entre essas duas portas, um espaço, onde certamente ficam os irmãos, de espingarda em punho.

— Então é impossível entrar sem ser visto.

— Impossível a menos que eu venha pelo andar do entulho e encontre uma passagem para o teto da câmara. Mas é contar com a sorte.

Ele continuava a folhear o livro, e Clarisse perguntou:

— Nenhuma janela nessa sala?

— Sim — ele respondeu. — Voltada para o rio, estou chegando de lá, percebe-se uma pequena abertura, que inclusive está marcada no mapa. Mas, enfim, são cinquenta metros de altura num rochedo vertical que parte da água. Ou seja, também inacessível.

Olhando outras passagens do livro, um capítulo chamou sua atenção: "A torre dos Dois Enamorados". Ele leu as primeiras linhas.

Antigamente, o torreão era chamado pelas pessoas da região de "torre dos Dois Enamorados", por causa de um drama trágico ocorrido na Idade Média. O conde de Mortepierre, ao ter prova da infidelidade da mulher, trancou-a na câmara das torturas. Dizem que ela ficou lá vinte anos. Uma noite, seu amante, sr. De Tancarville, teve a ideia louca de erguer uma escada no rio e subir pelo penhasco até a abertura da câmara. Serrando as barras da janela, ele conseguiu libertar a amada e desceram os dois, com a ajuda de uma corda. Estavam no alto da escada, que amigos vigiavam, quando um tiro partiu do caminho da ronda e atingiu Tancarville no ombro. Os dois enamorados despencaram no vazio…

Houve um silêncio depois dessa leitura, um pesado silêncio em que cada um reconstituía a trágica fuga. Então, três ou quatro séculos antes, arriscando a vida para salvar sua amada, um homem havia tentado aquela inconcebível proeza, e teria conseguido se um sentinela qualquer não ouvisse o barulho. Um homem havia ousado! Um homem havia feito aquilo!

Lupin ergueu os olhos. Clarisse o olhava, mas era um olhar súplice e desvairado! Um olhar de mãe que espera o impossível e que tudo sacrificaria pela salvação do filho. Ele disse:

— Le Ballu, consiga uma corda resistente, fina o bastante para que eu possa enrolá-la na cintura, e bem comprida, com cinquenta ou sessenta metros. Você, Grognard, vá atrás de três ou quatro escadas e amarre uma na outra.

— O quê? O que está dizendo, patrão? — exclamaram os dois ao mesmo tempo. — Como? Está querendo… Isso é loucura.

— Loucura? Por quê? Se alguém fez, também posso fazer.

— As chances são de cem contra um para que quebre o pescoço.

— Como você acaba de dizer, há uma chance de não quebrá-lo.

— Mas patrão…

— Menos conversa, amigos. Encontrem-me dentro de uma hora, à beira do rio.

Os preparativos foram demorados. Difícil também encontrar com que construir a escada de quinze metros que poderia chegar ao primeiro ressalto do penhasco, e foram necessários muitos esforços e cuidados para fixar as diferentes partes umas nas outras.

Finalmente, pouco antes das nove horas, ela foi erguida no meio do riacho, bem imprensada contra um barco que tinha a frente presa entre duas barras e a popa afundada na margem.

Como a estradinha ao longo do vale era pouco frequentada, ninguém atrapalhou o trabalho. A noite era escura, com um céu pesado e nuvens imóveis.

Lupin passou as últimas recomendações a Le Ballu e Grognard e disse, rindo:

— Não podem imaginar como me diverte a ideia de ver a cara do Daubrecq prestes a ser escalpelado e ter a pele talhada em pedacinhos. Só isso já vale a viagem.

Clarisse estava sentada no barco e ele se despediu:

— Até logo mais. Não saia daí. Aconteça o que acontecer, não se mexa, não grite.

— Pode acontecer alguma coisa?

— Como não? Lembre-se do sr. De Tancarville. Já estava voltando, com a amada nos braços, e foi traído pelo inesperado. Mas fique calma, tudo ficará bem.

Ela não respondeu, apenas pegou sua mão e a apertou forte.

Ele pôs um pé na escada e testou para ver se não balançava demais. Em seguida, subiu. Muito depressa chegou ao último degrau.

Era quando a subida ficava perigosa. Difícil no começo por ser íngreme, mas a partir da metade era simplesmente como escalar uma muralha.

Felizmente sempre apareciam, aqui e ali, pequenas reentrâncias em que se podia apoiar um pé, e protuberâncias para as mãos. Mas duas vezes essas pedras cederam, e nessas duas vezes ele achou que tudo estava perdido.

Ao encontrar um buraco mais profundo, ele aproveitou para descansar. Estava exausto e a ponto de desistir: valia mesmo a pena se expor a tais perigos?

"Quem diria?", ele pensou. "Parece que o velho Lupin está amarelando. Desistir? Daubrecq vai contar o segredo, o marquês será o novo dono da lista, Lupin vai voltar de mãos abanando, e Gilbert…"

A corda comprida presa em torno da cintura atrapalhava e aumentava o cansaço; Lupin prendeu então uma das pontas numa presilha da calça e ela assim iria se desenrolando ao longo da escalada, de forma que pudesse, na volta, servir de corrimão.

Voltou a se agarrar nas irregularidades do penhasco e continuou a subir, com os dedos sangrando e as unhas machucadas. A cada instante podia acontecer a inevitável queda. E era desanimador ouvir as vozes que vinham do barco, murmúrios tão claros que a distância entre ele e os amigos parecia se manter a mesma.

Ele pensou em Tancarville, também sozinho nas trevas, e em como devia tremer ao ouvir o barulho das pedras que se soltavam e caíam. Como o menor ruído reverberava naquele silêncio profundo! Se um dos vigias de Daubrecq olhasse do alto da torre dos Dois Enamorados, haveria um disparo, e seria a morte...

Ele escalava... escalava... escalava há tanto tempo que acabou achando que tinha passado do alvo. Era possível que, sem querer, tivesse se desviado para a direita ou para a esquerda, e assim acabaria chegando ao caminho da ronda. Que final mais idiota! E como poderia ser diferente, já que o encadeamento tão rápido dos fatos não permitira que ele estudasse e preparasse tudo?

Furioso, Lupin redobrou o esforço, subiu vários metros, escorregou, recuperou o terreno perdido, agarrou um tufo de raízes que se soltou na sua mão, escorregou de novo e, desanimando, se preparava para desistir quando, de repente, com todo o seu corpo tensionado, todos os seus músculos, toda a sua vontade, ele parou: um som de voz parecia sair da pedra em que ele se agarrava.

Ele colou o ouvido. Vinha da direita. Jogando a cabeça mais para trás, pensou ver um raio de luz atravessando as trevas do espaço. Com quais reservas de energia, quais imperceptíveis movimentos ele conseguiu se deslocar até lá, não saberia dizer. Mas de repente se viu na beirada de um orifício bastante grande, com pelo menos três metros de profundidade, que abria a parede do penhasco como um corredor, cuja extremidade, bem mais estreita, era fechada por três barras de ferro.

Lupin rastejou até lá. Sua cabeça chegou às barras. Ele viu...

8. A torre dos Dois Enamorados

A sala de tortura se mostrava abaixo dele, ampla, irregular, dividida em partes desiguais por quatro pilares maciços que sustentavam as arcadas. Um cheiro de mofo e umidade vinha das paredes e das lajes encharcadas por infiltrações. Em qualquer época seu aspecto deve sempre tér sido sinistro, mas naquele momento, com as silhuetas compridas de Sebastiani e de seus filhos, com os fulgores oblíquos que dançavam nos pilares, com o prisioneiro acorrentado numa cama, tudo parecia ainda mais misterioso e bárbaro.

Em primeiro plano estava Daubrecq, a cinco ou seis metros da lucarna de onde Lupin espiava. Além das correntes antigas que tinham sido usadas para prendê-lo à cama, que por sua vez estava acorrentada a um gancho de ferro incrustado na parede, correias de couro atavam seus tornozelos e pulsos. Um dispositivo engenhoso fazia com que o menor movimento do prisioneiro acionasse um sininho suspenso no pilar mais próximo.

Um lampião em cima de um banco iluminava em cheio seu rosto.

De pé, bem ao lado, Lupin podia ver o rosto pálido, o bigode grisalho e a imponente estatura do marquês D'Albufex, que, com uma expressão de satisfação e de ódio aplacado, olhava o miserável à sua mercê.

Alguns minutos se passaram num silêncio profundo, e o marquês finalmente disse:

— Sebastiani, acenda essas três tochas para que eu enxergue melhor.

Feito isso, e depois de calmamente contemplar Daubrecq, ele se debruçou e disse, quase com doçura:

— Não sei muito bem o que será de nós, mas, seja como for, sem dúvida terei nessa sala momentos de muita alegria. Você me causou tanto mal, Daubrecq! Como chorei por culpa sua! Sim, lágrimas de verdade... soluços de desespero. Roubou tanto dinheiro de mim, uma fortuna! E meu pavor, achando que poderia me denunciar! Estaria completando de vez minha ruína, desgraçando meu nome. Ah, maldito seja!

Daubrecq não se movia. Sem as lentes escuras, ele usava ainda os óculos, que refletiam a claridade das luzes. Estava mais magro e as maçãs do rosto se realçavam nas faces escavadas.

— Vamos — disse D'Albufex —, temos que acabar logo com isso. Parece que estranhos andam rondando pelos arredores. Queira Deus que não seja por você e que não tentem nada, pois seria sua perdição imediata, como sabe. O alçapão está funcionando bem, Sebastiani?

O guarda se aproximou, apoiou-se num joelho, então ergueu e girou uma argola de ferro que Lupin não havia notado, junto da cama. Uma das lajes se moveu, deixando escancarado um buraco mais escuro.

— Está vendo? — o marquês continuou. — Tudo foi previsto e disponho até de masmorras secretas. E masmorras insondáveis, reza a lenda do castelo. Então, não espere qualquer socorro. Vai falar?

Não havendo resposta, ele continuou:

— É a quarta vez que o interrogo, Daubrecq. A quarta vez que me dou ao trabalho de pedir o documento, para assim poder me livrar das suas chantagens. Mas é a última vez. Vai falar?

O mesmo silêncio. D'Albufex fez sinal a Sebastiani, que se aproximou, seguido por dois dos seus filhos, um deles com um pequeno bastão.

— Comece — ordenou D'Albufex, depois de esperar alguns segundos.

Sebastiani afrouxou as correias que apertavam os pulsos de Daubrecq, enfiou e firmou o bastão entre as tiras.

— Devo girar, marquês?

Novo silêncio. D'Albufex esperava. Como Daubrecq não recuava, ele sugeriu:

— Fale! Para que sofrer à toa?

Resposta nenhuma.

— Comece, Sebastiani.

Sebastiani fez o bastão dar uma volta completa. As amarras se apertaram. Daubrecq gemeu.

— Não prefere falar? Sabe que não posso voltar atrás. Está preso aqui e, se for preciso, vou torturá-lo até que morra. Insiste em não falar? É isso? Sebastiani, mais uma volta.

O guarda obedeceu, Daubrecq se contorceu de dor e caiu estirado na cama, arfando.

— Imbecil! — gritou o marquês, com raiva. — Fale, maldição! Já não está farto dessa lista? Chegou a vez de outra pessoa. Vamos, fale… Onde está? Uma palavra, só uma palavra e vamos deixá-lo em paz. Assim que eu tiver a lista, amanhã, você estará livre. Livre, ouviu bem? Mas, santo Deus, fale! Ah, que cabeça-dura! Sebastiani, mais uma volta.

Sebastiani obedeceu. Ossos estalaram.

— Socorro! Socorro! — conseguiu gritar Daubrecq com voz rouca e procurando inutilmente se soltar.

Baixinho, ele implorou:

— Misericórdia… misericórdia…

Era uma cena horrível. Os três filhos pareciam assustados. Tremendo, enojado, dando-se conta de que não poderia, ele próprio, ter levado adiante algo tão abominável, Lupin aguardava a confissão inevitável. Iria afinal saber. O segredo de Daubrecq seria revelado, com palavras arrancadas pela dor. E Lupin pensava já em sair dali, no automóvel que o esperava, no trajeto a toda a velocidade até Paris, na vitória tão próxima!

— Fale! — murmurou D'Albufex. — Fale e está tudo terminado.

— Está bem… está bem — balbuciou Daubrecq.

— Diga!

— Mais tarde, amanhã…

— Ah, mas que idiota! Amanhã? O que está querendo? Sebastiani, mais uma volta.

— Não, não — urrou Daubrecq. — Pare, não faça isso!

— Fale!

— Está bem! Escondi o papel…

Mas o sofrimento tinha sido forte demais. Daubrecq ergueu a cabeça num esforço supremo, deixou escapar alguns sons incoerentes, conseguiu duas vezes dizer: "Marie… Marie…" e desmaiou esgotado, inerte.

— Solte — ordenou D'Albufex a Sebastiani. — Diabos! Será que exageramos na dose?

Um rápido exame, porém, mostrou que Daubrecq apenas perdera os sentidos. Então o próprio marquês, também extenuado, se sentou pesadamente à beira da cama, enxugando o suor que escorria pela testa, e resmungou:

— Que trabalho sujo…

— Talvez baste por hoje — sugeriu o guarda, deixando transparecer emoção em suas duras feições. — Podemos voltar amanhã, ou depois de amanhã.

D'Albufex continuou calado. Um dos filhos lhe passou uma garrafa de conhaque. Ele encheu um copo pela metade e bebeu de uma só vez.

— Não. Temos que continuar agora. Falta pouco. No ponto em que ele está, não será difícil.

Em voz mais baixa, ele perguntou ao guarda:

— Não ouviu? Ele disse "Marie", duas vezes. O que pode ser?

— Sim, duas vezes — concordou o guarda. — Talvez tenha entregado o documento que o senhor procura a uma pessoa chamada Marie.

— De jeito nenhum! Ele não confia em ninguém. É outra coisa — declarou D'Albufex.

— Mas o quê, senhor marquês?

— É o que vamos saber daqui a pouco, garanto.

Naquele momento, Daubrecq respirou fundo e se remexeu na cama.

D'Albufex, também refeito, não despregava os olhos do inimigo e, ao se aproximar, aconselhou:

— Está vendo, Daubrecq? É loucura resistir. Quando a gente perde, tem que aceitar as regras do vencedor, em vez de ser torturado à toa. Vamos lá, seja razoável.

E acrescentou, dirigindo-se a Sebastiani:

— Estique a corda… que ele sinta um pouco. Isso vai despertá-lo. Está se fazendo de morto.

Sebastiani voltou ao bastão e girou até que a corda tocasse outra vez a carne ferida. Daubrecq teve um sobressalto.

— Pode parar, Sebastiani — disse o marquês. — Nosso amigo parece mais disposto e compreende a necessidade de um acordo. Não é mesmo, Daubrecq? Não prefere acabar com isso? Tem razão!

Os dois homens estavam debruçados por cima do paciente, um sem soltar o bastão e o outro puxando o lampião para iluminar bem o rosto.

— Os lábios se movem, ele vai falar... Afrouxe um pouco, Sebastiani, não quero que nosso amigo sofra desnecessariamente. Não, aperte de novo, vejo certa hesitação. Mais uma volta. Pare! Chegamos. Ah, querido Daubrecq, se não falar mais claramente, estamos perdendo tempo. O quê? O que disse?

Arsène Lupin praguejou baixinho. Daubrecq estava dizendo alguma coisa e ele não ouvia! Por mais que se esforçasse, abafasse as batidas do coração e o latejar das têmporas, som nenhum chegava até ele:

"Com mil diabos! Essa eu não previ. E agora?"

Estava quase sacando o revólver e mandando uma bala em Daubrecq para que ele parasse com aquilo. Mas lembrou que isso não melhoraria em nada sua situação e mais valia esperar e acompanhar os acontecimentos, tentando tirar o melhor partido.

Lá embaixo, no entanto, a confissão corria solta. Indistinta, entrecortada por silêncios e queixas. D'Albufex não soltava a presa.

— Diga mais! Até o fim...

E acompanhava a confissão com exclamações de incentivo.

— Ótimo! Perfeito! Não diga?! Repita de novo, Daubrecq... Ah, essa foi boa! E ninguém se deu conta? Nem Prasville? Que bobalhão! Afrouxe mais, Sebastiani... Não vê que o amigo está sem ar? Calma, Daubrecq... não vá se cansar. Continue, meu amigo, estava dizendo...

Era o fim. Houve um cochicho bastante longo que D'Albufex ouviu sem interromper e do qual Arsène Lupin não pegou uma sílaba. Depois o marquês se levantou e exclamou alegre:

— Pronto! Obrigado, Daubrecq. Saiba que nunca esquecerei o que acaba de fazer. Se vier a passar necessidade, bata à minha porta. Para você, haverá sempre um pedaço de pão na cozinha e um copo d'água filtrada. Sebastiani, cuide do cavalheiro como se fosse um dos seus filhos. Desde já, livre-o das amarras. É preciso não ter coração para deixar um semelhante nosso assim, como um frango no espeto.

— E se lhe déssemos de beber? — propôs o guarda.

— Boa ideia! Deixe-o beber um pouco.

Sebastiani e os filhos soltaram as correias de couro, friccionaram os pulsos e puseram nos machucados curativos com unguento. Em seguida Daubrecq tomou alguns goles de aguardente.

— Está bem melhor — disse o marquês. — Não se preocupe, em pouco tempo passa. Logo, logo nem se verão mais as marcas e você vai até poder dizer que passou por uma tortura como nos bons tempos da Inquisição. Sortudo!

Deu uma olhada no relógio.

— Chega de conversa, Sebastiani. Seus filhos podem se revezar na guarda, e você me leve à estação para que eu não perca o último trem.

— E podemos deixá-lo solto, para andar?

— Por que não? Acha que vamos mantê-lo aqui até morrer? Não, Daubrecq, fique tranquilo. Amanhã à tarde irei à sua casa, e se o documento estiver mesmo no lugar que você disse, mando um telegrama e estará livre, leve e solto. Não mentiu para mim, não é?

Ele tinha voltado a se aproximar do prisioneiro:

— Nada de brincadeiras, meu amigo. Seria estupidez da sua parte. Eu perderia um dia, só isso. Já você perderia o que lhe resta de dias na vida. Mas não acredito, o esconderijo é bom demais; ninguém inventa uma coisa assim só para se divertir. Vamos, Sebastiani. Amanhã, o telegrama.

— E se não o deixarem entrar na casa?

— E por que não deixariam?

— A casa da pracinha Lamartine está ocupada pelos homens de Prasville.

— Não se preocupe, entrarei. Se não abrirem a porta, há sempre uma janela. E se também a janela não der certo, me arranjarei com um dos homens de Prasville. É só uma questão de dinheiro. E, louvado seja Deus!, dinheiro é coisa que não faltará mais. Boa noite, Daubrecq.

Ele saiu com Sebastiani e a pesada porta se fechou.

Logo em seguida, tendo formado um plano durante essa última cena, Lupin tratou de sair dali.

O plano era simples: despencar penhasco abaixo com ajuda da corda, pegar os amigos, pular no carro e, na estrada deserta que levava à estação de Aumale, atacar D'Albufex e Sebastiani. Não tinha dúvida quanto ao resultado da ação. Presos, um dos dois acabaria falando. D'Albufex tinha mostrado como se consegue isso e, para salvar o filho, até Clarisse Mergy se mostraria inflexível.

Ele puxou a corda e procurou com a mão uma saliência no rochedo em torno da qual pudesse passá-la, de maneira a ter duas partes iguais, uma em cada mão. Mas assim que encontrou o que podia servir, em vez de agir rápido, pois havia pressa, ele ficou parado, pensando. O plano já não o agradava tanto:

"Absurdo, o que estou querendo fazer é absurdo e ilógico. E se D'Albufex e Sebastiani escaparem? Mesmo que não escapem, o que garante que falarão? Vou ficar. Há algo melhor, muito melhor, que posso tentar. Não é contra os dois que devo ir, é contra Daubrecq. Ele está cansado, nos limites da resistência. Já que contou o segredo ao marquês, não tem por que não contar a mim, se Clarisse e eu empregarmos os mesmos métodos. Está resolvido! Vou sequestrar Daubrecq!"

E acrescentou ainda:

"Aliás, o que tenho a perder? Se não der certo, Clarisse e eu corremos a Paris e, combinados com Prasville, deixaremos a casa da praça Lamartine sob forte vigilância, para que D'Albufex não possa se servir das revelações de Daubrecq. O essencial é que Prasville seja avisado do perigo. E ele será."

Soava meia-noite na igreja de uma cidadezinha das proximidades. Isso dava a Lupin seis ou sete horas para pôr em execução seu novo plano, se começasse logo.

Ao sair do buraco em que estava a janela, ele tinha passado por alguns pequenos arbustos que cresciam numa das fendas do penhasco. Com a faca, ele cortou uma dúzia deles e os deixou todos do mesmo tamanho. Depois, tirou da corda dois pedaços iguais, que seriam os pilares, e prendeu neles os doze pedaços de arbusto, à guisa de degraus, fabricando assim uma escada de corda de mais ou menos seis metros.

Quando voltou a seu posto, de onde podia ver a sala de tortura, perto da cama de Daubrecq estava apenas um dos três filhos, que fumava seu cachimbo perto do lampião. Daubrecq dormia.

"Droga!", ele pensou. "Será que esse garoto vai ficar acordado a noite inteira? Se for o caso, é melhor eu ir logo embora."

Mas a ideia de que D'Albufex conhecia o segredo o afligia. Do interrogatório a que ele havia assistido, ficara a clara impressão de que o marquês não queria apenas se livrar da chantagem de Daubrecq, mas também ter o poder de Daubrecq e restabelecer sua fortuna pelos mesmos meios usados por Daubrecq.

Isso representaria, para Lupin, uma nova batalha, contra um novo inimigo. A rápida marcha dos acontecimentos não lhe permitia aceitar semelhante hipótese. A qualquer preço, era necessário prevenir Prasville e barrar o caminho do marquês.

Mesmo assim Lupin continuava ali, preso à firme esperança de que algum incidente lhe daria a oportunidade de agir.

Soou na igreja meia-noite e meia. Depois, uma hora. A espera se tornava terrível, ainda mais porque uma bruma gelada subia do vale e Lupin sentiu que o frio atravessava sua roupa.

Ouviu-se o trote de um cavalo ao longe.

"É Sebastiani voltando da estação", ele calculou.

Nesse momento, o rapaz que vigiava o prisioneiro, vendo que não havia mais fumo no seu pacote, abriu a porta e perguntou aos irmãos se eles tinham com que encher um último cachimbo. Houve uma resposta e ele saiu para ir até o pavilhão.

Lupin ficou perplexo. Mal a porta se fechou, Daubrecq, que dormia tão profundamente, se sentou na cama, escutou, pôs um pé no chão, depois o outro e, levantando-se, um pouco vacilante mas com as pernas mais firmes do que se podia esperar, procurou medir suas forças.

"Veja só, o cara é mesmo duro", pensou Lupin. "Será capaz inclusive de ajudar no seu novo sequestro. Só há um ponto que ainda me preocupa. Será que vai concordar? Virá comigo? Não vai achar que essa ajuda milagrosa que chega do céu é coisa armada pelo marquês?"

De repente, porém, ele se lembrou do bilhete que havia pedido às duas primas de Daubrecq, uma carta de recomendação, por assim dizer, que a mais velha das irmãs Rousselot, Euphrasie, havia assinado.

E estava ali, no seu bolso. Ele o pegou e ficou atento: barulho nenhum, a não ser o dos passos de Daubrecq nas lajes do chão. O momento era propício. Ele passou rapidamente o braço entre as barras e jogou o papel.

Daubrecq parou, sem entender.

O envelope flutuou no ar e pousou a três passos dele. De onde poderia ter vindo? Ele ergueu a cabeça na direção da janela e tentou enxergar na escuridão que ocultava toda a parte mais alta da sala. Observava o envelope sem se atrever ainda a pegá-lo, como se temesse alguma cilada. Em seguida, depois de uma rápida olhada na direção da porta, se abaixou, pegou o envelope e abriu.

— Ah! — ele deu um suspiro de alívio ao ver a assinatura, e leu o bilhete à meia-voz:

Tenha toda confiança no portador dessa carta. Foi quem, por encomenda nossa, descobriu o segredo do marquês e planejou um plano de fuga. Tudo está pronto para isso. Euphrasie Rousselot.

Ele releu o bilhete, repetindo: "Euphrasie… Euphrasie…", e ergueu de novo a cabeça.

Lupin disse baixinho:

— Preciso de duas ou três horas para serrar uma das barras. Sebastiani e os filhos vão voltar?

— Com certeza — respondeu Daubrecq, em voz igualmente baixa. — Mas acho que me deixarão tranquilo.

— Eles dormem ao lado?

— Sim.

— Não vão ouvir?

— Não, a porta é bastante grossa.

— Bom, nesse caso não será demorado. Tenho uma escada de corda. Pode subir sozinho, sem minha ajuda?

— Acho que sim, vou tentar… estou com os pulsos quebrados. Que animais! Mal consigo mexer as mãos, e estou bem fraco! Mas, é claro, vou tentar. É preciso…

Ele parou, ouviu e, levando um dedo aos lábios, fez:

— Pssiu!

Quando Sebastiani e os filhos entraram, Daubrecq, que havia escondido a carta e voltado para a cama, fingiu acordar assustado. O guarda trouxe uma garrafa de vinho, um copo e provisões.

— Desculpe, senhor deputado — ele exclamou. — Puxa! Acho que apertamos meio forte demais. É brutal esse torniquete de madeira. Era muito usado no tempo da grande Re-

200

volução e de Bonaparte, me disseram... no tempo em que queimavam os pés das pessoas para fazê-las falar. Foi uma bela invenção: limpa, sem sangue. Não foi preciso ir longe demais, em vinte minutos o senhor deu com a língua nos dentes.

Sebastiani riu.

— Aliás, excelência, meus parabéns! Que esconderijo! Quem poderia imaginar? Sabe, o que nos enganou, ao marquês e a mim, foi o nome Marie, que o senhor disse primeiro. Não mentiu, só que a palavra ficou pela metade. Era preciso terminá-la. Realmente, muito engraçado! Logo ali, na sua escrivaninha mesmo! Muito, muito bom!

O guarda tinha se levantado e andava de um lado para o outro, esfregando as mãos.

— O marquês está muito contente, tão contente que virá amanhã no fim do dia para, pessoalmente, soltar o senhor. É verdade que ele pensou melhor e achou serem necessárias certas formalidades, alguns cheques a serem assinados... uma garantia para ressarci-lo das despesas que teve, sem contar as aflições. Mas o que isso pode representar para o deputado? Uma ninharia! Sem falar que, de agora em diante, nada de correntes nem de correias nos pulsos. Será tratado como um rei! Inclusive, veja, ele mandou que lhe trouxesse uma boa garrafa de vinho e uma de conhaque.

Sebastiani soltou mais algumas piadas e depois pegou o lampião, fez uma última inspeção na sala e disse aos filhos:

— Deixem que ele durma. Vocês também precisam descansar. Mas com um olho aberto, nunca se sabe...

Eles se foram.

Lupin esperou um pouco e perguntou baixinho:

— Posso começar?

— Pode, mas com cuidado... Não é impossível que resolvam vir dar uma olhada daqui a uma ou duas horas.

Lupin pôs mãos à obra. Tinha com ele uma boa lima, e o ferro das barras, enferrujado e carcomido pelo tempo, em certos pontos praticamente se esfarelava. Por duas vezes ele parou, de orelha em pé. Mas era apenas o passeio de algum rato no entulho do andar de cima ou o voo de algum pássaro noturno, e ele continuou o trabalho, encorajado por Daubrecq, junto da porta para avisar ao menor sinal de perigo.

"Ufa!", ele suspirou aliviado, dando o último vaivém na lima. "Até que enfim! Pois é bem apertado esse maldito túnel, sem contar o frio..."

Usando toda força, ele empurrou a barra serrada bem na base e conseguiu afastá-la o bastante para que um homem pudesse passar entre as duas restantes. Precisou em seguida recuar até a outra extremidade do corredor, na parte mais larga, onde tinha ficado a escada de corda. Depois de prendê-la nas barras, ele chamou:

— Ei! Tudo bem? Está pronto?

— Estou. Só mais um segundo que vou ver se ouço alguém... Estão dormindo. Passe a escada.

Lupin lançou-a e perguntou:

— Preciso descer?

— Não... Estou meio fraco, mas acho que consigo.

E, de fato, chegou até rápido ao buraco do corredor e rastejou atrás do seu salvador. O ar livre, no entanto, pareceu deixá-lo estonteado. Além disso, achando que podia ajudar, ele tinha bebido metade da garrafa de vinho, e tudo junto acabou por deixá-lo inerte na pedra do corredor por meia hora. Perdendo a paciência, Lupin já o amarrava numa das pontas da corda depois de prender a outra nas barras, pensando em descê-lo como um volume qualquer, mas Daubrecq despertou sentindo-se melhor.

— Pronto, já estou bem — ele disse. — A descida é longa?

— Bastante, estamos a cinquenta metros de altura.

— Como D'Albufex não previu uma fuga por aqui?

— O penhasco é reto como um muro.

— E você conseguiu!

— Ora, suas primas insistiram tanto... Além disso, todos precisamos viver, não é? E elas foram generosas.

— Boas moças! — exclamou Daubrecq. — E onde estão?

— Lá embaixo, num bote.

— Então há um rio?

— Há, mas é melhor não conversarmos, concorda? Pode ser perigoso.

— Só mais uma coisa. Estava ali há muito tempo, antes de jogar o bilhete?

— Não, quinze minutos no máximo. Depois explico... Agora, é melhor nos apressarmos.

Lupin foi o primeiro, aconselhando Daubrecq a se agarrar bem na corda e descer recuando. Ele o ajudaria nos pontos mais difíceis.

Precisaram de mais de quarenta minutos para chegar à plataforma do ressalto formado pelo penhasco, e várias vezes Lupin precisou ajudar o companheiro, que tinha os pulsos feridos pela sessão de tortura, fracos e sem flexibilidade.

Várias vezes ele resmungou:

— Os canalhas acabaram comigo... Canalhas! D'Albufex vai pagar caro por isso.

— Silêncio — disse Lupin.

— O que houve?

— Barulho... Lá em cima...

Imóveis na plataforma, eles escutaram. Lupin pensou no sr. De Tancarville e no sentinela que o matou com um tiro de arcabuz. Sentiu um tremor sob o peso da ansiedade, do silêncio e das trevas.

— Não, engano meu... — ele disse. — Aliás, que estupidez. Não podem mais nos atingir aqui.

— Quem nos atingiria?

— Ninguém, ninguém... Foi só uma ideia boba.

Ele tateou até encontrar os pilares da escada e disse:

— Aqui está! É a escada que está plantada no rio. Um dos meus amigos nos espera lá, com suas primas.

Ele deu um assobio.

— Estamos descendo — ele avisou a meia-voz. — Segure bem a escada.

E disse a Daubrecq:

— Vou na frente.

O outro sugeriu:

— É melhor que eu vá primeiro.

— Por quê?

— Estou muito fraco. Amarre sua corda na minha cintura para me segurar, caso eu...

— Pode ser, tem razão — concordou Lupin. — Aproxime-se.

Daubrecq chegou mais perto e se pôs de joelhos na pedra. Lupin o amarrou e depois, inclinando-se bem, segurou firme um dos pilares verticais para que a escada não oscilasse.

— Pode ir — ele disse.

No mesmo instante, sentiu uma dor violenta no ombro.

— Diabos! — ele praguejou, caindo no chão.

Daubrecq o esfaqueara abaixo da nuca, um pouco à direita.

— Quanta ingratidão!

No escuro, ele percebia o outro se livrando da corda e ainda dizendo baixinho:

— Realmente, que tolice! Trouxe a carta de uma das minhas primas Rousselot... foi escrita pela mais velha, Adelaïde, que, ela sim, bem esperta, para me pôr de sobreaviso assinou o nome da caçula, Euphrasie Rousselot. Vê? Isso me deixou com a pulga atrás da orelha. Então, juntando dois e dois, pensei: ora se não é o bom Arsène Lupin! O protetor de Clarisse, o salvador de Gilbert... Pobre amigo, está em maus lençóis. Não costumo usar a faca, mas quando uso vou fundo.

Ele se debruçou sobre o ferido e revistou seus bolsos.

— Vou pegar seu revólver. Seus amigos vão logo ver que não é o patrão e podem querer criar problemas. Como estou meio sem forças, uma ou duas balas... Adeus, companheiro. Só devemos nos ver no outro mundo, não é? Reserve um apartamento para mim, com todo conforto moderno. Vou indo. Agradeço muito... Sem você, realmente não sei o que seria de mim. Caramba! D'Albufex não brincou em serviço. Que safado, será muito bom vê-lo de novo!

Terminados seus preparativos, ele assobiou e responderam lá de baixo.

— Estou indo — ele avisou.

Num esforço supremo, Lupin estendeu os braços para pegá-lo, mas encontrou apenas o vazio. Quis gritar, prevenir os companheiros: a voz não saiu da sua garganta.

Sentiu o corpo todo ficar horrivelmente mole. As têmporas latejavam.

Ouviu, pouco tempo depois, clamores lá em baixo. Depois, um tiro. Em seguida, outro e uma risada triunfante. Gritos queixosos de mulher, gemidos. Em seguida, mais dois tiros...

Lupin imaginou Clarisse ferida, talvez morta, e Daubrecq fugindo vitorioso. Pensou em D'Albufex, na rolha de cristal que um dos adversários teria sem que ninguém pudesse se opor. A repentina imagem do sr. De Tancarville despencando do penhasco com a amada se sobrepôs a tudo isso. Ele murmurou várias vezes:

— Clarisse... Clarisse... Gilbert...

Um grande silêncio o invadiu, uma paz infinita. Sem qualquer revolta, ele teve a impressão de que seu corpo exausto, não tendo onde se segurar, rolava até a beira do rochedo, na direção do abismo.

9. Nas trevas

Num quarto de hotel em Amiens, Arsène Lupin recupera a consciência pela primeira vez. Clarisse está à sua cabeceira, com Le Ballu.

Os dois conversam e Lupin, sem abrir os olhos, ouve. Descobre que esteve em risco de vida, mas que já não corre perigo. Depois, pela sequência da conversa, fica sabendo um pouco do ocorrido na trágica noite de Mortepierre, com a chegada de Daubrecq, a confusão dos cúmplices ao perceberem que não era o patrão e uma luta renhida: Clarisse se lança contra Daubrecq e é ferida à bala no ombro, Daubrecq corre pela margem do rio, Grognard dispara duas vezes e parte em perseguição, Le Ballu sobe pela escada e encontra o patrão desmaiado.

— Verdade! Não sei como ele não rolou — explicava o cúmplice. — Havia uma reentrância, mas em plano inclinado, e ele precisou, quase morto, se agarrar com os dez dedos. Caramba, foi por um triz!

Lupin ouve, ouve fazendo um esforço enorme. Junta todas as forças que tem para distinguir e compreender as palavras. Com isso, de repente capta uma frase terrível: lamentando, Cla-

208

risse faz alusão aos dezoito dias que tinham se passado, dezoito dias perdidos para a salvação de Gilbert.

Dezoito dias! Esse número apavora Lupin. Tudo parece estar acabado e ele não vai se recuperar para continuar a luta; Gilbert e Vaucheray morrerão! Seu pensamento se perde. Voltam a febre e o delírio.

Mais dias se passam. Talvez seja esta a época, de toda a sua vida, da qual Lupin fala com maior aversão. Ele conseguia manter consciência suficiente, e minutos bastante lúcidos, para se dar conta da situação. Mas não era capaz de coordenar as ideias, seguir um raciocínio e indicar aos amigos qual linha seguir ou não.

Quando saía do torpor, tinha frequentemente a mão de Clarisse na sua e, nesse estado de sonolência em que a febre nos mantém, ele dizia palavras estranhas, palavras de ternura e amor, implorando e agradecendo, abençoando-a por tudo que ela, nas trevas, trazia de luz e de alegria.

Depois, mais calmo, e sem entender bem o que dissera, ele tentava brincar:

— Estive delirando, não é? Quanta besteira não devo ter dito!

Pelo silêncio de Clarisse, ele sentia poder dizer tudo que a febre lhe inspirasse. Ela não ouvia. Os cuidados dispensados, a dedicação, a vigilância, a preocupação com possíveis recaídas eram esforços dirigidos não a ele próprio, mas ao provável salvador de Gilbert. Ela ansiosamente controlava os avanços da convalescência. Quando ele poderia voltar à ação? Não era loucura permanecer ainda ali se cada dia levava embora um pouco de esperança?

Lupin não parava de repetir, com a íntima convicção de poder assim ter influência sobre a recuperação:

"Quero melhorar... Quero melhorar..."

E passava dias inteiros sem se mexer para que o curativo não saísse do lugar, evitando lembranças que o deixassem agitado.

Esforçava-se então para não pensar em Daubrecq, mas a imagem do formidável inimigo voltava sempre.

Certa manhã, ele acordou mais bem-disposto. A ferida cicatrizara, sua temperatura estava quase normal. Um amigo médico, que vinha diariamente de Paris, prometeu que em quarenta e oito horas ele poderia se levantar. Nesse mesmo dia, estando os dois cúmplices e a sra. Mergy ausentes desde a antevéspera, em busca de informações, ele pediu que o aproximassem da janela aberta.

A claridade do sol e o ar menos frio, já anunciando a primavera, trouxeram-no definitivamente de volta à vida. Ele sentiu que as ideias se encadeavam e os fatos se reorganizavam no cérebro, dentro da sua ordem lógica e das suas relações secretas.

De tardinha, chegou um telegrama de Clarisse, avisando que ela, Grognard e Le Ballu se viam forçados a permanecer ainda em Paris. A noite já não foi tão boa. Que notícias podiam ter motivado aquele telegrama?

No dia seguinte, ela entrou no quarto pálida, com os olhos vermelhos de tanto chorar, e se sentou na cama, sem conseguir ficar de pé.

— A apelação foi rejeitada — ela balbuciou.

Lupin procurou se controlar e disse, parecendo surpreso:

— Você então contava com isso?

— Não, na verdade não — ela reconheceu. — Mas era ainda uma esperança, mesmo sem acreditar...

— Foi ontem que isso aconteceu?

— Há oito dias. Le Ballu escondeu a notícia e eu não tinha mais coragem de ler os jornais.

Lupin insinuou:

— Resta ainda o indulto.

— Indulto? Acha que vão agraciar cúmplices de Arsène Lupin?

Ela disse essas palavras com uma raiva, uma amargura que ele fingiu não perceber, e sugeriu:

— Não Vaucheray, imagino. Mas talvez Gilbert, que é tão jovem...

— Isso não vai acontecer.

— Como pode saber?

— Falei com o advogado dele.

— Falou com o advogado... Para dizer...

— Que sou a mãe de Gilbert. Perguntei se, revelando sua identidade, poderíamos influenciar o desfecho, ou pelo menos adiá-lo.

— Faria isso? — murmurou Lupin. — Confessaria...

— A vida de Gilbert é o principal. O que importa meu nome? O que importa o nome do meu marido?

— E Jacques? — rebateu Lupin. — Tem o direito de fazer dele o irmão de um condenado à morte?

Clarisse só abaixou a cabeça e ele continuou:

— O que respondeu o advogado?

— Que revelar meu nome em nada ajudaria. Ele não diz isso, mas ficou claro para mim que já não tem qualquer esperança e sabe que a comissão dos indultos se pronunciará pela execução.

— Pode ser, mas e o presidente da República?

— O presidente segue, em geral, o que a comissão decide.

— Não dessa vez.

— E por quê?

— Porque haverá uma pressão nesse sentido.

— Como?

— Com a entrega condicional da lista dos vinte e sete.

— Você está com ela?

— Não.

— Então como?

— Vou consegui-la.

Suas certezas não tinham se enfraquecido. Ele continuava a fazer afirmações desse tipo com toda calma, certo da força infinita da sua vontade.

Clarisse balançou ligeiramente os ombros, menos confiante.

— Se D'Albufex não pegou a lista, uma única pessoa pode agir: Daubrecq.

Ela disse essas palavras em voz baixa, com um tom que o fez estremecer. Estaria Clarisse ainda considerando, como ele muitas vezes pensou ser o caso, procurar Daubrecq e pagar pela salvação de Gilbert?

— Lembro-a de que me fez uma promessa — ele disse. — Combinamos que eu conduziria a luta contra Daubrecq, sem nunca haver qualquer possibilidade de acordo entre vocês.

Ela respondeu:

— Nem sei onde ele está. E se eu soubesse, você não saberia?

A resposta era evasiva, mas ele não insistiu. Achou, no entanto, que seria necessário vigiá-la. E perguntou, pois não tinha sido ainda posto a par de muitos detalhes:

— Não se sabe, então, o que aconteceu a Daubrecq?

— Não. Uma das balas de Grognard certamente o atingiu, pois no dia seguinte encontramos no mato um lenço todo sujo de sangue. Além disso, foi visto na estação de Aumale um homem que parecia sem forças e andava com muita dificuldade. Comprou uma passagem para Paris e pegou o primeiro trem. É tudo que se sabe.

— Deve estar gravemente ferido e se recupera em algum lugar seguro. Talvez também ache mais prudente escapar por algumas semanas das possíveis iniciativas da polícia e de D'Albufex, das suas, das minhas, de todos os seus inimigos.

Depois de pensar um pouco, ele continuou:

— E em Mortepierre, o que houve depois da fuga? Não circularam comentários na região?

— Não. Ao amanhecer a corda já não estava no penhasco, e isso prova que Sebastiani e os filhos se deram conta da fuga ainda durante a noite. O pai esteve fora o dia inteiro.

— Deve ter ido avisar o marquês. Onde ele está?

— Em casa. E também por lá tudo normal, segundo as investigações de Grognard.

— Podemos ter certeza de que não entrou na casa da praça Lamartine?

— Tanta quanto é possível.

— Nem Daubrecq?

— Nem Daubrecq.

— E Prasville?

— Está fora, em viagem. Mas o inspetor-chefe Blanchon foi encarregado por ele de acompanhar o caso, com ordem de manter a casa sob vigilância, inclusive à noite. Pelo menos um policial está permanentemente no escritório. Ninguém pode ter entrado.

— A rolha de cristal continua então no escritório de Daubrecq — concluiu Lupin.

— Se estava antes do desaparecimento dele, ainda se encontra lá.

— Em cima da escrivaninha.

— Em cima da escrivaninha? Por que está dizendo isso?

— Porque sei — respondeu simplesmente Lupin, que não havia esquecido a frase de Sebastiani.

— Mas não sabe dentro de qual objeto?

— Não, mas uma escrivaninha é um espaço limitado. Em vinte minutos pode ser totalmente explorada. Em dez minutos, se preciso for, pode ser desmontada.

A conversa o cansara. Não querendo cometer qualquer imprudência, ele disse:

— Ouça, preciso ainda de dois ou três dias. Hoje é segunda-feira, 4 de março. Depois de amanhã, quarta-feira, ou no máximo na quinta, estarei de pé. Fique certa de que vamos conseguir.

— E o que faço até lá?

— Volte a Paris. Hospede-se no hotel Franklin, perto do Trocadéro, com Grognard e Le Ballu. Vigie de perto a casa de Daubrecq. Você tem acesso livre, mantenha sob pressão os policiais que trabalham lá.

— E se Daubrecq aparecer?

— Melhor ainda, poderemos vigiá-lo.

— E se estiver só de passagem?

— Nesse caso, Grognard e Le Ballu devem segui-lo.

— E se perderem a pista?

Lupin não respondeu. Ninguém melhor do que ele sabia o peso que é estar preso num quarto quando sua presença seria tão útil no campo de batalha! Talvez essa sensação inclusive estivesse atrasando, além do normal, sua recuperação.

Ele pediu baixinho:

— Por favor, é melhor que vá.

Crescia entre os dois um desconforto à medida que se aproximava a data terrível. Esquecendo, ou procurando esquecer ter sido ela que lançou o filho na aventura de Enghien, a sra. Mergy não se esquecia de que a justiça perseguia Gilbert com tanto rigor não pela vida criminosa, mas por ser cúmplice de Arsène Lupin. Some-se a isso que, apesar de todos os seus esforços, de todos os prodígios da sua energia, a quais resultados, no final das contas, ele havia chegado? Em que sua intervenção havia ajudado Gilbert?

Houve um silêncio, ela se levantou e saiu.

No dia seguinte ele se sentiu bastante fraco, mas na quarta-feira, com o médico querendo que o paciente continuasse sem sair até o fim de semana, ele perguntou:

— Se eu não esperar esse prazo, que risco corro?

— Que a febre volte.

— Só isso?

— Só. A ferida, propriamente, está bem cicatrizada.

— Então vamos, pego uma carona com você até Paris. Ao meio-dia estaremos lá.

A pressa de Lupin vinha, para começar, de uma carta em que Clarisse dizia ter descoberto a pista de Daubrecq. Mas era também por ter lido, num jornal de Amiens, que o marquês D'Albufex, por envolvimento no caso do Canal, havia sido preso.

Daubrecq se vingava.

E se Daubrecq se vingava era porque o marquês não tinha conseguido pegar o documento que estava na escrivaninha. Os policiais e o inspetor-chefe Blanchon, postados na casa da praça Lamartine, tinham feito seu trabalho. Resumindo, a rolha de cristal continuava no mesmo lugar.

Continuava, e isso mostrava também que Daubrecq não se atrevia a voltar para casa, não podia por causa do ferimento sofrido ou ainda por ter confiança suficiente no seu esconde-rijo, optando então por não se arriscar.

Em todo caso, Lupin não tinha dúvida quanto ao que fazer: era preciso agir, e agir muito rápido. Devia tomar a dianteira e pegar a rolha de cristal.

Assim que cruzaram o Bois de Boulogne e se aproximavam da pracinha Lamartine, Lupin pediu que o médico parasse o carro e se despediu. Grognard e Le Ballu tinham sido avisados e foram encontrá-lo.

— E a sra. Mergy? — ele perguntou.

— Não voltou para o hotel ontem à noite. Recebemos uma mensagem expressa em que dizia ter visto Daubrecq saindo da casa das primas e tomando um automóvel. Ela anotou a placa. Ficou de nos comunicar tudo que descobrisse.

— E o que mais?

— Mais nada.

— Nenhuma notícia?

— Sim, o *Paris-Midi* de hoje diz que D'Albufex cortou os pulsos com um caco de vidro essa noite, na prisão de La Santé. O jornal conta ainda que ele deixou uma longa carta de confissão e, ao mesmo tempo, de acusação, culpando Daubrecq por sua morte e descrevendo seu papel no caso do Canal.

— Só?

— Não. Ainda pelo mesmo jornal soubemos que o presidente da República deve receber nessa sexta-feira os advogados de Vaucheray e Gilbert, já que a comissão dos indultos rejeitou o pedido feito.

Lupin estremeceu.

— Não perdem tempo. Desde o início Daubrecq conseguiu realmente revigorar a velha máquina judiciária. Mais uma semana e a lâmina da guilhotina cai. Meu pobre Gilbert, se na apresentação que seu advogado fará ao presidente da República, depois de amanhã, não constar a proposta de entrega da lista dos vinte e sete, você está perdido.

— O que é isso, patrão? Está perdendo o ânimo? Logo o senhor?

— Eu? De jeito nenhum! Dentro de uma hora terei a rolha de cristal. Dentro de duas estarei com o advogado de Gilbert e esse pesadelo vai acabar.

— Que bom, o patrão está de volta! Devemos esperá-lo aqui?

— Não. Voltem para o hotel, encontro vocês lá.

Eles se separaram. Lupin foi diretamente para o portão da casa e tocou a campainha. O policial que foi abrir o reconheceu:

— Sr. Nicole, não é?

— Eu mesmo. O inspetor-chefe Blanchon está?

— Está sim.

— Posso falar com ele?

Lupin foi levado ao escritório, onde se encontrava Blanchon, que o recebeu da forma mais respeitosa.

— Sr. Nicole, recebi ordens de me colocar à sua inteira disposição. E fico feliz em vê-lo exatamente hoje.

— Por que hoje, inspetor-chefe?

— Tivemos novidade.

— Algo grave?

— Muito.

— Vamos, diga o quê!

— Daubrecq apareceu.

— Como? — assustou-se Lupin. — Daubrecq veio? Está aqui?

— Não, já foi embora.

— E entrou neste escritório?

— Entrou.

— Quando?

— De manhã.

— E o senhor não impediu?

— Com que direito?

— E deixou-o sozinho aqui?

— Ele exigiu, e tivemos que deixá-lo entrar sozinho.

Lupin sentiu que estava ficando pálido.

Daubrecq tinha vindo buscar a rolha de cristal!

Ele ficou em silêncio por um bom tempo, repetindo para si mesmo:

"Ele veio buscá-la! Teve medo de que a achássemos e veio buscá-la... Ora, não podia fazer outra coisa! D'Albufex preso, D'Albufex acusado e acusando, era forçoso que se defendesse. O jogo se complica para ele. Depois de meses e meses de mistério, o público descobre que o ser infernal que causou toda essa tragédia dos vinte e sete, arruinando e levando à morte os envolvidos, é Daubrecq. O que seria dele sem a proteção do seu talismã? Foi preciso pegá-lo de volta."

Tentando manter uma entonação que parecesse segura, ele perguntou:

— O deputado ficou muito tempo?

— Talvez uns vinte segundos.

— Vinte segundos?! Só isso?

— Só.

— A que horas?

— Às dez.

— Será que já sabia do suicídio do marquês D'Albufex?

— Com certeza. Vi no bolso dele a edição especial do *Paris-Midi* com a notícia.

— Foi isso... foi isso — disse Lupin, que perguntou ainda: — O sr. Prasville não deixou instruções específicas com relação à possível volta de Daubrecq?

— Não. Como ele está fora, telefonei à Chefatura e estou esperando. O desaparecimento do deputado, como o senhor sabe, foi muito falado, e aos olhos do público nossa presença aqui só se justifica pelo sequestro. Já que não está morto e reapareceu de livre vontade, será que ainda podemos nos manter aqui?

— Isso não faz mais diferença! — respondeu Lupin distraído. — Que importância tem que a casa seja vigiada ou não? Daubrecq veio e a rolha de cristal não está mais aqui.

Nem tinha terminado essa frase e uma questão se impôs a ele. Já que a rolha de cristal não estava mais ali, sua ausência poderia ser revelada por algum sinal concreto? A retirada do objeto, provavelmente de dentro de outro objeto, não teria deixado uma marca, um vazio?

Era fácil averiguar. Precisava apenas examinar a escrivaninha, uma vez que ele sabia, pelas fanfarrices de Sebastiani, onde ficava o esconderijo. Um esconderijo que não podia ser complicado, já que Daubrecq se demorara não mais do que vinte segundos no escritório, tempo suficiente apenas para entrar e sair, por assim dizer.

De fato, bastou olhar. Sua memória tinha tão fielmente registrado a imagem da mesa com a totalidade dos objetos sobre o tampo que a ausência de um deles chamou de imediato a atenção, como se aquele objeto, e somente ele, fosse o sinal característico que distinguia aquela escrivaninha de qualquer outra.

"Ah! Tudo se encaminha...", ele pensou com alegria. "Tudo, inclusive o início da palavra arrancada de Daubrecq na sessão de tortura em Mortepierre! Decifrado o enigma! Dessa vez não há mais dúvida possível, não procuro mais às cegas. Chegamos ao que interessa."

Sem responder às perguntas do inspetor, ele admirava a simplicidade do esconderijo, lembrando-se da maravilhosa história de Edgar Poe em que a carta roubada, e tão avidamente procurada, de certa forma se oferecia à vista de todos. Ninguém desconfia de algo que parece não se esconder.

— Bom — disse Lupin já indo embora, agitadíssimo com a descoberta feita —, decidiu-se que, nessa maldita aventura, eu até o fim esbarraria nas piores decepções. Tudo que consigo construir logo desmorona e toda conquista leva a um desastre.

Mas ele não se deixava levar pelo desânimo. Por um lado, descobrira como Daubrecq escondia a rolha de cristal. Por outro, precisava saber, de Clarisse Mergy, onde estava o deputado. A partir disso, tudo seria muito fácil.

Grognard e Le Ballu o esperavam no hotel Franklin, um hotelzinho familiar, perto do Trocadéro. A sra. Mergy não dera notícia.

— Tudo bem, ela não vai sair da cola de Daubrecq enquanto não tiver certeza — foi sua resposta.

No final da tarde, porém, ele começava a perder a paciência e a se preocupar. Via-se numa dessas batalhas, esperava que fosse a última, em que o menor atraso pode pôr tudo a perder. Se Daubrecq despistasse a sra. Mergy, como voltar a localizá-lo? Eles não dispunham mais de semanas ou de dias para consertar os erros cometidos, mas de apenas algumas horas, um número de horas assustadoramente reduzido.

Passando pelo dono do hotel, ele perguntou:

— Não chegou mesmo nenhuma mensagem expressa para meus amigos, tem certeza?

— Absoluta, senhor.

— Nem para mim, em nome do sr. Nicole?

— Também não.

— É estranho. Contávamos com notícias da sra. Audran (era o nome com que Clarisse se registrara).

— Ela esteve aqui — exclamou o hoteleiro.

— O quê?

— Veio durante o dia, mas como os cavalheiros não estavam ela deixou uma carta no quarto deles. O camareiro não avisou?

Lupin e os amigos subiram correndo.

Havia, de fato, uma carta em cima da mesa.

— Vejam — estranhou Lupin —, ela foi aberta. Como pode? E por que esses cortes?

A carta dizia:

> Daubrecq passou a semana no hotel Central. Esta manhã mandou que levassem suas malas para a estação de   , e telefonou para que lhe reservassem no vagão-leito para   .
>
> Não sei o horário do trem. Mas estarei na estação. Venham o quanto antes. Prepararemos o sequestro.

— Ora! — exclamou Le Ballu. — Em qual estação? Para qual destino? Ela cortou justamente essas palavras.

— É verdade — emendou Grognard. — Duas tesouradas em cada lugar e as palavras mais importantes desapareceram. É muito estranho. Será que a sra. Mergy perdeu a cabeça?

Lupin não se moveu. Uma onda de sangue latejava com tanta força nas suas têmporas que ele as pressionou com toda força, usando para isso os punhos cerrados. Era a febre que voltava, ardente e tumultuosa. Ele se concentrou o quanto pôde contra essa inimiga sorrateira que era preciso sufocar imediatamente para não ser vencido em definitivo.

Muito calmo, ele murmurou:

— Daubrecq esteve aqui.

— Daubrecq?

— Como imaginar que a sra. Mergy fosse suprimir, só para se divertir, essas duas palavras? Daubrecq esteve aqui. A sra. Mergy achava que o vigiava e era ele quem a vigiava.

— Como?

— Provavelmente por meio desse camareiro que não nos avisou que ela esteve no hotel, mas avisou Daubrecq. Ele veio, viu a carta e, por ironia, cortou apenas as palavras essenciais.

— Podemos descobrir... perguntar...

— De que adianta? Para que saber como, se sabemos que veio?

Ele examinou a carta demoradamente, virou-a de um lado e de outro, depois se levantou e disse:

— Vamos.

— Para onde?

— Para a Gare de Lyon.

— Tem certeza?

— Com Daubrecq não tenho certeza de coisa alguma. Mas é preciso escolher, pelo que diz a carta, entre a Gare de l'Est e a

Gare de Lyon. Creio que os negócios, os prazeres e a saúde fazem Daubrecq preferir Marselha e a Côte d'Azur ao leste da França.

Eram já mais de sete horas da noite quando Lupin e seus companheiros deixaram o hotel Franklin. Um automóvel os levou a toda a velocidade pelas ruas de Paris, mas em poucos minutos eles viram que Clarisse Mergy não estava na parte externa da estação, nem nas salas de espera, nem nas plataformas.

— Vejamos, deixem-me pensar — resmungou Lupin, com uma agitação que crescia conforme os obstáculos —, se Daubrecq pegou um leito só pode ser num trem noturno. E são apenas sete e meia!

Um trem partia, o expresso da noite. Eles tiveram tempo de correr pelos corredores. Nem sinal da sra. Mergy ou de Daubrecq.

Os três já se afastavam quando um carregador se aproximou, perto do bufê, e perguntou:

— Um dos senhores se chama Le Ballu?

— Sim, sim, sou eu — respondeu Lupin. — Rápido, o que quer?

— Ah! A senhora disse que vocês talvez fossem três, ou dois... Por isso fiquei na dúvida.

— Pelo amor de Deus, homem, fale logo! Que senhora?

— Uma senhora que passou o dia na calçada, perto das bagagens, esperando...

— E depois? Fale! Ela pegou um trem?

— Pegou. O trem de luxo, às seis e meia. Só se decidiu na última hora e pediu para avisá-los. Pediu que também lhes dissesse que o cavalheiro estava no mesmo trem, e que iam para Monte Carlo.

— Que inferno! — irritou-se Lupin. — Podíamos ter pegado o expresso. Agora temos só os trens noturnos, que são lentos! Vamos perder mais de três horas.

O tempo pareceu interminável. Eles compraram as passagens, telefonaram para o dono do hotel pedindo que enviasse a correspondência para Monte Carlo, jantaram e leram jornais. Às nove e meia, finalmente, partiram.

Assim, por um conjunto realmente trágico de circunstâncias, no momento mais crítico da luta Lupin dava as costas ao campo de batalha e partia ao acaso, procurar não se sabe onde, e vencer não se sabe como, o mais ameaçador e mais impalpável inimigo com quem jamais lutara.

E isso se passava a quatro ou no máximo cinco dias da inevitável execução de Gilbert e Vaucheray.

FOI UMA NOITE DURA E DOLOROSA para Lupin. Quanto mais ele analisava a situação, mais terrível ela parecia. Por todos os lados, havia apenas incerteza, trevas, desordem, ineficácia.

Já conhecia o segredo da rolha de cristal, mas como saber se Daubrecq não mudaria ou não havia já mudado de tática?

Como saber se a lista dos vinte e sete continuava ainda na rolha de cristal e se a rolha de cristal continuava no objeto em que Daubrecq a escondera antes?

E era um motivo a mais de preocupação o fato de Clarisse achar que seguia e vigiava Daubrecq enquanto, pelo contrário, era Daubrecq quem a vigiava e a fazia segui-lo, arrastando-a, com diabólica habilidade, a lugares por ele escolhidos, distantes de qualquer ajuda e de qualquer esperança de ajuda.

Estava claro o jogo de Daubrecq! Não via Lupin, perfeitamente, as hesitações da pobre mulher? Não via — e Grognard e Le Ballu o confirmaram da maneira mais categórica — que Clarisse admitia ser possível, viável a infame proposta de Daubrecq? Nesse caso, como ele, Lupin, poderia ter sucesso? A lógica dos acontecimentos, tão habilmente manipulados por Daubrecq, chegava ao desenlace fatal: a mãe devia se sacrificar e, pela salvação do filho, imolar seus escrúpulos, suas aversões e até mesmo sua honra.

— Ah, crápula! — Lupin rangia os dentes num acesso de raiva. — Se eu te pegar de jeito, você vai ter que dançar como nunca antes! De verdade, não gostaria de estar no seu lugar nesse dia.

Desembarcaram às três horas da tarde. Lupin se decepcionou ao não ver Clarisse na estação de Monte-Carlo.

Esperou um pouco. Mensageiro nenhum os abordou.

Fez perguntas aos carregadores, aos funcionários que controlam as passagens. Ninguém havia notado, entre os passageiros, pessoas parecidas com as que ele descrevia.

Era preciso então se pôr à caça e vasculhar hotéis e pensões do principado. Que perda de tempo!

No fim do dia seguinte, Lupin sabia, com toda certeza, que Daubrecq e Clarisse não estavam em Monte Carlo, nem em Mônaco ou Cap d'Ail, la Turbie e Cap Martin.

— E agora? Onde podem estar? — ele se perguntava, espumando de raiva.

No sábado, finalmente, na posta-restante, ele recebeu um telegrama reencaminhado pelo dono do hotel Franklin:

Ele desceu em Cannes e foi para San Remo, hotel Palace Ambassadeurs.

Clarisse

O telegrama era do dia anterior.

— Droga! — exclamou Lupin. — Eles passaram por Monte Carlo. Um de nós devia ter ficado de tocaia na estação! Cheguei a pensar nisso. Mas, no meio dessa correria…

Lupin e os amigos saltaram no primeiro trem que partia para a Itália.

Ao meio-dia, cruzaram a fronteira.

Quarenta minutos depois, chegavam à estação de San Remo.

Logo perceberam um porteiro com um quepe em que se lia *Ambassadeurs Palace* e parecia procurar alguém entre os que desembarcavam.

Lupin se aproximou dele.

— Procura o sr. Le Ballu, não é?

— Exato! Sr. Le Ballu e dois senhores.

— Da parte de uma senhora, não é?

— Isso, sra. Mergy.

— Está no seu hotel?

— Não. Ela não desceu do trem. Tinha pedido que eu viesse, me deu a descrição dos três amigos e pediu que os avisasse que eles foram para Gênova. Hotel Continental.

— Estava sozinha?

— Estava.

Lupin dispensou o porteiro, depois de lhe dar uma gorjeta. Em seguida, disse aos companheiros:

— Hoje é sábado. Se a execução for na segunda, não há o que fazer. Mas segunda… é improvável. Preciso então ter Daubrecq esta noite, para segunda-feira estar em Paris com o documento. É nossa última chance. Vamos tentar.

Grognard foi à bilheteria e comprou três passagens para Gênova.

O trem já apitava.

Lupin hesitou na última hora.

— Não, tudo isso é estupidez! O que estamos fazendo? É em Paris que devíamos estar! Deixe-me ver, preciso pensar...

Estava a ponto de abrir a porta e saltar de volta à plataforma. Os amigos o impediram. O trem partia. Ele voltou a se sentar.

E continuaram naquela perseguição louca, ao acaso, rumo ao desconhecido.

E isso a dois dias da inevitável execução de Gilbert e Vaucheray.

10. *Extra-dry?*

Numa das colinas em volta de Nice, formando um dos mais belos cenários do mundo, ergue-se, entre os bairros Mantega e Saint-Sylvestre, um imenso hotel com vista para a cidade e para a maravilhosa baía dos Anjos. Gente de todo lugar e de todas as classes sociais circula por ali.

Na noite daquele sábado em que Lupin, Grognard e Le Ballu se perdiam Itália adentro, Clarisse Mergy entrou nesse hotel, pediu um quarto que desse para o sul e escolheu o de número 130, no segundo andar, que estava disponível desde aquela manhã.

O quarto 130 era separado do 129 por uma porta dupla. Assim que ficou só, ela afastou a cortina que ocultava a primeira, puxou sem fazer barulho o ferrolho e colou o ouvido na segunda.

"*Ele* está aqui", pensou Clarisse. "Está se vestindo para ir ao clube, como ontem."

Assim que o vizinho de quarto saiu, ela foi até o corredor e, aproveitando um momento em que ninguém passava, se aproximou da porta do número 129. Estava trancada.

Esperou por várias horas que o hóspede voltasse e só foi se deitar às duas da manhã. No domingo, voltou à escuta.

Às onze horas, ele saiu. Dessa vez, deixou a chave na porta, do lado de fora.

Às pressas, Clarisse virou a chave, entrou decidida, foi até a porta de comunicação, ergueu a cortina, puxou o ferrolho, e estava de volta em seu quarto.

Minutos depois, ouviu duas camareiras que arrumavam o quarto ao lado. Esperou até que saíssem e só então, certa de não ser vista, passou de novo para o outro quarto.

Tamanha era a emoção que ela precisou se apoiar numa poltrona. Depois de dias e noites de incansável perseguição, com esperanças e aflições se alternando, ela finalmente conseguia entrar num quarto de Daubrecq. Ia poder procurar à vontade e, mesmo que não encontrasse logo a rolha de cristal, pelo menos teria como, atrás da cortina que cobria a porta de comunicação, observar Daubrecq, espiar sua movimentação e desvendar seu segredo.

Procurou em volta. Uma bolsa de viagem chamou sua atenção. Conseguiu abri-la, mas nada encontrou.

Os compartimentos de um baú e os bolsos de uma mala foram revirados. As prateleiras, a escrivaninha, o banheiro, o armário, todas as mesas e todos os móveis. Nada.

Estremeceu ao ver na sacada um papel, jogado ali como por acaso.

"Seria uma das espertezas típicas de Daubrecq", pensou Clarisse, "esconder, nesse pedaço de papel amassado…"

— Não — disse alguém atrás dela, que já se preparava para abrir a porta de vidro.

Ela se virou e viu Daubrecq.

Não se espantou, não teve medo nem mesmo ficou sem graça. O sofrimento há meses era intenso demais para que ela se preocupasse com o que Daubrecq pudesse pensar ou dizer ao surpreendê-la assim, em flagrante delito de espionagem.

Mas sentou-se, desapontada.

Ele riu:

— Não, minha amiga. Está errada. Como dizem as crianças, não está "quente". Nada, nada. E é tão fácil! Quer ajuda? Ao seu lado, querida, naquela mesinha de parede. Coisas de ler, de escrever, de fumar, de comer e só. Aceita uma dessas frutas cristalizadas? Ou talvez seja melhor esperar o almoço que pedi?

Clarisse não respondeu. Parecia nem ouvir, como se esperasse outras palavras, mais graves, que certamente viriam.

Ele tirou da mesinha de parede tudo que havia nela e colocou em cima da lareira. Depois tocou a campainha.

Um maître d'hôtel apareceu.

Daubrecq perguntou:

— O almoço que pedi está pronto?

— Sim, senhor.

— Para dois, não é?

— Sim, senhor.

— Também o champanhe?

— Também, senhor.

— *Extra-dry?*

— Como pediu, senhor.

Um garçom veio com a bandeja e dispôs na mesinha pratos, talheres e guardanapos para duas pessoas, uma refeição fria, frutas e, num balde de gelo, uma garrafa de champanhe.

Maître e garçom se retiraram.

— Sirvamo-nos, madame. Como vê, pensei na senhora.

Fingindo não notar que Clarisse não parecia absolutamente disposta a aceitar o convite, ele se sentou e começou a comer, mas continuou:

— É verdade, achei que acabaria concedendo esse encontro a dois. Depois de quase oito dias se dedicando tanto a mim, comecei a me perguntar: "O que será que ela prefere? Champanhe suave? Seco? *Extra-dry?*". Realmente, não sabia pelo que me decidir. Desde que deixamos Paris, sobretudo. Eu tinha perdido sua pista e, com isso, temia que também tivesse perdido a minha e desistido dessa perseguição que tanto me lisonjeia. Seus belos olhos negros, tão flamejantes de ódio, sob os cabelos grisalhos, me faziam falta quando passeava. Mas pela manhã entendi: o quarto contíguo ao meu ficou finalmente livre e minha amiga Clarisse pôde se pôr, como dizer...? À minha cabeceira. Isso me tranquilizou. Voltando para cá, em vez de almoçar como sempre no restaurante, achei que ia encontrá-la aqui arrumando minhas coisinhas à sua maneira, de acordo com seu gosto pessoal. Donde meu pedido para dois... um para este seu criado, outro para a sua encantadora amiga.

Ela agora ouvia, cada vez mais aterrorizada! Daubrecq então sabia estar sendo espionado! Há oito dias brincava com ela e zombava das suas manobras!

Em voz baixa, olhando-o ansiosamente, ela perguntou:

— Foi de propósito, não foi? Deixou Paris só para que eu o seguisse.

— É verdade.

— Mas por quê? Por quê?

— Então não sabe, minha amiga? — alegrou-se Daubrecq, com seu risinho que parecia um soluço.

Ela se ergueu um pouco, inclinando-se na direção dele, e pensou, como pensava sempre, no crime que podia cometer, que ia cometer. Uma bala de revólver e a odiosa criatura deixaria de existir.

Lentamente sua mão deslizou até a arma escondida no seu corpete.

Daubrecq disse:

— Só um segundo, amiga... Faça isso logo mais; antes, peço que leia este telegrama que acabo de receber.

Ela hesitava, sem saber qual nova armadilha estava sendo preparada, mas tirando do bolso o papel azul do telegrama, ele acrescentou:

— É sobre o seu filho.

— Gilbert? — ela perguntou, nervosa.

— O próprio, Gilbert. Pegue, leia.

Ela soltou um grito de horror. Estava escrito:

Execução na terça-feira.

Ela se atirou em cima de Daubrecq, chorando:

— Não pode ser! Está mentindo! Só quer me assustar, eu o conheço... é capaz de tudo! Diga! Não nesta terça-feira, não é? São dois dias! Não, não pode ser! Temos ainda quatro, cinco dias para salvá-lo! Diga.

Não lhe restavam mais forças, esgotadas naquele acesso de revolta. Apenas sons inarticulados saíam da sua garganta.

Ele a olhou por um momento, encheu uma taça de champanhe e bebeu de uma só vez. Andou um pouco de um lado para outro, voltou para perto dela, pegou sua mão e disse:

— Ouça, Clarisse...

O insulto daquele gesto fez com que ela se endireitasse indignada e, demonstrando inesperada energia, dissesse, com voz ofegante:

— Eu o proíbo! Proíbo que encoste em mim! É uma afronta inaceitável, porco imundo!

Ele deu de ombros e continuou:

— Bom, estou vendo que não é ainda o momento certo. Provavelmente espera algum socorro. Prasville, quem sabe?

Esse bom Prasville de quem você se tornou braço direito. Minha amiga, não espere ajuda nenhuma desse lado. Saiba que Prasville está bem comprometido no caso do Canal! Não diretamente... Quero dizer, o nome dele não está na lista dos vinte e sete, mas na verdade está, por trás do nome de um amigo, o ex-deputado Vorenglade, Stanislas Vorenglade, um fantoche, pelo que dizem, um pobre-diabo a quem nem me dei ao trabalho de procurar. Na verdade, só soube esta manhã, por carta, da existência de um pacote de documentos que provam a cumplicidade do nosso Prasville. E quem me contou? O próprio Vorenglade! Cansado de viver na miséria, ele quer chantagear Prasville, mas tem medo de ser preso. Por isso prefere se entender comigo. E Prasville vai desmoronar! Ah, essa é muito boa! Posso garantir, o safado vai desmoronar! Caramba! Há tanto tempo me enche o saco! Ah, meu velho Prasville... Não perde por esperar!

Ele esfregava as mãos, feliz com a nova vingança que se anunciava. E continuou:

— Está vendo, querida? Desse lado, não virá ajuda. E agora? Para qual santo rezar? Ah! Já ia esquecendo... O sr. Arsène Lupin! O sr. Grognard! O sr. Le Ballu! Bah! É preciso admitir que não foram brilhantes e suas proezas não me tiraram nem um pouco do meu humilde caminho. O que quer? São pessoas que imaginam não ter adversários à altura. Quando encontram um que não se impressiona tanto, como eu, a coisa muda, eles cometem um erro atrás do outro. E o pior é que se acham espertos. Uns amadores! Bom, mas como ainda se ilude com o tal Lupin, achando que o pobre coitado pode me esmagar e fazer um milagre a favor do inocente Gilbert, bem, vou assoprar e desfazer essa ilusão. Ah, Lupin! Deus do céu! Ela acredita em Lupin! Tem em Lupin suas últimas esperanças! É um ilustre fantoche, e a hora dele também vai chegar!

Ele pegou o aparelho que ligava o quarto à mesa de telefonia do hotel e pediu:

— Senhorita, por favor, aqui é do 129. Poderia mandar subir a pessoa que está sentada à frente da sua sala? Alô? Sim, um cavalheiro com chapéu cinza de aba mole. Basta que faça um sinal, ele está esperando… Muito obrigado, senhorita.

Depois de desligar, ele se voltou para Clarisse:

— Não se preocupe, o cavalheiro em questão é a discrição em pessoa. Tem inclusive como lema "Rapidez e discrição". É um ex-agente da Sûreté e já me prestou vários serviços, entre os quais o de segui-la enquanto me seguia. Desde que chegamos aqui no Sul ele a deixou um pouco de lado, mas por estar ocupado em outro lugar. Entre, Jacob.

O próprio Daubrecq abriu a porta para um homem magro, pequeno, com bigodes ruivos.

— Jacob, tenha a bondade de, em poucas palavras, contar à senhora o que fez desde a noite de quarta-feira, quando, deixando-a tomar o trem de luxo que me trazia ao Sul, você próprio ficou na Gare de Lyon. É claro, peço apenas os detalhes que concernem à senhora e à missão de que o encarreguei.

O tal Jacob procurou no bolso interno do paletó um caderninho que ele folheou e do qual leu um trecho, num tom de quem lê um relatório:

Quarta-feira, noite. Sete e quinze. Gare de Lyon. Aguardo os senhores Grognard e Le Ballu. Eles chegam com um terceiro personagem que não conheço, mas que só pode ser o sr. Nicole. Por dez francos, consigo emprestados o avental e o boné de um carregador. Fui falar com os três indivíduos e disse que uma senhora lhes mandara dizer que "estavam indo para Monte Carlo". Depois telefonei para o servente do hotel Franklin. Todos os telegramas que chegassem e fossem reenviados pelo dono do hotel deviam ser lidos e, se necessário, desviados.

Quinta-feira. Monte Carlo. Os três cavalheiros percorrem todos os hotéis.

Sexta-feira. Idas rápidas a La Turbie, a Cap d'Ail e a Cap Martin. O sr. Daubrecq me telefona. Acha mais prudente mandar os três cavalheiros para a Itália. Falei então com o servente do hotel Franklin para que enviasse um telegrama marcando encontro em San Remo.

Sábado. San Remo, plataforma da estação. Por dez francos, consegui o quepe do porteiro do Ambassadeurs Palace. Explico aos três cavalheiros, ao desembarcarem, que uma viajante, a sra. Mergy, mandou avisar que eles partem para o hotel Continental, em Gênova. Os cavalheiros hesitam. O sr. Nicole quer descer. Os dois outros o impedem. O trem parte. Boa viagem, senhores. Uma hora depois tomo um trem para a França e desço em Nice, onde aguardo novas ordens.

Jacob fechou seu caderninho e concluiu:

— Só isso. O dia de hoje só será transcrito à noite.

— Pode fazer isso desde já, Jacob. *Meio-dia*. O sr. Daubrecq me manda à companhia dos vagões-leitos. Compro duas passagens para Paris, no trem das duas horas e quarenta e oito, e as envio ao sr. Daubrecq por mensageiro expresso. Em seguida pego o trem de meio-dia e cinquenta e oito para Ventimiglia, estação da fronteira, onde passo o dia, observando todos os passageiros que se dirigem à França. Se os srs. Nicole, Grognard e Le Ballu tiverem a ideia de deixar a Itália e voltar a Paris, passando por Nice, devo telegrafar à Chefatura de Polícia relatando que Arsène Lupin e dois cúmplices se encontram no trem número tal.

Enquanto falava, Daubrecq conduziu Jacob até a porta. Depois a fechou, girou a chave, puxou o ferrolho e, aproximando-se de Clarisse e voltando a segurar sua mão, disse:

— Agora ouça, Clarisse…

Dessa vez ela não protestou. O que fazer contra semelhante inimigo, tão poderoso e hábil que tudo previa nos mínimos detalhes e lidava com os adversários de maneira tão desenvolta? Mesmo que ainda tivesse esperança numa intervenção de Lupin, poderia mantê-la agora que ele vagava pela Itália atrás de fantasmas?

E compreendeu também por que três telegramas que enviara ao hotel Franklin tinham ficado sem resposta. Daubrecq estava o tempo todo espreitando à sombra, abrindo espaço, separando-a dos companheiros para pouco a pouco trazê-la àquele quarto de hotel, presa e vencida.

Era obrigada a reconhecer sua fraqueza. Estava à mercê do monstro. Devia se calar e reconhecer.

Ele repetiu, com cruel alegria:

— Ouça, Clarisse. Ouça as palavras irremediáveis que tenho a dizer. Ouça-as com atenção. É meio-dia. Às duas e quarenta e oito parte o último trem, compreenda bem, o último trem que pode fazer com que eu esteja em Paris amanhã, segunda-feira, a tempo de salvar seu filho. Não há mais passagens nos trens de luxo. Preciso então tomar esse trem. Devo tomá-lo?

— Deve.

— Nossos lugares estão reservados. Você vem comigo?

— Vou.

— Sabe quais são as condições para a minha intervenção?

— Sei.

— Aceita-as?

— Aceito.

Ah, essas respostas terríveis! Foram dadas numa espécie de torpor, em que a infeliz tentava não compreender com que estava se comprometendo. Que ele fosse a Paris e afastasse de Gilbert o aparelho sangrento cuja visão a assombrava noite e dia. Depois, depois... que acontecesse o que tinha de acontecer.

Ele deu uma gargalhada.

— Ah, espertinha! Foi rápida... Está disposta a prometer qualquer coisa, não é? O essencial é salvar Gilbert, certo? Depois, quando o ingênuo Daubrecq tirar do bolso o anel de noivado, coitado, é só rir na cara do infeliz. Vamos, vamos, chega de palavras vagas. Nada de promessas que não serão cumpridas. Quero fatos concretos, fatos imediatos.

E muito claramente, sentado ao lado de Clarisse, ele explicou:

— Veja o que proponho. O que deve acontecer... o que acontecerá. Vou pedir, ou melhor, exigir, não ainda o indulto para Gilbert, mas um adiamento da execução, um prazo de três ou quatro semanas. Vão ter que inventar um pretexto qualquer, pouco me importa qual. Depois que a sra. Mergy se tornar sra. Daubrecq, somente aí pedirei o indulto, isto é, uma comutação de pena. E pode ficar tranquila, eles vão conceder.

— Aceito... Aceito... — ela balbuciou.

Ele riu outra vez.

— Sei, aceita porque isso será dentro de um mês, e até lá pode encontrar uma saída, uma ajuda. O sr. Arsène Lupin...

— Juro pela cabeça do meu filho.

— A cabeça do seu filho! Minha querida, você aceitaria a danação no inferno para que ela não caia...

— Com certeza — ela murmurou, com um arrepio. — Venderia a alma sem pensar duas vezes!

Ele se aproximou ainda mais e, em voz baixa, disse:

— Clarisse, não é sua alma que estou pedindo. Há mais de vinte anos minha vida gira em torno desse amor. Você é a única mulher que já amei. Pode me detestar, me execrar... Nada disso importa, mas não me rejeite... Esperar? Esperar ainda um mês? Não, Clarisse. Estou esperando há tempo demais.

Ele tentou pegar sua mão. Clarisse reagiu com tanta repulsa que o enfureceu, e ele gritou:

— Juro por Deus, minha bela, o carrasco não se fará de rogado com seu filho! Pare com isso! Pense bem, será dentro de quarenta horas! Quarenta horas, não mais do que isso. E ainda perde tempo... cheia de não-me-toques, e é seu filho que está na berlinda! Vamos com isso, não me venha com choros ou com sentimentalismos estúpidos. Olhe as coisas de frente. Pelo que prometeu, já é minha mulher, minha noiva, desde já... Clarisse, vou beijá-la.

Ela mal resistia. Tentava afastá-lo, mas sem firmeza. Com um cinismo em que se revelava sua natureza abominável, Daubrecq, misturando palavras cruéis a outras, apaixonadas, continuou:

— Salve seu filho. Pense na última manhã de um condenado, nos preparativos fúnebres, na bata sem gola para que não atrapalhe, nos cabelos raspados... Clarisse, Clarisse, posso salvá-lo. Esteja certa disso. Minha vida será sua... Clarisse.

Ela não resistiu mais. Estava tudo terminado. Os lábios daquele ser infame iam tocar os seus. Era preciso que assim fosse, e nada poderia impedir que acontecesse. Era seu dever obedecer ao decreto do destino. Ela há muito tempo sabia disso. Então compreendeu e, para si mesma, de olhos fechados para não ver o ignóbil rosto que se aproximava, ela repetiu: "Meu filho, meu pobre filho...".

Alguns segundos se passaram, dez, talvez vinte. Daubrecq não se movia mais. Não falava mais. Ela estranhou aquele silêncio, aquela súbita calma. Teria sentido remorsos, o monstro, no último instante?

Ela abriu os olhos.

O que viu a deixou estupefata. No lugar daquela expressão infame, estava um rosto imóvel, irreconhecível, crispado numa atitude de extremo pavor. Os olhos, invisíveis por trás do duplo obstáculo dos óculos, pareciam mirar acima dela, acima da poltrona em que ela se encontrava prostrada.

Clarisse se virou. Dois canos de revólver, apontados para Daubrecq, apareciam à direita, um pouco acima da poltrona. Foi tudo o que ela viu, aqueles dois revólveres enormes e assustadores, empunhados por mãos tensas. Viu também o rosto de Daubrecq, que o medo descoloria pouco a pouco até a lividez. Quase ao mesmo tempo, alguém surgiu por trás dele e brutalmente passou um braço em torno do seu pescoço, derrubando-o com uma violência incrível e colocando no seu rosto uma máscara de pano grosso. Um repentino cheiro de clorofórmio se espalhou.

Clarisse havia reconhecido o sr. Nicole.

— Aqui, Grognard! — ele gritou. — Você também, Le Ballu! Larguem seus revólveres! Estou com ele! Está sob controle! Amarrem-no!

Daubrecq, de fato, estava dobrado e de joelhos como um boneco desconjuntado. Sob a ação do clorofórmio, a besta formidável se desfazia inofensiva e ridícula. Grognard e Le Ballu o enrolaram numa das cobertas da cama e o amarraram com força.

— Pronto! Pronto! — clamou Lupin, ficando de pé num salto.

Num rompante de alegria, ele começou a dançar no meio do quarto, uma dancinha desordenada que misturava um pouco de cancã, de contorções de maxixe, de piruetas giratórias de dervixe, de acrobacias de circo e de cambaleios de bêbado. Ele as anunciava como números de music-hall:

— A dança do prisioneiro, o carnaval do encarcerado… Fantasia sobre o cadáver de um representante do povo! A polca do clorofórmio! O pasodoble dos óculos perdidos! Olé, olé! O fandango do achacador! E ainda a dança do urso! A tirolesa!

Ooiêu-uú! La-la-lá! *Allons, enfants de la patrie!* Zim, bum-bum, zim, bum-bum...

Toda a sua natureza de moleque, todos os seus instintos de alegria, há tanto tempo reprimidos pela ansiedade e pelas sucessivas derrotas, tudo isso irrompeu, explodiu em acessos de riso, num falatório entusiasmado, numa extrovertida necessidade de exuberância e de tumulto infantis.

Ele esboçou ainda um salto batendo os calcanhares no ar, girou em volta do quarto fazendo a roda e finalmente parou de pé, com as duas mãos na cintura e um pé em cima do corpo inerte de Daubrecq.

— Pintura alegórica! — ele anunciou. — O arcanjo da Virtude esmagando a hidra do Mal!

Tudo se tornava mais cômico por Lupin estar caracterizado como sr. Nicole, com sua maquiagem e roupas de professorzinho reprimido, metódico e pouco à vontade.

Um sorriso triste iluminou o rosto da sra. Mergy, seu primeiro sorriso há meses e meses. Mas voltando imediatamente à realidade, ela implorou:

— Por favor, pensemos em Gilbert.

Lupin correu até ela, pegou-a nos braços e, num impulso espontâneo, tão cândido que ela não pôde senão rir, deu-lhe dois sonoros beijos nas bochechas.

— Veja, senhora, é um beijo honesto. Em vez de Daubrecq, eu é que a beijo. Uma palavra a mais e continuo... Pode se zangar à vontade... Ah! Como estou contente!

Ele desceu um joelho no chão à frente dela e respeitosamente disse:

— Queira desculpar, senhora. Pronto, minha crise já passou.

Levantando-se, com Clarisse se perguntando aonde ele queria chegar, de novo irreverente, ele prosseguiu:

— O que madame deseja? O indulto ao seu filho, é isso? Vendido! Madame, tenho a honra de lhe conceder o indulto ao seu filho, a comutação da pena em trabalhos forçados à perpetuidade e, para terminar, sua fuga em breve. Combinado, Grognard? Combinado, Le Ballu? Vamos à Nova Caledônia antes que o garoto chegue e deixaremos tudo preparado. Ah, respeitável Daubrecq, lhe devemos essa e somos bem mal-agradecidos! Mas há de reconhecer que andou tomando certas liberdades. Como tratar esse bom sr. Lupin de amador, de pobre coitado, e tudo isso com ele ouvindo atrás da porta! Chamá-lo de ilustre fantoche! Mas, veja só, o ilustre fantoche se virou bastante bem e o representante do povo parece estar em maus lençóis. Mas que coisa! O quê? O que está querendo? Uma pastilha de Vichy? Fumar um último cachimbo? Que seja! Que seja!

Pegando um dos cachimbos em cima da lareira, ele se debruçou por cima do prisioneiro, afastou a máscara embebida e enfiou entre os dentes dele a piteira de âmbar-amarelo.

— Fume, meu velho, puxe fundo. Está realmente engraçado com esse tampão no nariz e o tição no bico. Vamos, inale, maldição! É verdade, esqueci de encher o cachimbo. Cadê o fumo? Seu Maryland favorito! Ah! Aqui está...

Ele pegou em cima da lareira um pacote amarelo, ainda fechado, e rasgou o lacre.

— Seu fumo, excelência! Cuidado! Trata-se de um momento solene. Encher o cachimbo do deputado, puxa! Que felicidade! Acompanhem bem meus gestos! Nada nas mãos, nada nos bolsos...

Ele abriu o pacote e, com o indicador e o polegar, lenta e delicadamente, como um mágico que dá o toque final a seu truque diante de um público embevecido, com um sorriso nos lábios, cotovelos separados do tronco e mangas arregaçadas, ele retirou, do meio do tabaco, um objeto brilhante que foi oferecido à admiração dos espectadores.

Clarisse deu um grito.

Era a rolha de cristal.

Ela correu na direção de Lupin e a arrancou das suas mãos.

— É essa! É essa! — ela exclamou febril. — Não tem o arranhão na haste! E veja essa linha que a atravessa por dentro, no lugar em que terminam as facetas douradas. É isso, ela se desatarraxa! Meu Deus, não tenho mais forças...

A sra. Mergy tremia tanto que Lupin pegou a rolha e, ele próprio, a desatarraxou.

O interior do pomo era oco e, nesse espaço, havia um pedaço de papel em forma de bolinha.

— O papel-bíblia — ele disse, também emocionado e com as mãos tremendo.

Houve um grande silêncio. Os quatro sentiam seus corações prestes a explodir e temiam o que viria.

— Por favor... por favor... — balbuciou Clarisse.

Lupin desdobrou o papel.

Nomes se enfileiravam, uns debaixo dos outros.

Eram vinte e sete, os vinte e sete nomes da famosa lista. Langeroux, Dechaumont, Vorenglade, D'Albufex, Laybach, Victorien Mergy etc.

Abaixo deles todos, a assinatura do presidente do Conselho de Administração do Canal Francês dos Dois Mares, a assinatura coɪ de sangue.

Lupin consultou seu relógio:

— Quinze para a uma, temos ainda vinte minutos. Que tal comermos?

— Mas não se esqueça... — preocupou-se Clarisse.

Ele apenas disse:

— Estou morrendo de fome.

Sentou-se diante da mesinha, cortou uma boa fatia de patê e perguntou aos cúmplices:

— Grognard? Le Ballu? Servidos?

— Como dizer não ao patrão?

— Então rápido, meninos. E para ajudar, um gole de champanhe; é o cloroformizado que paga. Saúde, Daubrecq. Champanhe suave? Seco? *Extra-dry?*

11. A cruz de Lorena

DE UMA SÓ VEZ, sem qualquer transição, assim que terminaram de comer, Lupin recuperou todo o seu comando e autoridade. A hora das brincadeiras tinha chegado ao fim e ele não podia mais ceder àquela sua tendência de sempre querer se exibir com encenações e truques. Tendo encontrado a rolha de cristal no esconderijo previsto, e com a lista dos vinte e sete nas mãos, tratava-se agora de levar o jogo até o fim, sem demora.

Um jogo fácil, é verdade, pois o que faltava fazer não apresentava dificuldade alguma. Mas era preciso diligentemente cumprir esses atos finais, com decisão e clarividência infalíveis. O menor erro seria irremediável. Lupin tinha consciência disso e sua mente, tão estranhamente lúcida, havia examinado todas as hipóteses. Seriam agora apenas gestos e palavras previamente elaborados que ele executaria e pronunciaria.

— Grognard, o carregador está esperando no bulevar Gambetta com sua charrete e o baú que compramos. Traga-o aqui e suba o baú. Se perguntarem alguma coisa na recepção, diga que é para a senhora do quarto 130.

Em seguida, dirigindo-se ao outro companheiro:

— Le Ballu, volte à garagem e retire a limusine. O preço já foi combinado, dez mil francos. Compre um boné e um avental de chofer e traga o carro para a frente do hotel.

— E o dinheiro, patrão?

Lupin tirou do paletó de Daubrecq uma carteira recheada e pegou dez notas.

— Dez mil francos. Parece que nosso amigo ganhou uma boa soma no clube. Agora vá, Le Ballu.

Os dois cúmplices saíram pelo quarto de Clarisse. Como ela não estava olhando, Lupin aproveitou para embolsar de vez a carteira, todo satisfeito:

— O negócio não será tão ruim assim — ele disse para si mesmo. — Despesas pagas e ainda recupero o que gastei, com alguma sobra.

Voltando-se para a sra. Mergy, ele perguntou:

— Tem uma mala?

— Uma que comprei chegando a Nice, como também alguma roupa e artigos de toalete, pois não previa sair de Paris tão de repente.

— Prepare tudo, depois desça à administração. Diga que está esperando um baú que um carregador deve trazer do guarda-volumes da estação e que você terá que reacomodar tudo no seu quarto. Avise também que está de partida.

252

Uma vez sozinho, Lupin examinou Daubrecq com atenção, depois revistou todos os seus bolsos, pegando o que parecia ter algum interesse.

Grognard foi o primeiro a chegar. O baú, um baú grande, de palha revestida de tecido forte, imitando couro, foi deixado no quarto 130. Com a ajuda de Clarisse e Grognard, Lupin transportou Daubrecq para lá e o enfiou no baú, sentado, mas com a cabeça abaixada para que se pudesse fechar a tampa.

— Não posso dizer que tenha o conforto de uma cabine do vagão-leito, meu caro deputado — observou Lupin. — Mas é melhor do que um caixão. Pelo menos é arejado. Três buraquinhos de cada lado. Não pode reclamar!

Depois, abrindo uma garrafinha, ofereceu:

— Um pouco mais de clorofórmio? Acho que adorou isso!

Ele ensopou de novo a máscara, enquanto Clarisse e Grognard escoravam o deputado com panos e cobertores de viagem que tiveram a precaução de trazer no baú.

— Perfeito! — disse Lupin. — Esse baú está pronto para dar a volta ao mundo. Vamos fechar e trancar.

Le Ballu chegou, vestido de chofer.

— O automóvel está lá embaixo, patrão.

— Muito bem. Levem vocês dois o baú para o carro. Seria perigoso deixá-lo com o pessoal do hotel.

— Mas e se perguntarem, patrão?

— Ora, Le Ballu, você não é chofer? Está levando o baú da sua patroa aqui presente, a senhora do 130, que também irá descer para tomar seu automóvel... e esperar por mim cem metros adiante. Grognard, ajude a amarrá-lo no carro. Ah! Antes vamos fechar a porta de comunicação.

Lupin passou para o outro quarto, fechou a porta, passou a tranca; depois saiu e pegou o elevador.

No escritório da administração, ele disse:

— O sr. Daubrecq precisou ir às pressas para Monte Carlo. Pediu que lhes avisasse, pois só deve voltar depois de amanhã, mas quer manter o quarto; todas as suas coisas estão lá. Aqui está a chave.

E tranquilamente foi para o automóvel, onde Clarisse se preocupava:

— Nunca chegaremos a tempo em Paris... É loucura! Qualquer problema com o carro...

— E por isso você e eu vamos de trem. É mais seguro.

Depois de fazê-la subir num fiacre, ele deu as últimas instruções aos dois companheiros.

— Média de cinquenta quilômetros por hora, combinado? Revezem-se dirigindo e descansando. Com isso poderão estar em Paris amanhã, segunda, por volta das seis ou sete da noite. Não forcem o ritmo. Mantenho ainda Daubrecq não por precisar dele nos meus planos, mas como refém, e por precaução.

Quero tê-lo à mão por alguns dias. Então cuidem do deputado. Algumas gotas de clorofórmio a cada três ou quatro horas. Tornou-se um vício para ele. Vamos, Le Ballu... E você, Daubrecq, não fique com medo aí em cima. O teto aguenta. Se enjoar, não se acanhe! Vamos lá, Le Ballu!

Ele ficou olhando o automóvel se afastar e pediu que o fiacre o levasse a uma agência de correio, de onde enviou um telegrama:

Sr. Prasville, Chefatura de Polícia. Paris.
Indivíduo encontrado. Entrego o documento amanhã às onze da manhã. Comunicação urgente. Clarisse.

Às duas e meia, Clarisse e Lupin chegaram à estação.

— Contanto que ainda tenha lugar! — disse Clarisse, sempre alarmada com tudo.

— Lugar? Nossos leitos já estão reservados.

— Por quem?

— Por Jacob... por Daubrecq.

— Como?

— Ora... Na administração do hotel me entregaram um envelope que um mensageiro expresso acabava de trazer para Daubrecq. Eram as duas passagens enviadas por Jacob. Além disso, tenho sua identidade de deputado. Viajaremos como sr. e sra. Daubrecq, recebendo toda a devida consideração que se tem por pessoas da nossa posição. Como vê, madame, tudo foi previsto.

Dessa vez, o trajeto pareceu curto. Clarisse contou tudo que tinha feito nos últimos dias e ele, por sua vez, explicou o milagre da sua aparição no quarto de Daubrecq, que o imaginava na Itália:

— Não chegou a ser um milagre, propriamente. Mas de fato tive um vislumbre, saindo de San Remo para Gênova, um fenômeno estranho, uma intuição misteriosa que fez com que eu, primeiro, quisesse pular fora do trem, o que Le Ballu impediu, e depois fosse à janela, abaixasse o vidro e acompanhasse de longe o tal porteiro do Ambassadeurs Palace que tinha dado o seu recado. Ele esfregava as mãos de tão satisfeito que estava. Foi só por isso, sem outro motivo qualquer, que de repente entendi tudo: eu estava sendo embromado, embromado por Daubrecq, como também você. Um monte de pequenos detalhes me veio à cabeça e o plano dele ficou claro. Um minuto mais e o desastre seria irremediável. Confesso ter passado por momentos de verdadeiro desespero, achando não ser possível reparar os erros cometidos. Tudo dependia apenas do horário dos trens, que me permitiria ou não encontrar o cupincha de Daubrecq ainda na estação de San Remo. Dessa vez, finalmente, a sorte nos ajudou. Mal paramos na primeira estação, passou um trem voltando para a França. Chegando a San Remo, o homem ainda estava lá. Como imaginei, sem o quepe nem a sobrecasaca de porteiro, e sim com chapéu e paletó. Ele tomou um vagão de segunda classe e não tive mais dúvida quanto ao nosso sucesso.

— Mas... como? — perguntou Clarisse, que, apesar das preocupações que a obcecavam, estava interessada na história.

— Como cheguei até você? Ora, não descolando mais de Jacob, mas deixando-o livre para agir à vontade, pois com certeza ele iria prestar contas a Daubrecq. E, de fato, depois de pernoitar num hotelzinho de Nice, ele se encontrou com Daubrecq na Promenade des Anglais. Conversaram por bastante tempo e eu os segui. Daubrecq voltou para o hotel, deixou Jacob num dos corredores do térreo, diante da central telefônica, e tomou o elevador. Dez minutos depois, eu sabia o número do quarto dele e também que uma senhora, desde a véspera, ocupava o quarto ao lado, o 130. "Acho que conseguimos", eu disse a Grognard e Le Ballu. Bati de leve no seu quarto, você não atendeu e a porta estava trancada à chave.

— E o que fez? — perguntou Clarisse.

— Abrimos a porta. Acha que só uma chave no mundo serve para cada fechadura? Continuando: entrei no seu quarto. Vazio, mas com a porta de comunicação entreaberta, então passei de fininho. Só a cortina me separava de você, de Daubrecq... e do pacote de fumo que eu via em cima da lareira.

— Então já sabia do esconderijo?

— Uma olhada no escritório de Daubrecq em Paris revelou a ausência do pacotinho. Além disso...

— Além disso?

— Eu sabia, por certas confissões arrancadas de Daubrecq na torre dos Dois Enamorados, que a palavra "Marie" era a chave do enigma. Afinal percebi que eram apenas as primeiras sílabas da palavra. Na verdade, só percebi no momento em que constatei a ausência do pacote de fumo.

— Qual palavra?

— Maryland... tabaco Maryland, o único que Daubrecq fuma.

Lupin começou a rir.

— Que idiotice, não é? Ao mesmo tempo, genial! Procura-se por todo lugar, vasculha-se tudo! Cheguei a desatarraxar as lâmpadas elétricas para ver se a rolha de cristal não estava escondida ali! Mas como poderia imaginar, por mais perspicaz que fosse, como pensaria em tirar o selo de um pacote de Maryland, *colado, lacrado, carimbado e datado* pelo Departamento de Impostos da Receita? Veja bem! O Estado sendo cúmplice de semelhante infâmia! A administração pública se prestando a uma coisa dessas! Não, mil vezes não! O fisco pode ter suas falhas. Pode fabricar fósforos que não acendem e cigarros que mais parecem rocamboles. Mas daí a imaginar que esteja mancomunado com Daubrecq para proteger a lista dos vinte e sete da legítima curiosidade do governo e das investidas de Arsène Lupin existe um abismo! Note que bastava, para introduzir a rolha de cristal no pacote, pressionar um pouco a banda adesiva, como Daubrecq fez, afrouxá-la, repuxar o papel amarelo da embalagem, abrir algum espaço entre o fumo e depois repor tudo em ordem. Note também que, ainda em Paris, bastaria termos examinado o pacote para descobrir o esconderijo. Pouco importa! O pacote em si, o pacote de Maryland fabricado e aprovado pelo Estado e pelo fisco, é algo sagrado, intangível, acima de qualquer suspeita! Por isso ninguém abriu.

Lupin concluiu:

— Foi assim que esse diabólico Daubrecq deixou por tantos meses em cima da sua mesa, entre cachimbos e outros pacotes de fumo, esse especificamente. E força nenhuma no mundo fez com que alguém pensasse em minimamente questionar esse pacotinho inofensivo. Observe, além disso...

Lupin continuou interminavelmente suas considerações relativas ao pacote de Maryland e à rolha de cristal. A astúcia e a perspicácia do adversário eram cada vez mais valorizadas já que ele, afinal, o derrotara. Mas Clarisse, para quem tudo isso tinha menos importância do que as providências a serem tomadas para salvar o seu filho, mal o ouvia, entregue a seus próprios pensamentos.

— Tem mesmo certeza — ela repetia sem parar — de que vai dar certo?

— Total certeza.

— Mas Prasville não está em Paris.

— Se não estiver é porque está em Le Havre. Li isso ontem num jornal. Se for o caso, nosso telegrama o fará vir imediatamente.

— Acha que ele terá influência suficiente?

— Para obter o indulto de Vaucheray e Gilbert, não; ou já o teríamos acionado. Mas será inteligente o bastante para perceber o valor disso que estamos levando... e para agir sem perder um minuto.

— Justamente, será que não está se iludindo quanto a esse valor?

— Daubrecq por acaso se iludia? Não estava em melhor posição do que nós para saber a força desse papel? Não teve vinte vezes provas disso, cada uma mais decisiva que a outra? Pense em tudo que ele fez só porque todo mundo sabia que ele tinha a lista. As pessoas sabiam e isso bastava. Ele não se servia da lista, mas poderia. Isso bastou para matar o seu marido. Sua fortuna foi construída sobre a ruína e a desgraça dos vinte e sete. Um dos mais intrépidos, D'Albufex, ontem mesmo cortou a própria garganta na prisão. Acredite, entregando essa lista podemos pedir o que quisermos. E estamos pedindo o quê? Quase nada... o indulto de um rapaz de vinte anos. Vão nos considerar uns idiotas: Mas como?, vocês têm nas mãos...

Ele se calou. Clarisse, esgotada por tantas emoções, dormia ao seu lado.

Às oito horas da manhã, eles chegaram a Paris.

Dois telegramas esperavam Lupin no apartamento da praça Clichy.

Um de Le Ballu, enviado na véspera, de Avignon, dizendo que tudo seguia da melhor forma e eles esperavam chegar na hora prevista. O outro era de Prasville, enviado de Le Havre, para Clarisse:

Impossível estar em Paris amanhã, segunda, pela manhã. Venham a meu escritório às cinco. Conto muito com isso.

— Cinco horas, é muito tarde! — apavorou-se Clarisse.

— É uma hora excelente — contrapôs Lupin.

— No entanto, se...

— Se a execução for amanhã de manhã? É o que quer dizer? Não tenha medo das palavras, pois não haverá execução.

— Os jornais...

— Você não leu os jornais e está proibida de ler. O que anunciam nada significa. Uma única coisa importa: nosso encontro com Prasville. Aliás...

Ele pegou uma pequena garrafa num armário e, pondo a mão no ombro de Clarisse, pediu:

— Encoste-se nesse sofá e beba uns goles disso.

— O que é?

— Fará com que durma um pouco... e esqueça. Já é alguma coisa.

— Não, de jeito nenhum. Gilbert não dorme... Não pode esquecer.

— Beba — insistiu Lupin com brandura.

Por covardia ou por excesso de sofrimento, ela enfim cedeu e em seguida docilmente se estendeu no sofá, fechando os olhos. Em poucos minutos já dormia.

Lupin chamou seu empregado.

— Rápido. Você comprou os jornais?

— Estão aqui, patrão.

Lupin abriu um deles e leu:

OS CÚMPLICES DE ARSÈNE LUPIN

Sabemos por fonte segura que os cúmplices Gilbert e Vaucheray, de Arsène Lupin, serão executados amanhã de manhã, terça-feira.

O sr. Deibler já inspecionou a aparelhagem. Tudo está pronto.

Ele levantou a cabeça, com uma expressão de desafio.

— Os cúmplices de Arsène Lupin! A execução dos cúmplices de Arsène Lupin! Que belo espetáculo! Que multidão não haveria para assistir! Sinto muito, senhores, mas a cortina não vai se abrir. O palco estará fechado por ordem das autoridades competentes. Ou seja, por ordens minhas!

Ele bateu forte no peito, com um gesto de orgulho.

— A autoridade competente sou eu.

Ao meio-dia, ele recebeu um telegrama que Le Ballu havia enviado de Lyon.

Tudo vai bem. Mercadoria chegará sem avarias.

Às três horas, Clarisse acordou. A primeira coisa que disse foi:

— Será amanhã?

Ele não respondeu, mas parecia tão calmo, tão sorridente que ela se sentiu tomada por uma paz imensa, com a impressão de que tudo estava bem e conforme a vontade do amigo.

Às quatro e dez, eles saíram.

O secretário de Prasville, avisado por telefone pelo chefe, os fez entrar no escritório e pediu que esperassem.

Faltavam quinze minutos. Na exata hora marcada, Prasville entrou correndo e rapidamente exclamou:

— Têm a lista?

— Temos.

— Por favor — ele pediu, estendendo a mão.

Clarisse, que tinha se levantado, não se mexeu.

Prasville hesitou por um momento e se sentou. Havia entendido: não era só por ódio e por desejo de vingança que Clarisse Mergy perseguia Daubrecq. A entrega do papel só se daria mediante certas condições.

— Sente-se, por favor — ele disse, mostrando que aceitava conversar.

Prasville era um homem magro, com um rosto ossudo ao qual um permanente piscar dos olhos e uma deformação da boca davam uma expressão de falsidade e de inquietação. Não era bem aceito na Chefatura, onde o tempo todo precisavam consertar suas gafes e inabilidades. O tipo de pessoa que se emprega para certas tarefas especiais e se descarta em seguida, com alívio.

Clarisse havia voltado a se sentar, mas como continuava calada Prasville tomou a iniciativa:

— Fale, minha amiga, e fale com toda franqueza. Não nego que queremos muito esse papel.

— E é preciso que realmente o queiram muito — observou Clarisse, que fora instruída por Lupin nos mínimos detalhes — ou não chegaremos a um acordo.

Prasville sorriu:

— O bastante, é claro, para que consideremos certas concessões.

— Muitas concessões — corrigiu Clarisse.

— Muitas concessões. Dentro, evidentemente, dos limites aceitáveis.

— Mesmo extrapolando esses limites — retrucou Clarisse, inflexível.

O secretário-geral perdeu a paciência:

— Afinal, o que quer? Explique-se.

— Desculpe, meu amigo. Quis desde já realçar a considerável importância desse papel para você e, na perspectiva da transação imediata que vamos concluir, especificar bem... como direi... o valor disso que estou trazendo. Esse valor não tem limites e por isso, repito, deve ser trocado por algo de valor ilimitado.

— Entendi — irritou-se Prasville.

— Não preciso então fazer o histórico completo do caso e enumerar os desastres que a posse desse papel o teria feito evitar. Nem também, por outro lado, as vantagens incalculáveis que você pode tirar da sua posse.

Prasville precisou se esforçar para manter a calma e responder num tom mais ou menos educado:

— Admito tudo isso. Podemos continuar?

— Peço que me desculpe, mas é preciso que tudo esteja absolutamente claro. E há um ponto que seria bom ainda esclarecer. Você tem como tratar disso pessoalmente?

— Como assim?

— Não estou perguntando, é claro, se tem poder para tratar disso aqui de imediato, mas se representa, nessa negociação, o entendimento de quem conhece o caso e tem competência para decidir.

— Sim — afirmou Prasville com segurança.

— Assim sendo, uma hora depois de comunicadas minhas condições, poderei ter sua resposta?

— Sim.

— E será a resposta do governo?

— Sim.

Clarisse se inclinou na direção dele e insistiu, com voz mais abafada:

— Será a resposta do palácio presidencial do Élysée?

Prasville pareceu surpreso. Pensou um pouco e respondeu:

— Sim.

Clarisse então concluiu:

— Resta-me pedir sua palavra de honra de que, por mais incompreensíveis que pareçam minhas condições, você não pedirá que eu revele o motivo. Elas são o que são. Sua resposta deve se limitar a sim ou não.

— Dou minha palavra de honra — disse claramente Prasville.

Clarisse passou por um momento de emoção que a deixou ainda mais pálida. Depois, se dominando, com os olhos fixos em Prasville, ela continuou:

— A lista dos vinte e sete lhe será entregue contra o indulto de Gilbert e Vaucheray.

— O quê? Como?

Prasville levou um choque, pois sua surpresa foi total.

— O indulto de Gilbert e Vaucheray? Os cúmplices de Arsène Lupin?

— Exato — ela confirmou.

— Os assassinos da *villa* Marie-Thérèse! Que devem morrer amanhã!

— Eles mesmos — ela afirmou com firmeza. — É o que peço, o que exijo.

— Mas é loucura! Por quê? Por quê?

— Lembro, Prasville, que tenho sua palavra.

— Eu sei, eu sei... é verdade... mas foi tão inesperado.

— Por quê?

— Por quê? Por todo tipo de razão...

— Quais?

— Ora, pense um pouco! Gilbert e Vaucheray foram condenados à morte!

— Podem ser enviados aos trabalhos forçados, não peço mais que isso.

— Não há como! O caso teve enorme repercussão. São cúmplices de Arsène Lupin. Todo mundo soube do veredito.

— E daí?

— E daí que não podemos, não temos como nos insurgir contra as decisões da justiça.

— Não é o que estou pedindo. O que peço é uma comutação da pena por meio do indulto. O indulto é um instrumento legal.

— A comissão dos indultos já se pronunciou.

— Disso todos sabemos, mas resta o presidente da República.

— Ele recusou.

— Pode voltar atrás.

— É impossível!

— Por quê?

— Não há pretexto algum.

— Não é necessário. Trata-se de um direito absoluto. Pode ser exercido sem controle, sem motivo, sem pretexto, sem explicação. É uma prerrogativa do poder máximo. O presidente da República pode usá-la como bem entender, ou melhor, de acordo com sua consciência, para salvaguardar interesses do Estado.

— Mas é tarde demais! Tudo está pronto. A execução deve acontecer dentro de poucas horas.

— Uma hora basta para que você obtenha a resposta, foi o que acabou de nos dizer.

— Mas, santo Deus, isso é loucura! Suas exigências se chocam contra obstáculos intransponíveis. Repito, é impossível, materialmente impossível.

— A resposta é não?

— É não, mil vezes não!

— Nesse caso, só nos resta ir embora.

Ela esboçou um movimento para sair. Nicole a seguiu.

Dando um salto, Prasville se interpôs.

— Aonde estão indo?

— Ora, meu amigo, creio que nossa conversa terminou. Já que pensa estar certo de que o presidente da República não vai considerar essa famosa lista dos vinte e sete digna de…

— Esperem — pediu Prasville.

Ele trancou a porta de saída e começou a andar de um lado para outro, com as mãos nas costas e os olhos no chão.

Lupin, que não havia aberto a boca até ali, e por prudência preferira se manter de fora, dizia para si mesmo:

"Quanta formalidade! Que lenga-lenga para no final chegar ao desfecho inevitável! Como esse bom Prasville, que não é nenhuma águia, nem um zero à esquerda, deixaria de se vingar do inimigo mortal? Pronto! O que eu disse? A ideia de jogar Daubrecq no fundo do abismo já o faz sorrir. Está ganha a partida."

Prasville abriu uma porta lateral que dava para o escritório do seu secretário particular e disse em voz alta:

— Lartigue, telefone para o palácio do Élysée e diga que peço uma audiência para algo da maior gravidade.

Fechando a porta, ele disse a Clarisse:

— Minha intervenção se limitará a transmitir sua proposta.

— Transmitida, será aceita.

Houve um demorado silêncio. O rosto de Clarisse exprimia uma alegria tão profunda que Prasville se surpreendeu e a olhou com uma curiosidade atenta. Por qual misteriosa razão Clarisse queria a salvação de Gilbert e Vaucheray? O que, inexplicavelmente, a unia àqueles dois homens? Qual drama teria atrelado aquelas três existências e, provavelmente, aquelas três existências à de Daubrecq?

"Continue por aí, meu bom secretário-geral", pensou Lupin, "pode escarafunchar à vontade que não vai encontrar. De fato, se tivéssemos pedido o indulto apenas para Gilbert, como era a intenção de Clarisse, talvez você até descobrisse. Mas Vaucheray... realmente não é possível haver qualquer ligação entre a sra. Mergy e o patife do Vaucheray. Ui, era só o que faltava! Ele se lembrou de mim... Seu monólogo interior se voltou para mim: e esse professorzinho provinciano, que diabos pode ser isso? Por que se dedica de corpo e alma a Clarisse Mergy? Quem, ao certo, é esse fulano? Foi um erro não ter averiguado... Preciso ver isso de perto, saber o que há por trás do personagem. Afinal de contas, é estranho que alguém se dê a tanto trabalho por algo que não lhe interessa diretamente. Por que também quer salvar Gilbert e Vaucheray? Por quê?"

Lupin virou ligeiramente a cabeça.

"Ai, ai, ai! Uma ideia está querendo vir a esse cérebro de funcionário público. Uma ideia confusa que ainda não consegue encontrar as palavras certas. Droga! Não posso deixar que ele imagine Lupin por trás de Nicole. Chega de complicações."

Um fato novo quebrou a tensão. O secretário de Prasville veio anunciar que a audiência seria dentro de uma hora.

— Ótimo — ele disse. — Obrigado, pode ir.

Retomando a conversa sem novos desvios, como alguém que quer conduzir as coisas pelo caminho certo, ele declarou:

— Creio que será possível entrar num acordo. Mas primeiro, e para cumprir meu papel, preciso de informações mais exatas, elementos mais concretos. Onde se encontrava o documento?

— Na rolha de cristal, como achávamos — respondeu a sra. Mergy.

— E essa rolha de cristal?

— Num objeto que Daubrecq foi buscar, há alguns dias, na escrivaninha do escritório da sua casa, na praça Lamartine. Tomei dele esse objeto ontem, domingo.

— E qual era o objeto?

— Nada além de um pacote de fumo, de fumo Maryland, que estava sempre em cima da escrivaninha.

Prasville parou, petrificado, e ingenuamente murmurou:

— Se eu soubesse! Peguei dez vezes esse pacote de Maryland. Que estupidez!

— Isso pouco importa! — cortou Clarisse. — O essencial é que foi descoberto.

Prasville não pôde evitar um muxoxo, mostrando que, mesmo assim, preferia ter ele próprio feito a descoberta. Mas perguntou:

— Isso quer dizer então que você está com a lista?

— Estou.

— Aqui?

— Sim.

— Quero vê-la.

Diante de certa hesitação de Clarisse, ele a tranquilizou:

— Ah, não vá agora se preocupar com isso. A lista é sua, vou devolvê-la. Mas compreenda que não posso seguir adiante sem ter certeza.

Clarisse consultou Nicole com um olhar, que não passou despercebido de Prasville, e disse:

— Aqui está.

Ele pegou o papel visivelmente tenso e, quase de imediato, disse:

— É... é sem dúvida a letra do tesoureiro, eu a conheço. E a assinatura do presidente da Companhia, a assinatura vermelha... Aliás, tenho outras provas. Por exemplo, o pedaço rasgado que se encaixa no canto esquerdo superior da folha.

Ele abriu o cofre da sala e pegou, numa caixinha, um pequeno pedaço de papel, que foi aproximado do canto esquerdo superior.

— É perfeito, os rasgos se completam perfeitamente. A prova é irrecusável. Preciso apenas verificar a natureza desse papel-bíblia.

Clarisse estava radiante de alegria. Quem a visse não imaginaria que o pior dos suplícios a afligia há semanas e semanas, suplícios que ainda não haviam cicatrizado e a deixavam receosa.

Enquanto Prasville pressionava a folha de papel contra um vidro da janela, ela disse a Lupin:

— Vou querer que Gilbert seja avisado hoje mesmo. Ele deve estar sofrendo tanto!

— Com certeza — disse Lupin. — Você, aliás, pode ir à casa do advogado dele para avisar.

Ela continuou:

— Além disso, quero estar com Gilbert amanhã. Prasville que pense o que quiser.

— Concordo. Mas é preciso que ele antes confirme tudo no Élysée.

— Não deve haver dificuldade, não é?

— Nenhuma. Você viu que ele cedeu de imediato.

Prasville continuava sua investigação com uma lupa e comparava a folha ao pedacinho rasgado. Em seguida, voltou a pressioná-la contra a janela. Depois tirou da caixinha outras folhas de papel de carta e examinou uma delas por transparência.

— Melhor assim — ele disse. — Estou plenamente convencido. Queira perdoar, minha amiga, é um trabalho delicado. Passei por várias fases... Fui obrigado a desconfiar, e tinha por quê...

— O que está dizendo? — murmurou Clarisse.

— Um instante. Tenho que dar uma ordem com urgência.

Ele chamou o secretário e disse:

— Por favor, telefone agora mesmo à Presidência, diga que sinto muito, mas que por motivos que explicarei mais tarde a audiência se tornou desnecessária.

Ele fechou a porta e voltou à sua mesa.

De pé, sem respirar, Clarisse e Lupin o olhavam paralisados, sem compreender a súbita reviravolta. Estaria louco? Seria um truque? Uma quebra da palavra dada? Agora que estava com a lista, deixaria de cumprir o prometido?

Mas ele a entregou a Clarisse.

— Pode pegá-la de volta.

— De volta?

— E devolvê-la a Daubrecq.

— A Daubrecq?

— A menos que prefira queimá-la.

— O que está dizendo?

— Digo que, no seu lugar, eu a queimaria.

— Por que está dizendo isso? É absurdo.

— Pelo contrário, é muito lógico.

— Mas por quê? Por quê?

— Por quê? Vou explicar. A lista dos vinte e sete foi escrita, temos a prova irrefutável, numa folha de papel de carta que pertencia ao presidente da Sociedade do Canal e da qual tenho aqui, nessa caixa, algumas amostras. Todas essas amostras têm, como marca de fábrica, uma pequena cruz de Lorena quase invisível, mas que se pode notar por transparência no papel. A folha que você trouxe não tem essa cruz de Lorena.

Lupin sentiu que um tremor nervoso o percorria da cabeça aos pés e não se atreveu a olhar para Clarisse, imaginando como ela se sentia. Ouviu-a, no entanto, balbuciar:

— Devemos então achar… que Daubrecq foi enganado?

— De jeito nenhum — exclamou Prasville. — Você é que foi enganada, minha pobre amiga. Daubrecq tem a verdadeira lista, a lista roubada do cofre do moribundo.

— E esta aqui?

— É falsa.

— Falsa?

— Muito falsa. Mais uma esperteza formidável de Daubrecq. Hipnotizada pela rolha de cristal que ele agitava à sua frente, você se concentrou apenas nela e no que pudesse haver dentro dela, esse pedaço inútil de papel, enquanto ele, calmamente, manteve…

Prasville parou. Clarisse vinha na sua direção com passos curtos e duros, como se fosse um robô, e simplesmente perguntou:

— E então?

— Então o quê, minha amiga?

— Está dizendo não?

— Vejo-me na absoluta obrigação…

— Nega-se a fazer o que disse?

— Veja, não tenho como. Não posso, a partir de um documento sem qualquer valor…

— Não pode? Não quer? E amanhã de manhã… dentro de poucas horas, Gilbert…

Ela estava assustadoramente pálida, o rosto encovado, era a própria imagem da agonia. Olhos esbugalhados, os maxilares estalavam...

Querendo evitar palavras inúteis e perigosas que ela poderia dizer, Lupin pegou-a pelos ombros, tentando impedi-la. Ela o empurrou com uma força inesperada, deu mais dois ou três passos, oscilou como se estivesse a ponto de cair e de repente, impulsionada pela energia do desespero, sacudindo Prasville, ela disse:

— Você irá lá... Irá agora mesmo! Precisa... precisa salvar Gilbert...

— Por favor, minha amiga, acalme-se...

Ela deu uma risada estridente:

— Acalmar-me? Com Gilbert, amanhã bem cedo... Meu Deus, que medo! É horrível... Vá correndo, miserável! Consiga o indulto! Não entende? Gilbert... Gilbert é meu filho! É meu filho! É meu filho!

Prasville gritou. A lâmina de um punhal brilhava na mão de Clarisse e ela ergueu o braço para abatê-lo contra si própria. Mas o gesto não chegou ao fim. Nicole havia parado o braço no ar e desarmado, imobilizado Clarisse. Em seguida disse a ela:

— Está agindo como louca! Jurei que o salvaria! Viva por ele... Gilbert não vai morrer, não pode morrer, pois jurei...

— Gilbert... meu filho... — gemia Clarisse.

Ele apertou-a com força, puxando-a para bem perto, e pôs a mão em sua boca.

— Chega! Cale-se! Peço que por favor se cale… Gilbert não vai morrer!

Com uma autoridade irresistível, ele a carregou como se fosse uma criança malcriada precisando ser trazida ao bom senso. Porém, já abrindo a porta, ele disse a Prasville, num tom imperioso:

— Fique aqui. Se quiser essa lista dos vinte e sete… a verdadeira, espere. Dentro de uma hora, no máximo duas, voltarei e conversaremos.

Em seguida, bruscamente, se voltou para Clarisse:

— E a senhora, um pouco mais de coragem. É uma ordem, pelo bem de Gilbert.

Atravessando corredores, descendo escadas, segurando Clarisse pelo braço como se fosse um manequim, quase a erguê-la no ar, ele procurou a saída. Um pátio, depois outro e finalmente a rua…

Enquanto isso, Prasville, a princípio surpreso, aturdido pelos acontecimentos, pouco a pouco recobrava o sangue-frio e pensava. Pensava na atitude daquele sr. Nicole, de início simples coadjuvante, parecendo ter o papel desses conselheiros aos quais as pessoas se ligam em momentos de crise, e que, subitamente, saindo do seu torpor, aparecia voluntarioso, autoritário, cheio de ímpeto e transbordante de audácia, apto a derrubar todos os obstáculos que o destino porventura lhe opusesse.

Quem poderia agir dessa forma?

Prasville estremeceu. A pergunta nem se completara na sua cabeça e a resposta já surgia, com absoluta certeza. As provas se impunham, cada uma mais precisa que a outra, todas irrecusáveis.

Uma única coisa o incomodava. O rosto de Nicole e sua aparência não tinham a menor relação, por mais distante, com as fotografias que ele conhecia de Lupin. Tratava-se de um homem completamente diferente, com outra estatura, outra compleição, tendo o perfil, o formato da boca, a expressão do olhar, a pele e os cabelos absolutamente diferentes de todas as indicações feitas a partir da descrição do aventureiro. Ao mesmo tempo, porém, todos sabiam que um ponto forte de Lupin estava exatamente na sua prodigiosa capacidade de transformação. Não havia dúvida.

Às pressas, Prasville saiu da sua sala. Encontrando um sargento da Sûreté, ele perguntou, nervoso:

— Está vindo lá de fora?

— Estou sim, sr. secretário-geral.

— Viu saindo daqui um homem e uma mulher?

— Passei por eles no pátio, há poucos minutos.

— Reconheceria o homem?

— Creio que sim.

— Então não podemos perder um minuto! Junte seis agentes e corra à praça Clichy. Peça informações sobre o sr. Nicole e vigiem o local. Ele deve estar indo para lá.

— E se ele não for, sr. secretário-geral?

— Prendam-no. Vou lhe dar o mandado.

Ele voltou à sua sala, sentou-se e, num formulário impresso, escreveu um nome.

O sargento estranhou:

— O sr. secretário-geral falou de um sr. Nicole.

— E daí?

— O mandado é para prender Arsène Lupin.

— Arsène Lupin e o sr. Nicole são a mesmíssima pessoa.

12. O CADAFALSO

— Vou salvá-lo, vou salvá-lo! — repetia incansavelmente Lupin, no automóvel que o levava com Clarisse. — Juro que vou salvá-lo.

Clarisse não ouvia, parecendo aturdida, como se um intenso pesadelo de morte a deixasse alheia a tudo que acontecia ao redor. Lupin, no entanto, falava dos planos que tinha, talvez mais para tranquilizar a si mesmo que a ela.

— Não, nem tudo está perdido. Temos um trunfo, um trunfo formidável, as cartas e os documentos que o ex-deputado Vorenglade quer vender a Daubrecq, como ele contou ontem de manhã em Nice. Vou comprar essas cartas e documentos de Stanislas Vorenglade, pelo preço que for. Daí voltamos à Chefatura de Polícia e digo a Prasville: "Vá correndo falar com o presidente… Use a lista como se fosse autêntica e salve Gilbert da morte, mesmo que tenha de reconhecer mais tarde, depois do indulto, que a lista é falsa. Vá depressa! Do contrário… Do contrário essas cartas e documentos amanhã mesmo, terça-feira, estarão na primeira página de algum jornal importante". Vorenglade será preso e, logo depois, Prasville!

Ele esfregou as mãos.

— Vai dar certo! Vai dar certo! Senti isso enquanto ainda estávamos lá. Tudo me pareceu certo, infalível. E como achei na carteira de Daubrecq o endereço de Vorenglade... Motorista, bulevar Raspail!

Chegaram ao endereço. Lupin pulou do carro e subiu correndo três lances de escada.

A empregada disse que Vorenglade estava fora e só voltaria no dia seguinte, para o jantar.

— E não sabe para onde ele foi?

— Está em Londres.

Voltando ao carro, ele nada disse. Clarisse, por sua vez, nada perguntou, indiferente a tudo e já achando irremediável a morte do filho.

Foram para a praça Clichy. Entrando no prédio, Lupin passou por dois homens que saíam do alojamento da zeladora. Entregue aos seus pensamentos, ele sequer os notou. Eram dois policiais de Prasville.

— Algum telegrama? — ele perguntou a Achille.

— Nenhum, patrão.

— Le Ballu e Grognard não deram notícia?

— Não, patrão.

— Normal — ele disse, tentando parecer tranquilo. — São apenas sete horas, e eles não devem chegar antes das oito ou nove. Prasville terá que esperar, só isso. Vou telefonar para avisá-lo.

Já estava desligando quando ouviu um gemido atrás dele. De pé, ao lado da mesa, Clarisse lia um jornal da tarde.

Ela levou a mão ao peito, cambaleou e caiu.

— Achille, Achille — gritou Lupin, chamando o empregado. — Ajude a botá-la na cama. Depois pegue o frasquinho número quatro no armário de remédios; é o do sonífero.

Com a ponta de uma faca, ele destravou os dentes de Clarisse e fez com que ela engolisse metade do vidro.

— Bom, com isso ela só vai acordar de manhã. Depois…

Ela não havia largado o jornal, que continuava nas suas mãos crispadas, e Lupin procurou o que podia tê-la afetado tanto. Descobriu estas linhas:

Medidas de segurança mais rigorosas foram estabelecidas tendo em vista a execução de Gilbert e Vaucheray, e diante da sempre provável hipótese de uma tentativa de Arsène Lupin para evitar que seus cúmplices recebam o castigo supremo. A partir da meia--noite, todas as ruas em volta da prisão de La Santé serão guardadas por forças militares. Sabe-se que a execução ocorrerá fora dos muros da prisão, no canteiro do bulevar Arago.

Obtivemos também detalhes quanto ao estado de espírito dos dois condenados. Vaucheray se mantém cínico, esperando o desfecho fatal com muita coragem. Ele declarou: "Droga, não digo que esteja feliz, mas como não tem jeito, vou aguentar firme…". E acrescentou ainda: "Morrer não me incomoda tanto, o que me chateia é a ideia de que vão cortar minha cabeça. Se o patrão conseguir que eu seja mandado direto para o outro mundo, sem ter tempo de dar um pio, ficarei agradecido. Uma dosezinha de estricnina, patrão, por favor".

A calma de Gilbert é ainda mais impressionante se nos lembrarmos da sua crise no tribunal. Ele mantém inabalável a confiança em Arsène Lupin: "Diante de todo mundo o patrão gritou que eu nada temesse, que ele resolveria tudo. Assim sendo, nada temo. No último dia, no último minuto, já no patíbulo, estarei contando com ele. E isso porque conheço o patrão! Com ele não tem erro. Ele prometeu, ele vai cumprir. Podem arrancar minha cabeça que ele vai plantá-la de volta nos ombros, e bem firme. Arsène Lupin deixar que matem seu amigo Gilbert? Desculpem, só pode ser piada!".

Há algo de comovente e ingênuo nesse entusiasmo que não deixa de ser nobre. Veremos se Arsène Lupin merece confiança tão cega.

Eram tantas as suas lágrimas que ele mal pôde terminar a leitura. Lágrimas de carinho, lágrimas de pena, lágrimas de tristeza.

Não, ele não merecia tanta confiança. Tinha certamente feito coisas inacreditáveis, mas há situações em que nem isso basta, em que é preciso ser mais forte que o destino. E o destino, dessa vez, tinha sido mais forte. Desde o primeiro dia e durante toda aquela lamentável aventura, tudo havia se encaminhado no sentido contrário do previsto, contrário à própria lógica. Clarisse e ele, apesar de terem o mesmo objetivo, desperdiçaram semanas a lutar um contra o outro. Depois, no momento em que uniram forças, vieram desastres extraordinários, como o sequestro do pequeno Jacques, o desaparecimento de Daubrecq, seu confinamento na torre dos Dois Enamorados, o ferimento de Lupin, seu período de recuperação em que nada pôde fazer e as falsas manobras que arrastaram Clarisse, e ele próprio, ao Sul e à Itália. Depois de tudo isso, apesar dos prodígios da força de vontade, dos milagres da obstinação, quando parecia terem conquistado o Tosão de Ouro, tudo desmoronou. A lista dos vinte e sete não valia mais que o mais insignificante dos trapos.

— Entrego os pontos! — lamentou-se Lupin. — A derrota é inapelável. Posso me vingar de Daubrecq, arruiná-lo e aniquilá-lo, mas o verdadeiro derrotado sou eu, pois Gilbert vai morrer...

Ele chorou de novo, não por frustração ou raiva, mas de desespero. Gilbert ia morrer! Seu garoto, como ele o chamava, o melhor dos seus companheiros desapareceria para sempre em poucas horas. Ele não podia mais salvá-lo. Esgotara todos os seus recursos. Nem mesmo procurava mais um derradeiro truque. Para quê?

Mais cedo ou mais tarde, ele sabia, a sociedade tem sua revanche. Sempre soa a hora da expiação e criminoso nenhum pode ter a pretensão de escapar do castigo. Mas que requinte de horror terem escolhido como vítima o infeliz Gilbert, inocente no crime pelo qual ia morrer! Era uma nota trágica que realçava ainda mais a incapacidade de Lupin.

Tal convicção já se aprofundara de forma tão definitiva que ele sequer reagiu ao receber um telegrama de Le Ballu:

Problema com motor. Peça quebrada. Conserto demorado. Chegamos amanhã de manhã.

Era mais uma prova de que o destino havia ditado sua sentença, e ele não pensou mais em se insurgir.

Olhou para Clarisse, que dormia tranquilamente. Tal esquecimento, tal inconsciência lhe pareceram tão invejáveis que, num acesso de pusilanimidade, ele pegou o frasco de sonífero ainda pela metade e tomou.

Depois foi para o quarto, se pôs na cama e chamou Achille:

— Vá se deitar, companheiro, e não me acorde por coisa alguma.

— Ai, patrão… Nada mais a fazer por Gilbert e Vaucheray?

— Nada.

— Para eles, tudo acabou?

— Tudo.

Vinte minutos depois, Lupin dormia.

A NOITE FOI TUMULTUOSA nos arredores da prisão. À uma hora da manhã, a rua de La Santé, o bulevar Arago e todas as vias de acesso à prisão ficaram sob o controle de policiais que só depois de um verdadeiro interrogatório permitiam que algumas pessoas passassem.

Além disso, chovia forte. Tudo indicava que não seriam muitos os interessados naquele tipo de espetáculo que se programava. Excepcionalmente, todos os cabarés tiveram de fechar às três da madrugada. Duas companhias de infantaria acamparam nas calçadas e um batalhão ocupou o bulevar Arago. Além das tropas, circulavam também guardas municipais, autoridades da prefeitura e funcionários da Chefatura de Polícia — todo um pessoal excepcionalmente mobilizado para a ocasião.

A guilhotina foi montada em silêncio, no meio do canteiro que se abre na esquina do bulevar Arago com a rua de La Santé, e ouvia-se apenas o barulho sinistro das marteladas.

Por volta das quatro horas, apesar da chuva, um amontoado de pessoas começou a se formar, com algumas cantando. Exigia-se melhor iluminação e que se erguesse a cortina. A irritação foi grande quando se constatou que, dada a distância a que foram dispostas as barreiras, quase nem se viam os montantes da guilhotina.

Vários carros passavam, trazendo autoridades vestidas de preto. Houve aplausos e vaias, o que fez com que um pelotão de guardas municipais a cavalo dispersasse alguns grupos e formasse um vazio até mais de trezentos metros do canteiro. Duas companhias de soldados foram destacadas para isso.

De repente, houve um grande silêncio. Uma brancura difusa se formava no escuro do espaço.

A chuva bruscamente parou.

Dentro da prisão, na extremidade do corredor onde ficam as celas dos condenados à morte, os personagens de preto falavam em voz baixa.

Prasville conversava com o procurador da República, que manifestava seus temores:

— Não, não creio, posso garantir que tudo vai transcorrer sem incidentes.

— Os relatórios não apontam nada anormal, sr. secretário-geral?

— Nada. Nem poderiam, uma vez que temos Lupin sob controle.

— Verdade?

— Sim, vigiamos seu esconderijo. O edifício em que ele mora, na praça Clichy, e onde se encontra desde as sete horas da noite de ontem, está cercado. Além disso, conheço o plano traçado para salvar os dois cúmplices, e esse plano, no último instante, falhou. Ou seja, nada a temer, a justiça seguirá seu curso.

— Talvez, mais tarde, venhamos a nos arrepender disso — disse o advogado de Gilbert, que havia escutado.

— Então acredita na inocência do seu cliente, doutor?

— Firmemente, sr. procurador. Um inocente será morto.

O procurador se calou. Pouco depois, como se respondesse às suas próprias reflexões, ele reconheceu:

— Esse caso avançou com uma rapidez surpreendente.

E o advogado repetiu, com um tom de voz alterado:

— Um inocente será morto.

Mas havia chegado a hora.

O primeiro foi Vaucheray, e o diretor do presídio mandou que abrissem a porta da cela.

O condenado saltou da cama e, com olhos arregalados de pavor, viu as pessoas que entravam.

— Vaucheray, viemos anunciar…

— Não é preciso — ele disse em voz baixa. — Não é preciso dizer. Sei do que se trata. Podemos ir.

Era como se ele quisesse acabar com tudo aquilo o mais rápido possível, pois procurou ao máximo cooperar com os preparativos. Mas de jeito nenhum queria ouvir discursos.

— Nada de palavrório — ele repetia. — O quê? Confissão? Não precisa. Matei e vão me matar. É a regra. Estamos quites.

De repente, porém, ele perguntou:

— Ah! E meu parceiro, também está nessa?

Ao saber que Gilbert iria à guilhotina ao mesmo tempo que ele, houve dois ou três segundos de hesitação, ele observou as pessoas em volta, pareceu querer dizer alguma coisa, deu de ombros e, afinal, murmurou:

— Melhor assim. Estávamos juntos no golpe, "comemoraremos" juntos.

Gilbert também não dormia quando entraram na sua cela. Sentado na cama, ele ouviu as palavras terríveis, tentou se levantar, começou a tremer da cabeça aos pés, como um esqueleto que fosse sacudido, e voltou a se sentar, chorando:

— Ah, mamãe! Pobre mamãe!

Quiseram então perguntar sobre essa mãe de quem ele nunca havia falado, mas uma revolta repentina interrompeu o choro e ele exclamou:

— Eu não matei! Não quero morrer... não matei!

— Gilbert, é preciso coragem nessa hora — alguém disse.

— Eu sei, eu sei... mas se não matei, por que vão me matar? Não matei... juro! Não matei, não quero morrer... Não matei, não deveriam...

Seus dentes batiam com tanta força que as palavras escapuliam ininteligíveis. Ele seguiu todo o ritual, confessou-se, assistiu à missa e depois, mais calmo, quase dócil, com uma voz de criança obediente, murmurou:

— Peçam à minha mãe que me desculpe.

— Sua mãe?

— Sim... Que os jornais repitam isso. Ela entenderá. Sabe que não matei. Mas peço que me perdoe pelo mal que lhe fiz, pelo mal que causei. E...

— E o que, Gilbert?

— Quero que o patrão saiba que não deixei de confiar…

Ele examinou todos em volta, um a um, na louca esperança de que o patrão estivesse ali disfarçado, irreconhecível e pronto para pegá-lo nos braços.

— Sim — ele continuou com suavidade e numa espécie de devoção religiosa. — Sim, ainda confio, mesmo nesse momento… Que ele saiba disso, não é? Tenho certeza de que não me deixará morrer, tenho certeza.

Sentia-se, por seus olhos fixos, que ele via Lupin, pressentia a sombra de Lupin a rondar em volta, procurando uma passagem para chegar até ele. E nada era mais comovente do que o espetáculo daquele menino que, numa camisa de força, com os braços e as pernas presos, guardado por milhares de pessoas, e a quem o carrasco já segurava com sua mão inexorável, mesmo assim ainda esperava.

A sensação de dor comprimia todos os corações. Olhos nublavam de lágrimas.

— Pobre criança! — balbuciou alguém.

Também emocionado e pensando em Clarisse, Prasville repetiu baixinho:

— Pobre criança!

O advogado de Gilbert chorava e não parava de dizer às pessoas em volta:

— Um inocente vai morrer.

Mas soou a hora, os preparativos haviam chegado ao fim. Teve início a marcha.

Os dois grupos se encontraram no corredor.

Ao ver Gilbert, Vaucheray debochou:

— Veja só, garoto, o patrão nos abandonou.

E acrescentou outra frase que ninguém, à exceção de Prasville, podia compreender:

— Decerto preferiu ficar com os lucros da rolha de cristal.

Desceram as escadas. Pararam no guichê dos registros para as formalidades de praxe e, em seguida, atravessaram os pátios. Uma etapa interminável, terrível...

De repente, no enquadramento do portão principal amplamente aberto, o dia brumoso amanhecendo, a chuva, a rua, a silhueta das casas e, ao longe, rumores que nasciam no assustador silêncio.

Caminharam ao longo do muro até a esquina do bulevar.

Mais uns passos e... Vaucheray parou. Ele tinha visto!

Gilbert seguia de cabeça baixa, apoiado por um oficial acompanhante e pelo capelão, que lhe dava o crucifixo para beijar.

Lá estava a guilhotina.

— Não, não! — protestou Gilbert. — Não quero! Não matei... nunca matei ninguém! Socorro! Socorro!

O apelo desesperado se perdeu no espaço.

O carrasco fez um gesto. Vaucheray foi pego, erguido, arrastado quase a passos de corrida.

Foi quando algo estarrecedor aconteceu: um disparo, um disparo de arma de fogo partiu de uma casa, bem à frente.

Os oficiais acompanhantes pararam.

Nos braços deles, o fardo que estavam carregando desmoronou.

— O que foi isso? O que houve? — todos se perguntavam.

— Ele está ferido!

Sangue escorria da testa de Vaucheray e cobria seu rosto.

Ele balbuciou:

— Puxa... na mosca! Obrigado, patrão, obrigado! Não vão cortar minha cabeça... Obrigado, patrão! Ah! Que sujeito legal!

— Continuem o trabalho! Levem-no para lá! — gritou alguém no meio da confusão.

— Mas ele está morto!

— Levem-no! Terminem o trabalho!

No pequeno grupo formado por magistrados, funcionários e policiais, o tumulto era geral. Todos davam ordens.

— Que o executem! Que a justiça siga seu curso! Não temos o direito de recuar! Será uma covardia... Que o executem!

— Mas ele está morto!

— Pouco importa! As decisões da justiça têm de ser cumpridas! Que o executem!

O capelão protestava, enquanto dois guardas e dois policiais vigiavam Gilbert. Sem saber muito o que fazer, os oficiais acompanhantes começaram a levar o cadáver para a guilhotina.

— Vamos com isso! — gritava o carrasco, assustado e com a voz rouca. — Vamos com isso, ainda temos o outro! Rápido...

Ele foi interrompido. Um segundo tiro explodiu. O carrasco rodopiou e caiu, gemendo:

— Não é nada, foi no ombro. Continuem... Depois o outro!

Mas os oficiais fugiam em pânico. Fez-se um vazio ao redor da guilhotina e o chefe de polícia, o único a se manter calmo, com voz estridente reagrupou seus homens e reconduziu para o interior da prisão, de qualquer jeito, como um rebanho em polvorosa, magistrados, funcionários, o condenado à morte, o capelão e todos que haviam cruzado a arcada dois ou três minutos antes.

Nesse meio-tempo, indiferente ao perigo, um esquadrão de agentes, de inspetores e de soldados corria para a tal casa, uma casa pequena, de três andares, construção já antiga, com duas lojas no térreo, fechadas àquela hora. Logo depois do primeiro tiro, um homem com uma espingarda na mão tinha sido rapidamente visto, numa janela do segundo andar, envolto ainda na nuvem de fumaça.

Vários tiros de revólver foram dados, sem atingi-lo. Em cima de uma mesa, ele tranquilamente preparou mais uma vez a arma, apontou e fez o segundo disparo.

Depois voltou para o interior do cômodo.

Embaixo, como ninguém respondeu à campainha, a porta foi arrombada.

Correram todos à escada, mas um obstáculo conteve o ímpeto geral: no primeiro andar, um amontoamento de poltronas, camas e outros móveis formava uma verdadeira barricada, tão compacta que foram necessários quatro ou cinco minutos para abrir caminho.

Esses quatro ou cinco minutos bastaram para tornar inútil a perseguição. Quando chegaram ao segundo andar, ouviram alguém que gritava lá de cima:

— Aqui, meus amigos! São só mais dezoito degraus. Mil desculpas por todo esse trabalho que estou dando!

Os dezoito degraus foram escalados; e com que rapidez! Mas no alto, acima do terceiro andar, havia o sótão, um sótão ao qual se tinha acesso por uma escada e um alçapão. E a escada tinha sido retirada, assim como o alçapão fechado.

NINGUÉM ESQUECEU O TUMULTO causado por aquele ato incrível. Sucessivas edições de jornais se atropelavam, com os vendedores correndo pelas ruas aos gritos, a capital inteira sacudida de indignação e, diga-se, de ansiosa curiosidade.

Mas foi na sede da polícia que as coisas ferveram. Em todas as seções, mensagens, telegramas e chamadas telefônicas se sucediam.

Às onze horas da manhã, finalmente, houve uma reunião no gabinete do chefe de polícia. Prasville estava presente. O chefe da Sûreté apresentou um relatório sobre a situação, que podia assim se resumir:

Na véspera, pouco antes da meia-noite, alguém bateu à porta do imóvel do bulevar Arago. A zeladora, que dormia num quartinho atrás de uma das lojas, puxou o cordão que destravava a porta e um homem foi até ela, dizendo ter sido enviado pela polícia por um assunto urgente relacionado à execução do dia seguinte. Assim que ela abriu, foi atacada, amordaçada e amarrada.

Dez minutos depois, o casal que mora no primeiro andar, chegando da rua, foi também neutralizado pelo mesmo indivíduo e deixado, cada um, numa das lojas, que estão desocupadas. Ao inquilino do terceiro andar aconteceu o mesmo, mas em casa, no seu próprio quarto, onde o homem tinha conseguido entrar sem ser ouvido. Como o apartamento do segundo andar está vazio, o homem lá ficou, mas tendo o prédio inteiro sob controle.

— Só isso? — riu o chefe de polícia com amargura. — Nada tão complicado! Mas o que me espanta é que tenha conseguido fugir tão fácil.

— Peço que entenda, senhor, que estando à vontade no imóvel ele pôde, entre uma e cinco horas da manhã, preparar sua fuga.

— E como aconteceu essa fuga?

— Pelos telhados. As casas da rua ao lado, a Glacière, não são afastadas umas das outras e o espaço entre os telhados não chega a três metros, com uma diferença de altura de no máximo um metro.

— E como ele fez?

— Levando a escada do sótão, que serviu de passarela quando necessário. Ao chegar a outro bloco de imóveis, ele só precisou olhar pelas janelas até encontrar uma mansarda livre, entrou no prédio e se foi tranquilamente pela rua Glacière com as mãos nos bolsos. Previamente preparada, a fuga de fato se deu da maneira mais simples do mundo e sem o menor obstáculo.

— Mas não tinham sido tomadas as medidas necessárias?

— Todas que o senhor mandou. Meus homens passaram três horas ontem à noite visitando cada casa e confirmando não haver nenhum estranho escondido. Assim que vistoriaram a última delas, bloqueei as ruas. Foi esse intervalo de poucos minutos que nosso homem aproveitou.

— E para o senhor, pelo que entendi, trata-se de Arsène Lupin, sem sombra de dúvida.

— Tenho certeza. Primeiro por se tratar de cúmplices seus. E depois… porque apenas ele é capaz de planejar algo assim e executar com tão inconcebível audácia.

— Mas nesse caso… — murmurou o chefe de polícia, voltando-se para Prasville: — Nesse caso, meu caro secretário--geral, o indivíduo de quem falou, e que está sendo vigiado desde ontem à noite num apartamento da praça Clichy… não é Arsène Lupin?

— É sim. Também com relação a isso não há dúvida.

— E por que não o prenderam quando saiu à noite?

— Ele não saiu.

— Hum… isso está ficando complicado.

— Mas é simples, chefe. Como todas as moradias por onde passa Arsène Lupin, essa da praça Clichy tem duas saídas.

— E você não sabia disso?

— Não sabia. Só descobri ainda há pouco, quando fui ao apartamento.

— E não havia ninguém lá?

— Ninguém. O empregado, um homem chamado Achille, saiu hoje cedo, acompanhando uma senhora que estava na casa de Lupin.

— E qual o nome dela?

— Não sei dizer — respondeu Prasville, depois de uma imperceptível hesitação.

— Mas sabe que nome Arsène Lupin estava usando?

— Sr. Nicole, professor particular, formado em letras. Temos seu cartão.

Assim que Prasville terminou essa frase, um auxiliar foi avisar ao chefe de polícia que ele estava sendo chamado com urgência ao palácio do Élysée, onde o primeiro-ministro já o esperava.

— Estou indo — ele se prontificou.

E acrescentou baixinho:

— É para decidir o destino de Gilbert.

Prasville aproveitou para perguntar:

— Acha que ele será indultado?

— Nunca, de forma alguma! Depois do ocorrido esta noite, algo assim teria péssimo efeito. É preciso que ele pague sua dívida já amanhã pela manhã.

O auxiliar ao mesmo tempo entregou um cartão de visita a Prasville que, depois de olhar, levou um susto e murmurou:

— Não acredito, é muita desfaçatez!

— O que houve? — perguntou o chefe de polícia.

— Nada, senhor — respondeu Prasville, que queria ter a glória de levar aquele caso até o fim. — Nada... uma visita inesperada... da qual terei o prazer de lhe comunicar o resultado logo mais.

E saiu resmungando, ainda pasmo:

— Droga! Realmente... que descarado, é muito atrevimento do sujeito.

No cartão de visita que ele ainda segurava, estava escrito:

Sr. Nicole
Professor particular, licenciado em letras.

13. A última batalha

Voltando ao seu gabinete, Prasville imediatamente viu na sala de espera, sentado num banco, o professor Nicole, com suas costas arqueadas, aparência de pobre coitado, guarda-chuva ordinário, chapéu surrado e uma só luva.

"É o próprio", pensou Prasville, que por um momento achou que talvez fosse um outro professor Nicole enviado por Lupin. "E se ele mesmo vem, é por não saber que foi desmascarado."

Em seguida, pela terceira vez, repetiu:

— Que descaramento!

Entrou na sua sala e chamou o secretário:

— Lartigue, vou receber alguém muito perigoso que provavelmente só sairá daqui algemado. Assim que ele entrar, tome as medidas necessárias, ponha uma dúzia de agentes na antecâmara e na sua sala. E fique de sobreaviso: assim que eu tocar a campainha, entrem todos de arma em punho e cerquem o sujeito. Entendeu?

— Perfeitamente, sr. secretário-geral.

— Não hesitem. Entrada brusca, todos ao mesmo tempo, armas em punho. No melhor estilo, combinado? Agora mande entrar o professor Nicole.

Assim que ficou sozinho, Prasville procurou disfarçar por baixo de alguns papéis o botão da campainha na sua mesa e, atrás de alguns livros, dois revólveres de bom tamanho.

"E agora é jogar pesado", ele pensou. "Se ele tiver trazido a lista, fico com ela. Se não tiver, fico com ele. De repente até fico com os dois. Lupin e a lista dos vinte e sete no mesmo dia, ainda mais depois do escândalo dessa manhã, isso vai trazer para mim todos os holofotes."

Bateram à porta. Ele gritou:

— Entre!

E, pondo-se de pé, convidou:

— Por favor, sr. Nicole.

Com passos tímidos o professor entrou, sentou-se na beirada da cadeira que lhe foi oferecida e disse:

— Vim terminar nossa conversa de ontem… Desculpe o atraso.

— Só um instante, por favor — interrompeu Prasville.

Ele foi depressa à antecâmara e, vendo seu secretário, disse:

— Estava esquecendo, Lartigue. Mande inspecionar os corredores e as escadas, no caso de haver cúmplices.

Em seguida voltou, pôs-se bem à vontade como quem se prepara para uma longa e interessante conversa, e começou:

— O senhor então dizia…?

— Eu me desculpava por tê-lo feito esperar ontem à noite. Diversos problemas me impediram. Primeiro a sra. Mergy…

— Claro, o senhor precisou acalmá-la.

— De fato, e precisei cuidar dela. É compreensível tanto desespero. O filho Gilbert tão perto de morrer... E que morte! Naquele momento, só se podia contar com um milagre, um milagre improvável. Eu mesmo já me resignava ao inevitável. O que fazer? Quando o destino insiste em nos perseguir, a gente acaba desanimando.

— Mas achei que sua intenção, ao sair daqui ontem, fosse arrancar de Daubrecq seu segredo a qualquer preço.

— É verdade. Mas Daubrecq não estava em Paris.

— Ah!

— De fato. Estava vindo de automóvel, a pedido meu.

— O senhor então tem um automóvel, sr. Nicole?

— Para a ocasião foi preciso, um calhambeque velho e fora de moda. Mas, como disse, ele fazia a viagem de automóvel, ou melhor, no teto de um automóvel, dentro de um baú onde eu o havia trancado. E o automóvel, infelizmente, só chegaria depois da execução. Por isso...

Prasville olhou estupefato para Nicole. Se tivesse ainda a menor dúvida quanto à sua real identidade, aquela maneira de tratar Daubrecq teria esclarecido tudo. Caramba! Trancá-lo num baú, no teto de um automóvel! Apenas Lupin era capaz de brincadeiras assim, e apenas Lupin as confessaria com tamanha pachorra!

— Por isso...? — perguntou Prasville. — O que decidiu?

— Procurei outro meio.

— Qual?

— Creio que o sr. secretário-geral sabe tão bem quanto eu.

— Como saberia?

— Puxa! Não estava assistindo à execução?

— Estava.

— Nesse caso deve ter visto Vaucheray e o carrasco serem baleados, um mortalmente e o outro apenas de leve. Pode ter imaginado...

— Ah! — surpreendeu-se Prasville. — Está confessando ter sido quem fez os disparos... essa manhã?

— Veja bem, sr. secretário-geral, pense um pouco. Que escolha eu tinha? A lista dos vinte e sete que o senhor examinou é falsa. Daubrecq, que tem a verdadeira, só chegaria horas depois da execução. A única maneira de salvar Gilbert e obter o indulto foi atrasando a execução em algumas horas.

— É claro...

— Não concorda? Abatendo esse animal infame, esse criminoso irremediável chamado Vaucheray, e depois ferindo o carrasco, criei desordem e pânico. Tornei material e psicologicamente impossível a execução de Gilbert e ganhei horas que para mim foram indispensáveis.

— É claro... — repetiu Prasville.

Lupin continuou:

— Não é mesmo? Isso deu a todos nós, ao governo, ao chefe de Estado e a mim o tempo para refletir e esclarecer um pouco mais essa questão. Imagine só, a execução de um inocente! A cabeça de um inocente sendo cortada! Como posso permitir isso? Não, de jeito nenhum. Era preciso agir, e foi o que eu fiz. O que acha o secretário-geral?

Achar, Prasville achava muita coisa. Sobretudo que o tal Nicole dava mostras, como se diz, de uma desfaçatez inimaginável, uma desfaçatez que o fazia se perguntar se realmente devia confundir Nicole com Lupin e Lupin com Nicole.

— Acho, sr. Nicole, que para matar a cento e cinquenta metros um indivíduo que se quer matar, e para ferir outro que se quer apenas ferir, é preciso ser muito bom atirador.

— Eu me exercito — disse o professor, com ar de modéstia.

— E acho também que seu plano exigiu uma longa preparação.

— De forma alguma. É onde se engana! Foi totalmente espontâneo! Se meu empregado, quer dizer, o empregado do amigo que me empresta o apartamento da praça Clichy, não tivesse me forçado a acordar para dizer que tinha trabalhado como vendedor naquele prediozinho do bulevar Arago, com poucos moradores, e que talvez fosse possível tentar alguma coisa, a essa hora o pobre Gilbert já não teria mais cabeça, e a sra. Mergy provavelmente também estaria morta.

— Ah! Acha mesmo?

— Tenho certeza. E foi por isso que imediatamente aceitei a sugestão daquele fiel auxiliar. Mas devo dizer que o senhor, nesse momento, me atrapalhou um bocado!

— Eu?

— Exatamente! Pois não é que teve a péssima ideia de botar uma dúzia de homens na porta da minha casa? Precisei subir cinco lances da escada de serviço, atravessar o corredor dos quartinhos do último andar e passar para o prédio ao lado. Foi um cansaço desnecessário!

— Sinto muito, professor. Da próxima vez…

— A mesma coisa hoje cedo, às oito horas, esperando o carro que trazia Daubrecq no teto. Precisei ficar andando pela praça para que o carro não parasse no meu endereço e para que seus homens não se metessem onde não eram chamados. Sem isso, Gilbert e Clarisse Mergy, uma vez mais, estariam perdidos.

— Mas todos esses acontecimentos… dolorosos — disse Prasville — … adiam em apenas um, dois ou no máximo três dias o desfecho fatal. Para afastá-lo definitivamente seria preciso…

— A lista verdadeira, não é?

— Exato. E o senhor provavelmente…

— Está comigo.

— A lista autêntica?

— Inapelavelmente autêntica.

— Com a cruz de Lorena?

— Com a cruz de Lorena.

Prasville se calou, tomado por violenta emoção. Era agora que teria início o duelo contra aquele adversário que ele reconhecia assustadoramente superior. Ele tremia só de pensar que Arsène Lupin, o formidável Arsène Lupin, estava à sua frente calmo, tranquilo, dando sequência ao seu plano como se tivesse nas mãos todas as armas e, pela frente, um inimigo desarmado.

Sem se atrever ainda a um ataque frontal, quase intimidado, Prasville perguntou:

— Daubrecq então cooperou?

— Daubrecq nunca coopera, precisei tomá-la.

— À força, então?

— Deus me livre, sr. secretário-geral — disse Nicole, rindo. — Bom, é verdade que eu estava decidido a tudo, mas quando nosso bom Daubrecq foi exumado, graças a mim, do baú em que havia viajado a toda velocidade, tendo como alimentação apenas algumas gotas de clorofórmio, preparei a coisa para que o espetáculo começasse na hora certa. Sem torturas ou sofrimentos desnecessários... Não. A morte com toda simplicidade. A ponta de uma comprida agulha no peito, à altura do coração, enfiada aos poucos, com suavidade e delicadeza. Só isso... A sra. Mergy seria a executora. Sabe, as mães podem ser implacáveis... ainda mais uma mãe cujo filho vai morrer! "Fale, Daubrecq, ou enfio... Não vai falar?" Então a agulha penetra um milímetro, depois mais um... O coração do paciente para de bater, um coração que sente a aproximação da agulha. Um milímetro, depois outro e mais outro... Ah, juro que o bandido falaria! Debruçados em cima dele, esperávamos que acordasse, tremendo de impaciência, de tanta pressa que tínhamos. Consegue imaginar a cena, sr. secretário-geral? O vilão deitado num sofá, bem amarrado, torso nu e procurando se livrar dos efeitos do clorofórmio que ainda o atordoa. A respiração se acelera, ele bufa... Recupera a consciência, os lábios estremecem e, sem esperar muito, Clarisse cochicha:

"'Sou eu, Clarisse... vai responder, miserável?'

"Ela pôs o dedo no peito de Daubrecq, no lugar em que o coração se mexe como um bichinho escondido embaixo da pele. Mas ela de repente me disse: 'Os olhos... não vejo os olhos dele por causa dos óculos. Quero vê-los...'.

"Também eu tinha vontade de ver aqueles olhos sempre ocultos. Queria perceber neles, antes de ouvir qualquer palavra, o segredo que viria das profundezas daquele ser apavorado. Queria ver. Queria muito ver. E o que estava prestes a fazer já me agitava. Tinha a impressão de que, fazendo isso, algo se desvendaria. Eu ia descobrir alguma coisa. Era um pressentimento. Uma intuição profunda da verdade que me abalava. As lentes escuras já não estavam mais ali, mas as outras, grossas e opacas, sim. Arranquei bruscamente os óculos e, também bruscamente, tomado por uma visão desconcertante, ofuscado por uma clareza repentina, rindo, rindo a ponto de cair o queixo, com um dedo, eu, zás!, arranquei o olho esquerdo dele!"

Nicole realmente ria a ponto de cair o queixo, como ele próprio dizia. Estava longe do tímido professorzinho interiorano obsequioso e dissimulado; era um personagem cheio de segurança que tinha declamado e representado toda aquela cena, com impressionante entusiasmo, e agora ria de forma estridente, a ponto de causar certo constrangimento em Prasville.

— Zás! Pula fora, garoto! Sai da toca, totó! Dois olhos, pra quê? Tem um a mais. Zás! Ei, Clarisse, preste atenção que tem um olho rolando no tapete. Cuidado, olho de Daubrecq, cuidado que um lagarto te pega!

Nicole, que se levantara e fingia uma perseguição pela sala, voltou a se sentar, tirou um objeto do bolso, rolou-o na palma da mão como se fosse uma bola de gude, jogou-o para o alto, pôs de volta no colete e declarou com toda frieza:

— O olho esquerdo de Daubrecq.

Prasville estava abismado. Aonde queria chegar seu estranho visitante? O que significava tudo aquilo? Lívido, ele pediu:

— Por favor, explique-se.

— Ora, está explicado, me parece. E tão de acordo com a realidade das coisas! Encaixa-se nas hipóteses que eu há algum tempo levantava, mesmo sem querer, e que fatalmente teriam me levado ao resultado se esse endiabrado Daubrecq não tivesse o tempo todo me tirado do caminho com tanta habilidade! Pois, veja só... siga minhas suposições: "Já que não se descobre a lista em lugar nenhum fora de Daubrecq, isso quer dizer que ela não está fora de Daubrecq. E como também não foi encontrada nas suas roupas, ela se esconde mais profundamente, nele próprio, para ser mais preciso, dentro dele... na carne, por baixo da pele".

— No olho? — arriscou Prasville.

— No olho, sr. secretário-geral, disse a palavra certa.

— Como?

— No olho, repito. É uma verdade que devia ter vindo com toda lógica ao meu raciocínio, e não descoberta por acaso. Digo por quê. Daubrecq, sabendo que Clarisse havia visto uma carta em que ele dizia ao fabricante inglês: "Esvazie o cristal por dentro, de maneira a deixar um vácuo impossível de causar desconfiança", precisou, por prudência, desviar as buscas. E por isso mandou fabricar, a partir de um modelo seu, uma rolha de cristal "esvaziada por dentro". E foi atrás dessa rolha de cristal que todos corremos por meses a fio, e que eu encontrei dentro de um pacote de fumo de cachimbo, enquanto...

— Enquanto? — quis saber Prasville, ainda sem atinar.

Nicole fingiu controlar o riso.

— Enquanto era preciso simplesmente pensar no olho de Daubrecq, esse olho "esvaziado por dentro, de maneira a criar um esconderijo invisível e impenetrável", esse olho que aqui está.

Nicole tirou de novo o objeto do bolsinho do colete, bateu com ele diversas vezes no tampo da mesa, fazendo um barulho seco. Prasville murmurou:

— Um olho de vidro!

— Por Deus todo-poderoso, secretário, exatamente! — exclamou Nicole, esbaldando-se de rir. — Um olho de vidro! Uma reles rolha de garrafa que o cretino enfiou na órbita no lugar do olho morto; uma rolha de garrafa ou, se preferir, uma rolha de cristal, mas a verdadeira, que ele preparou e ocultava por trás da dupla barreira das lentes escuras e dos óculos, e que continha, como ainda contém, o talismã graças ao qual Daubrecq trabalhava com toda segurança.

Prasville baixou a cabeça e cobriu a testa com a mão, procurando esconder o nervosismo: ele praticamente tinha a lista dos vinte e sete. Estava à sua frente, em cima da mesa. Controlando a ansiedade, ele perguntou, procurando parecer tranquilo:

— Ela ainda está aí?

— Imagino que sim — afirmou Nicole.

— Como assim, imagina?

— Não abri o esconderijo; reservei a honra ao sr. secretário-geral.

Prasville estendeu o braço, pegou o objeto e o examinou. Era um bloco de cristal imitando fielmente o globo ocular, com todos os detalhes da íris, da pupila e da córnea. Ele imediatamente notou que a parte de trás era móvel, podendo deslizar. Ele a empurrou: o olho era oco. Dentro dele havia uma bolinha de papel. Ele a desamassou e rapidamente, sem perder tempo com os nomes, com a caligrafia ou com a assinatura, ergueu o braço e posicionou o papel contra a claridade das janelas.

— Temos a cruz de Lorena? — perguntou Nicole.

— Temos sim — respondeu Prasville. — É a lista autêntica.

Ele hesitou por alguns segundos com os braços ainda erguidos, pensando o que faria. Depois voltou a amassar o papel, enfiou-o de volta no esconderijo de cristal e guardou tudo no próprio bolso.

Nicole, que o observava, perguntou:

— Convencido?

— Totalmente.

— Isso quer dizer que estamos de acordo?

— Estamos de acordo.

Houve um silêncio, durante o qual os dois homens disfarçadamente se mediam. Nicole parecia aguardar a continuação da conversa. Prasville levou a mão esquerda até um dos revólveres escondidos atrás dos livros empilhados na mesa, enquanto a direita se aproximou da campainha. Era um enorme prazer sentir a força da sua posição: tinha em seu poder a lista, e tinha em seu poder Lupin.

"Se ele se mexer, aponto meu revólver e toco a campainha. Se me atacar, atiro."

Nicole quebrou o silêncio:

— Já que estamos de acordo, meu caro secretário-geral, é preciso se apressar. A execução não está prevista para amanhã?

— Sim, amanhã.

— Assim sendo, espero aqui.

— Espera o quê?

— A resposta do Élysée.

— Ah, alguém deve lhe trazer essa resposta?

— O senhor.

Prasville balançou a cabeça.

— Não conte comigo, sr. Nicole.

— É mesmo? — respondeu Nicole, parecendo se surpreender. — Posso saber por quê?

— Mudei de ideia.

— Assim, de repente?

— Pois. Estimo que, no ponto a que as coisas chegaram, depois do escândalo dessa noite, ficou impossível tentar qualquer coisa a favor de Gilbert. Além disso, uma iniciativa nesse sentido junto ao Élysée, da maneira como isso se apresenta, constitui uma verdadeira chantagem, da qual eu decididamente me recuso a participar.

— Como queira. São escrúpulos que muito o dignificam. Parecem, na verdade, um tanto tardios, uma vez que ontem eles não o impediam. Em todo caso, sr. secretário-geral, se está desfeito o pacto que havíamos estabelecido, devolva-me a lista dos vinte e sete.

— Para quê?

— Para que eu a negocie com outro intermediário.

— De que adiantaria? Não salvará Gilbert.

— Engano seu. Pelo contrário, creio que graças ao incidente desta noite, com a morte do outro cúmplice, será mais fácil conseguir o indulto, que todos consideram justo e verão como uma atitude mais humana. Devolva-me a lista.

— Não.

— Francamente, o senhor tem memória curta e nenhuma sensibilidade. Não se lembra do que prometeu ontem?

— O que prometi foi ao professor Nicole.

— Por isso mesmo.

— O senhor não é o professor Nicole.

— Ora! E quem sou então?

— Preciso dizer?

Nicole não respondeu; em vez disso, começou a rir, parecendo gostar da estranha direção que a conversa tomava. Prasville, pelo contrário, se preocupou com aquele acesso de bom humor. Apalpou a coronha do revólver, se perguntando se não devia logo pedir ajuda.

Nicole aproximou bem sua cadeira da mesa, fincou os dois cotovelos em cima dos papéis, considerou o adversário bem de frente e disse:

— O sr. Prasville então sabe quem sou e, mesmo assim, se arrisca a entrar nessa brincadeira comigo?

— Corro tranquilamente esse risco — respondeu Prasville, seguro de si.

— Isso quer dizer que acha... digamos o nome, que acha Arsène Lupin idiota o bastante, ingênuo o bastante para vir se entregar assim, de pés e mãos atados?

— Ora! — riu Prasville, dando três tapinhas no bolso em que tinha guardado o globo de cristal. — Não vejo muito o que pode fazer, sr. Nicole, agora que o olho de Daubrecq está comigo e, dentro do olho de Daubrecq, a lista dos vinte e sete.

— O que posso fazer? — repetiu com ironia Nicole.

— Exato! Sem o talismã a protegê-lo, o senhor não vale mais do que pode valer um indivíduo sozinho que se aventura na própria sede da polícia, no meio de dúzias de brutamontes que se encontram atrás de cada uma dessas portas e centenas mais que virão correndo ao primeiro sinal.

Nicole deu de ombros e olhou Prasville com certa pena.

— Sabe o que acontece, meu caro secretário-geral? Toda essa história também subiu à sua cabeça. Tendo a lista, está se colocando no mesmo nível espiritual de um Daubrecq ou de um D'Albufex. Nem pensa mais em levá-la aos seus superiores, de modo a acabar, de uma vez por todas, com isso que gerou tanta vergonha e tanta discórdia. Não... uma repentina tentação se insinuou e, tomado por essa vertigem, você pensa: "Ela está aqui no meu bolso. Com ela, sou todo-poderoso, rico, tenho poder absoluto e ilimitado. Por que não aproveitar? Que tal deixar que Gilbert morra, que Clarisse Mergy morra? Que tal pôr atrás das grades esse imbecil do Lupin? Que tal agarrar essa oportunidade única de boa fortuna?".

Ele se inclinou na direção de Prasville e, em voz baixa, num tom amigável e confidente, acrescentou:

— Não faça isso, meu caro, não faça.

— E por que não faria?

— Não será bom para você, acredite.

— Acha mesmo?

— Acho. Mas se realmente quiser fazer isso, dê antes uma olhada nos vinte e sete nomes da lista que acaba de roubar de mim e preste atenção no terceiro deles.

— Hum! E que nome é esse?

— De um amigo seu.

— Qual?

— O ex-deputado Stanislas Vorenglade.

— E o que tem isso? — perguntou Prasville, mas já um pouco menos seguro de si.

— O que tem? Deve saber que, atrás desse Vorenglade, qualquer investigação, por mais sumária, acabará descobrindo quem dividia com ele certos lucros.

— Quem?

— Louis Prasville.

— O que está querendo dizer? — balbuciou Prasville.

— Não estou só querendo, estou dizendo. Caso me desmascare, sua própria máscara também não se sustentará por muito tempo e, por trás dela, o que se vê não chega a ser bonito.

Prasville se pôs de pé. Nicole deu um soco violento na mesa e exclamou:

— Vamos parar com isso! Há vinte minutos estamos rodando em torno da mesma coisa. Chega. Hora de concluir. Para começar, esqueça seus revólveres. Se acha que esse tipo de coisa me assusta... Vamos, vamos terminar a conversa, tenho pressa.

Ele pôs a mão no ombro de Prasville e disse, com toda clareza:

— Se dentro de uma hora não voltar do Élysée com uma comprovação de que o indulto foi assinado, se dentro de uma hora e dez eu, Arsène Lupin, não sair daqui são e salvo, totalmente livre, esta noite mesmo quatro jornais de Paris receberão quatro cartas trocadas entre Stanislas Vorenglade e você, cartas que Stanislas Vorenglade me vendeu esta manhã. Aqui estão seu chapéu e seu casaco. Vá correndo. Estou esperando.

Aconteceu esse fato extraordinário, no entanto bem compreensível, de Prasville nada dizer, não esboçar a menor intenção de resistir. Ele teve a repentina sensação, profunda e total, daquilo que significava, em sua plenitude e onipotência, o personagem chamado Arsène Lupin. Sequer pensou em discutir, em dizer que aquelas cartas tinham sido destruídas ou que, não sendo o caso, Vorenglade não se atreveria a torná-las públicas, uma vez que igualmente se comprometia. Não, o secretário-geral se manteve calado. Sentiu-se esmagado por um torno, do qual força nenhuma no mundo tinha como aliviar a pressão. Tudo que ele podia fazer era ceder.

Ele cedeu.

— Dentro de uma hora, aqui — insistiu Nicole.

— Dentro de uma hora — repetiu Prasville, perfeitamente dócil.

Mesmo assim, ele quis saber:

— Essa correspondência me será entregue uma vez assinado o indulto?

— Não.

— Como assim? Então não tenho por que...

— Ela lhe será integralmente entregue dois meses depois do dia em que meus amigos e eu tivermos libertado Gilbert, e isso graças à pouca vigilância que haverá em torno dele, seguindo ordens superiores.

— Só isso?

— Não. Há mais duas condições.

— Quais?

— A primeira é um cheque de quarenta mil francos que deve ser imediatamente pago a mim.

— Quarenta mil francos!?

— Foi o preço que me custaram as cartas de Vorenglade. É então justo...

— Qual é a outra?

— Sua demissão do cargo que ocupa, dentro de seis meses.

— Minha demissão? Mas por quê?

Com um gesto de solene dignidade, o sr. Nicole disse:

— Por ser imoral que um dos cargos mais altos da Chefatura de Polícia seja ocupado por alguém com consciência suja. Procure um emprego como deputado, como ministro ou como zelador de edifício, enfim, um cargo que seu sucesso permita exigir. Mas secretário-geral da Chefatura não, de jeito nenhum. Acho revoltante.

Prasville pensou um pouco. A destruição completa daquele adversário o deixaria muito contente, e ele dispunha dos meios para isso. Mas o que podia fazer?

Foi até a porta e chamou:

— Sr. Lartigue?

Em voz mais baixa, mas de maneira a que o sr. Nicole ouvisse, ele continuou:

— Pode liberar os policiais que chamou. Houve um erro. Que ninguém entre na minha sala enquanto eu não estiver. O cavalheiro vai me esperar aqui.

Ele pegou o chapéu, a bengala e o casaco que Nicole lhe estendia e saiu.

"Meus parabéns, secretário", disse Lupin para si mesmo, assim que a porta se fechou. "Mostrou-se perfeitamente correto. Eu também, aliás... com uma ponta de desprezo, talvez, que não consegui esconder. E um pouco brutal demais, é possível. Mas o que fazer? Negócios desse tipo exigem ações rápidas. É preciso abalar o inimigo. Além disso, bem, com quem tem tanta consciência quanto uma fuinha, não se pode muito tratar de igual para igual. Erga a cabeça, Lupin. Mostrou-se o paladino da moral ofendida. Orgulhe-se da sua atuação. Agora se encoste ali e durma um pouco. Fez por merecer."

Ao voltar, Prasville encontrou Lupin dormindo profundamente e precisou bater no seu ombro para acordá-lo.

— Tudo acertado? — ele perguntou.

— Tudo. O indulto será assinado ainda hoje. Essa é a promessa, por escrito.

— E os quarenta mil francos?

— Aqui está o cheque.

— Bem, só me resta agradecer.

— E as cartas?

— A correspondência de Stanislas Vorenglade lhe será entregue segundo as condições combinadas. Mas fico satisfeito de poder, desde já, mostrando meu agradecimento, lhe entregar as cartas que eu devia repassar aos jornais.

— Ah! — surpreendeu-se Prasville. — Está com elas?

— Eu tinha tanta certeza, sr. secretário-geral, de que acabaríamos nos entendendo...

Ele arrancou do chapéu um envelope pesado, com cinco lacres vermelhos, que estava alfinetado no interior e o entregou a Prasville, que depressa o enfiou no bolso. Em seguida, acrescentou:

— Sr. secretário-geral, não sei muito bem quando terei o prazer de voltar a vê-lo. Qualquer comunicação que queira me transmitir, uma simples linha nos classificados do *Journal* já basta, dirigida ao "sr. Nicole". Tenha um bom dia.

Ele se retirou.

Assim que se viu sozinho, Prasville teve a impressão de despertar de um pesadelo em que havia feito coisas incoerentes e sobre as quais sua consciência não pudera ter o menor controle. Estava prestes a tocar a campainha, a criar um rebuliço nos corredores, mas nesse momento bateram à sua porta e um dos funcionários da recepção entrou apressado.

— O que foi? — perguntou Prasville.

— Sr. secretário-geral, sua excelência o deputado Daubrecq pede que o receba para um assunto urgente.

— Daubrecq! — exclamou Prasville, estupefato. — Daubrecq aqui? Diga que entre.

Daubrecq não esperou ser chamado. Entrou ofegante, com as roupas desarrumadas, uma faixa tapando o olho esquerdo, sem gravata, sem colarinho, parecendo um louco que acabava de escapar do hospício. A porta mal se fechou e ele já agarrava Prasville com suas duas mãos enormes:

— Está com a lista?

— Estou.

— Pagou por ela?

— Paguei.

— O indulto de Gilbert?

— Sim.

— Já foi assinado?

— Foi.

Daubrecq fez um gesto de raiva.

— Imbecil! Imbecil! Aceitou isso! Só por raiva de mim, não é? E agora, vai se vingar?

— Com certo prazer, devo reconhecer. Lembre-se da minha namorada em Nice, que dançava na Ópera... Agora é sua vez de dançar.

— Está dizendo que serei preso?

— Não é preciso. Está acabado. Sem a lista, você afundará sozinho. E assistirei ao naufrágio. Será essa a minha vingança.

— Acha mesmo? — exasperou-se Daubrecq. — Acha que podem torcer meu pescoço como o de uma galinha? Que não vou me defender, que não tenho mais garras e esporões? Pois saiba, meu caro, se eu cair não cairei sozinho... Terei a companhia do bom Prasville, o parceiro de Stanislas Vorenglade, Stanislas Vorenglade que vai me passar todas as provas necessárias, suficientes para que você, na mesma hora, vá para a cadeia. Ah, está nas minhas mãos! Com essas cartas, você vai ter que andar na linha. Com certeza o deputado Daubrecq ainda terá belos dias pela frente! O quê? Está achando graça? Vai dizer que essas cartas não existem?

Prasville deu de ombros.

— Existem. Só que não estão mais com Vorenglade.

— Desde quando?

— Desde hoje de manhã. Vorenglade as vendeu por quarenta mil francos, há duas horas. E eu as comprei em seguida, pelo mesmo preço.

Daubrecq deu uma enorme risada.

— Por Deus, como é engraçado! Quarenta mil francos! Pagou quarenta mil francos! Ao sr. Nicole, não é? O mesmo de quem comprou a lista dos vinte e sete, não é? Meu querido, quer que eu diga o verdadeiro nome do sr. Nicole? É Arsène Lupin.

— Sei disso.

— Pode até saber. Mas o que não sabe, triplo idiota, é que estou vindo da casa de Stanislas Vorenglade, que há quatro dias não se encontra em Paris! Ah, essa é realmente muito boa! Comprou papel velho! Por quarenta mil francos! Que idiota!

Ele se foi às gargalhadas, deixando Prasville arrasado.

Arsène Lupin então não dispunha de prova alguma, e se dera ao luxo de ameaçar, de dar ordens, de tratar a ele, Prasville, com toda aquela insolência. Era pura farsa, puro blefe!

— Não, não é possível... — repetia o secretário-geral. — Tenho o envelope lacrado, aqui está... É só abrir.

Mas ele tinha medo de abrir. Apalpava, pesava, examinava de fora... A dúvida já era tão forte que não foi nenhuma surpresa descobrir, dentro do envelope, quatro folhas de papel em branco.

— Bom — ele disse. — Não é o meu melhor momento, mas nem tudo está acabado.

De fato, não estava. Lupin só agira com tanta audácia por saber da existência das cartas, e por acreditar que as teria. Como Vorenglade não estava em Paris, Prasville precisava apenas chegar antes e obter dele, ao preço que fosse, aquelas cartas tão perigosas.

Naquela corrida, quem chegasse primeiro a Vorenglade seria o vencedor.

ELE PEGOU OUTRA VEZ O CHAPÉU, o casaco e a bengala, desceu, entrou num carro e mandou que o levasse ao endereço de Vorenglade. Soube que o ex-deputado devia voltar de Londres naquele mesmo dia, às seis da tarde.

Eram duas horas. Tempo suficiente para que o secretário-geral preparasse seu plano.

Às cinco horas, ele chegou à Gare du Nord e posicionou, à direita e à esquerda, nas salas de espera e nos escritórios, as três ou quatro dúzias de policiais que tinha levado.

Podia então ficar tranquilo.

Se o sr. Nicole tentasse se aproximar de Vorenglade, Lupin seria preso. Para maior segurança, qualquer pessoa que pudesse ser Lupin ou um enviado de Lupin também seria presa.

Não satisfeito, Prasville percorreu pessoalmente a estação inteira. Nada encontrou de suspeito. Faltando dez minutos para as seis horas, o inspetor-chefe Blanchon, que estava com ele, disse:

— Veja, é Daubrecq.

De fato, era Daubrecq; e ver seu velho inimigo irritou tanto o secretário-geral que ele esteve a ponto de mandar prendê-lo. Mas sob qual alegação? Com que direito?

A presença dele comprovava ainda mais que tudo agora dependia de Vorenglade. O ex-deputado tinha as cartas. Quem ficaria com elas? Daubrecq? Lupin? Ou ele, Prasville?

Lupin não estava ali, nem poderia. Daubrecq parecia fora de combate. Sobre o desfecho, então, não pairavam dúvidas: Prasville ficaria com as cartas e, com isso, escaparia das ameaças de Daubrecq e de Lupin, voltando a ter formas de ir contra eles.

O trem se aproximava.

Seguindo ordens, o chefe da estação havia interditado a plataforma. Prasville foi então o único a avançar por ela, à frente de certo número de policiais, conduzidos pelo inspetor-chefe Blanchon. O trem parou.

Quase imediatamente Prasville viu, na porta de um vagão de primeira classe, mais ou menos no meio do comboio, Vorenglade.

O ex-deputado desembarcou e, em seguida, ajudou a descer um idoso que o acompanhava.

Prasville correu até ele e disse bruscamente:

— Preciso falar com você, Vorenglade.

No mesmo instante, Daubrecq, que tinha conseguido furar o bloqueio, gritou de longe:

— Sr. Vorenglade, recebi sua carta. Estou a seu dispor.

Vorenglade olhou para os dois homens e sorriu ao reconhecer Prasville e Daubrecq.

— Hum! Parece que eu estava sendo muito esperado. Do que se trata? De certa correspondência, não é?

— Isso mesmo... isso mesmo — responderam os dois homens, procurando parecer atenciosos.

— Chegaram tarde demais — ele disse.

— Hein? Como? O que está dizendo?

— Estou dizendo que as cartas foram vendidas.

— Vendidas? Para quem?

— Para este cavalheiro — respondeu Vorenglade, referindo-se ao idoso a seu lado —, que achou valer a pena se dar ao incômodo e foi pegar o trem em Amiens.

O idoso em questão, um velhote abrigado num casacão de pele e curvado numa bengala, os cumprimentou.

"É Lupin", pensou Prasville. "Só pode ser Lupin."

Ele olhou na direção dos policiais, pronto para dar o alarme. Mas o desconhecido se explicou:

— É verdade, achei que essa correspondência valia o custo de algumas horas de trem e de duas passagens de ida e volta.

— Duas passagens?

— Uma para mim e outra para um amigo.

— Um amigo?

— Foi o que eu disse. Ele tomou a dianteira, há poucos minutos, e foi pelos corredores até os vagões da frente. Estava bastante apressado.

Prasville entendeu; Lupin tivera o cuidado de levar um cúmplice e esse cúmplice ficou com a correspondência. O jogo estava feito e ele tinha perdido. Teria que aceitar as condições do vencedor.

— Muito bem, cavalheiro — ele respondeu. — Ainda nos veremos, quando a hora chegar. Até mais, Daubrecq, ainda ouvirá falar de mim.

Carregando Vorenglade pelo braço, ele acrescentou:

— E você, Stanislas, está se metendo num jogo perigoso.

— Santo Deus, por quê? — fingiu se assustar o ex-deputado.

Os dois se foram e Daubrecq, que nada dissera, continuou parado, como se estivesse pregado no chão.

O idoso se aproximou dele e disse baixinho:

— Vamos, Daubrecq, precisa acordar, meu velho… Talvez seja por causa do clorofórmio?

Daubrecq cerrou os punhos e soltou um grunhido abafado.

— Ah! — exclamou o idoso. — Vejo que me reconheceu! Você se lembra daquela vez, na sua casa da praça Lamartine, quando pedi seu apoio para ajudar Gilbert? Eu disse: "Vamos fazer um trato. Salve Gilbert e eu o deixo tranquilo. Do contrário, vou pegar a lista dos vinte e sete e você vai estar acabado". Pois foi o que aconteceu, acho que você está acabado. É no que dá não aceitar um trato com esse bom Lupin. Um dia desses as pessoas vão perder até a camisa. Enfim, que isso sirva de lição! Ah! A sua carteira, já ia me esquecendo de devolver. Desculpe se estiver mais leve. Além de um respeitável volume de dinheiro, continha também o recibo do guarda-móveis para onde foi levado o mobiliário de Enghien que você havia pegado de volta. Achei que devia poupá-lo do trabalho de retirar tudo aquilo. A essa hora, meus amigos já devem ter terminado. Não precisa me agradecer, foi um prazer. Até mais, Daubrecq. Se precisar de algum trocado para comprar outra rolha, conte comigo. Até mais.

Lupin se afastou.

Nem dera cinquenta passos quando ouviu um disparo.

Olhou para trás.

Daubrecq tinha estourado os miolos.

— *De profundis* — murmurou Lupin, tirando o chapéu.

UM MÊS DEPOIS, Gilbert, cuja pena fora comutada para trabalhos forçados à perpetuidade, conseguia fugir da ilha de Ré, na véspera de partir para a Guiana.

Foi uma fuga estranha, com detalhes inexplicáveis, que tanto quanto os tiros de espingarda do bulevar Arago contribuiu para aumentar o prestígio de Arsène Lupin.

— No final das contas — disse-me Lupin, depois de contar as diversas fases dessa história —, caso nenhum criou tanta dificuldade nem me custou esforços maiores do que essa tremenda aventura, que podemos chamar, se estiver de acordo: *A rolha de cristal, ou como nunca se deve perder a esperança*. Em doze horas, das seis da manhã às seis da tarde, pude compensar seis meses de azar, de erros, de tentativas e de derrotas. Ponho essas doze horas entre as mais bonitas e gloriosas da minha vida.

— E Gilbert, que fim levou?

— Cuida das suas terras, no interior da Argélia, usando seu verdadeiro nome, seu nome único, Antoine Mergy. Casou-se com uma inglesa e eles têm um filho, a quem quiseram chamar Arsène. Às vezes recebo cartas dele, sempre bem-humoradas e afetuosas. Ah, hoje mesmo chegou esta aqui, ouça:

Patrão, se soubesse como é bom ser honesto, levantar de manhã cedo tendo um longo dia de trabalho pela frente e deitar à noite exausto de cansaço. Mas você sabe disso, não é? Arsène Lupin tem sua maneira própria, especial e não muito católica. Bom! No Juízo Final, o relatório das suas boas ações vai pesar tanto que o resto será apagado. Todo o meu carinho, patrão.

— Que bom menino! — acrescentou Lupin, pensativo.

— E a sra. Mergy?

— Mora perto do filho, e com o pequeno Jacques.

— Voltou a vê-la?

— Nunca.

— Que estranho!

Lupin hesitou por alguns segundos e, com um sorriso, completou:

— Meu amigo, vou contar um segredo que vai me fazer parecer ridículo. Você bem sabe que sempre fui sentimental como um adolescente e ingênuo como um pato. Pois bem, naquele fim de tarde, quando encontrei Clarisse Mergy para contar os acontecimentos do dia, dos quais uma parte ela já conhecia, percebi muito profundamente duas coisas. Primeiro, que eu sentia por ela algo bem mais forte do que imaginava; e depois, que ela própria tinha por mim um sentimento em que se mesclavam algum desprezo, rancor e até mesmo certa aversão.

— Ora, não acredito! E por que isso?

— Por quê? Porque Clarisse Mergy é essencialmente uma mulher direita e eu… sou apenas Arsène Lupin.

— Ah!

— Pense bem, posso até ser um bandido simpático, um ladrão romanesco e de casaca, mas, no fundo, um mau sujeito. Chame como quiser… Mas, para uma pessoa fundamentalmente honesta, reta e equilibrada, sou apenas... o quê? Um canalha, um simples vigarista.

Senti que a ferida era mais profunda do que ele confessava, e procurei desviar um pouco o assunto:

— Você então se interessou mesmo por ela?

— Acho até — ele disse num tom debochado — que a pedi em casamento. Entende? Acabava de salvar seu filho. Então achei... Que balde de água fria! Ficou um constrangimento entre nós. A partir daí...

— A partir daí deixou para lá?

— Sim, claro! Mas com dificuldade! E para colocar entre nós uma barreira intransponível, eu me casei.

— O quê? Você, Lupin, é casado?

— Casadíssimo. E da forma mais legítima do mundo. Uma das famílias mais tradicionais da França. Filha única, uma fortuna colossal... Não conhece esse caso? Vale a pena.

Lupin estava em clima de confidências e, sem esperar que eu insistisse, começou a contar de seu casamento com Angélique de Sarzeau-Vendôme, princesa de Bourbon-Condé, atualmente irmã Marie-Auguste, uma humilde freira enclausurada num convento dominicano...

Mas, assim que começou, interrompeu a narrativa, como se de repente parecesse ter perdido o interesse, e ficou pensativo.

— O que houve, Lupin?

— Comigo? Nada.

— Sim, houve alguma coisa. Além disso, está com um sorrisinho... É o esconderijo de Daubrecq, o olho de vidro que o faz sorrir?

— Juro que não.

— Nesse caso...?

— Nada, estou dizendo... só uma lembrança.

— Uma lembrança agradável?

— Sim, muito. Foi na noite, ao largo da ilha de Ré, no barco de pesca em que Clarisse e eu íamos levar Gilbert. Estávamos só os dois na popa do barco. E me lembro que falei... disse palavras e mais palavras, tudo que tinha no coração... E depois... depois foi aquele silêncio que perturba e desarma.

— E o que aconteceu?

— Bom, juro que a mulher que apertei nos braços... Ah! Não por tanto tempo, só uns segundos... Pouco importa! Juro por Deus que não era apenas a mãe agradecida nem a amiga momentaneamente arrebatada pela situação romântica, era uma mulher, trêmula e interessada...

Ele riu:

— E que fugiu no dia seguinte, para nunca mais me ver.

Novo silêncio e ele, logo depois, murmurou:

— Clarisse, Clarisse... no dia em que eu estiver cansado dessa vida, irei encontrá-la aí nessa casinha árabe. Nessa casinha branca... onde você me espera, tenho certeza de que me espera...

Cronologia

VIDA E OBRA DE MAURICE LEBLANC

1864 | 11 nov.: Nasce Maurice Marie-Émile Leblanc em Rouen, Normandia, França. Filho de Émile Leblanc, rico empresário da construção naval e do setor têxtil, e Mathilde Blanche, herdeira de uma tradicional família normanda, é criado num ambiente de grande admiração por toda forma de arte.

1869 | 8 fev.: Nascimento de Georgette Leblanc, irmã de Maurice, futura cantora e atriz de sucesso na França.

1870: Em meio à guerra franco-prussiana, Émile Leblanc envia o filho para a Escócia.

1871: Maurice retorna a Rouen.

1871-88: É educado entre França, Alemanha e Itália.

1888: Com o objetivo de se dedicar integralmente à escrita, abandona a faculdade de direito e o emprego na empresa do pai e muda-se para Paris, onde passa a trabalhar como jornalista para diversos periódicos. Paralelamente, escreve contos, romances e peças teatrais.

1889: Casa-se com Marie-Ernestine Lalanne. O casal terá uma filha, Marie-Louise.

1890: Lançamento de *Des couples* [*Casais*], seu primeiro livro. Autor prolífico, ao longo da vida irá publicar mais de sessenta livros, traduzidos para diversos idiomas.

1893: Lança o romance psicológico *Une femme* [*Uma mulher*].

1895: Separa-se de Marie-Ernestine Lalanne.

1901: Publica o romance autobiográfico *L'Enthousiasme* [*O entusiasmo*] e integra definitivamente o círculo literário parisiense.

1905: Recebe convite do editor Pierre Lafitte para escrever uma novela policial para a revista francesa *Je Sais Tout*. | **15 jul.:** Diante da insistência de Lafitte, lança então "A detenção de Arsène Lupin", primeira aventura do anti-herói que mais tarde será imortalizado como seu principal personagem. Com o sucesso da publicação, Lafitte incentiva Leblanc a escrever mais histórias sobre Lupin. O escritor segue o conselho do amigo e, ao longo das décadas seguintes, fará de Arsène Lupin protagonista de quinze romances, três novelas, 38 contos e quatro peças de teatro, além de dois romances publicados postumamente.

1907 | 10 jun.: Publicação de *Arsène Lupin, o ladrão de casaca*, livro reunindo as nove primeiras aventuras de Arsène Lupin, veiculadas no ano anterior pela *Je Sais Tout*. Reedição de *Une femme*.

1908 | 10 fev.: Publica a coletânea *Arsène Lupin contra Herlock Sholmes*, com dois contos: "A Mulher Loura" e "A lâmpada judaica".

1909: Sai em formato de livro o romance *A Agulha Oca*, que, assim como *Arsène Lupin, o ladrão de casaca* e *Arsène Lupin contra Herlock Sholmes*, foi originalmente publicado como folhetim.

1910: Mais um da série de aventuras de Arsène Lupin: *813*. Última aparição de Herlock Sholmes, é considerado por muitos de seus leitores o melhor livro protagonizado por Lupin. Na obra, o ladrão de casaca é acusado de assassinato e tenta provar sua inocência.

1912: É condecorado com a Legião de Honra e lança *A rolha de cristal*, com Lupin, e *La frontière* [*A fronteira*]. Divorciado, casa-se novamente e tem um filho, Claude.

1913: Publica a coletânea de contos *As confidências de Arsène Lupin*.

1914: Escreve *Os dentes do tigre*, também da série com Lupin.

1916: Lança mais uma novela da série, *O estilhaço da granada*, e *La faute de Julie* [*O erro de Julie*].

1918: Publicação de outro título com Lupin, *O triângulo de ouro*.

1919: Vende para Hollywood os direitos de adaptação para o cinema dos livros *Os dentes do tigre* e *813*. Publica o livro de ficção científica *Les trois yeux* [*Os três olhos*] e um novo volume da série Arsène Lupin, *A ilha dos trinta ataúdes*.

1920: Lança *Le formidable evénement* [*O acontecimento extraordinário*], outra ficção científica.

1921: Publica *Os dentes do tigre*.

1922: Lançamento de *Le cercle rouge* [*O círculo vermelho*], romance policial sem a presença de Lupin.

1923: Publicação da coletânea de contos *As oito pancadas do relógio*, da série Arsène Lupin, e *Dorothée, danseuse de corde*, que foi lançado no Brasil como *A rival de Arsène Lupin*, mas não conta com o personagem.

1924-28: Mais três livros da série com Lupin: *A condessa de Cagliostro*, *A moça dos olhos verdes* e *A agência Barnett & Cia*.

1931: Vende direitos de adaptação de alguns de seus livros para a Metro Goldwyn Mayer.

1932: Adaptação para o cinema das histórias de Arsène Lupin, dirigida pelo também produtor e ator americano Jack Conway. O filme foi distribuído pela Metro Goldwyn Mayer.

1934: Publicação de *L'Image de la femme nue* [*A imagem da mulher nua*] e *Arsène Lupin, na pele da polícia*.

1935: Sai um novo Lupin, *A vingança da Cagliostro*.

1938: *O retorno de Arsène Lupin*, nova adaptação para o cinema dirigida pelo produtor e diretor francês George Fitzmaurice.

1941 | 6 nov.: Aos 76 anos, com problemas pulmonares, morre em Perpignan, sul da França, próximo à fronteira com a Espanha. Publicação póstuma de *Os bilhões de Arsène Lupin*.

1962: Adaptação para o cinema de *Arsène Lupin contra Arsène Lupin*, por Édouard Molinaro.

1973: Publicação de *O segredo de Eunerville*, primeiro dos cinco livros de Arsène Lupin escritos na década de 1970 pela dupla Pierre Boileau e Thomas Narcejac, com autorização dos herdeiros de Leblanc.

2004: Lançamento de *Arsène Lupin — o ladrão mais charmoso do mundo*, filme dirigido por Jean-Paul Salomé.

2012: Publicação póstuma de *O último amor de Arsène Lupin*.

ESTA OBRA FOI COMPOSTA POR MARI TABOADA
EM LE MONDE LIVRE E IMPRESSA EM OFSETE PELA
GEOGRÁFICA SOBRE PAPEL PÓLEN SOFT DA SUZANO S.A.
PARA A EDITORA SCHWARCZ EM JANEIRO DE 2022

A marca FSC® é a garantia de que a madeira utilizada na fabricação do papel deste livro provém de florestas que foram gerenciadas de maneira ambientalmente correta, socialmente justa e economicamente viável, além de outras fontes de origem controlada.